Neue Gute-Laune-Geschichten

Wenn die Stimmung mal wieder im Keller ist und wirklich gar nix mehr geht – dann helfen rundum schöne Geschichten, die die gute Laune einfach wieder herbeizaubern. Unsere Autorinnen und Autoren erzählen humorvoll und fröhlich-heiter von ersten Küssen, netten Nachbarn und aufregenden Hochzeiten, sie helfen beim Einschlafen, fahren mit Schwaben nach Paris, sprechen mit ihren Hunden, räumen endlich mal wieder auf und verlassen sich beim Wandern stets auf die Orientierung des Partners.

Es erzählen:
Ewald Arenz, Simone Bauer, Dietmar Bittrich, Katinka Buddenkotte, Alex Capus, Benjamin Cors, Horst Evers, Marlies Ferber, Axel Hacke, Dora Heldt, Ulrike Herwig, Diana Hillebrand, Tommy Jaud, Frieda-Alice Kahro, Wladimir Kaminer, Julia Karnick, Mariana Leky, Beate Maxian, Réaltán Ní Leannáin, Max Osswald, Elke Pistor, Astrid Ruppert, Alena Schröder, Jan Weiler, Felicity Whitmore und Malou Wilke.

Die Herausgeberin:
Karoline Adler ist Verlagslektorin in München und Herausgeberin verschiedener literarischer Anthologien und hat erstaunlich oft gute Laune – außer, wenn sie sehr früh aufstehen muss.

Neue Gute-Laune-Geschichten

Herausgegeben von
Karoline Adler

dtv

Bei dtv sind außerdem erschienen:
Gute-Laune-Geschichten
Noch mehr Gute-Laune-Geschichten

FSC www.fsc.org
MIX
Papier | Fördert gute Waldnutzung
FSC® C019821

Originalausgabe 2025

Tumblingerstraße 21, 80337 München
produktsicherheit@dtv.de

Quellenangaben: Siehe S. 277 ff.
Umschlaggestaltung: dtv unter Verwendung einer
Illustration von Gerhard Glück
Gesetzt aus der Stempel Garamond
Satz: C.H.Beck.Media.Solutions, Nördlingen
Druck und Bindung: Druckerei C.H.Beck, Nördlingen
Printed in Germany · ISBN 978-3-423-22120-7

Inhalt

ALENA SCHRÖDER

Sechs Nichtige

Immer wenn ich mich selbst daran erinnern will, wie unwichtig Geld und Reichtum für mein Lebensglück sind, spiele ich Lotto. Das ist etwa einmal im Monat der Fall, ich gehe zum Kiosk, kreuze wahllos Zahlen an und verbringe den Rest des Tages damit, mir auszumalen, wie das wohl wäre, tatsächlich zu gewinnen. Wie ich am nächsten Tag ganz arglos die Lottozahlen checke und mir im Schock der Kaffeebecher aus der Hand fällt. Unfassbar! Gewonnen! 36 Millionen! Mein Mann und ich sinken uns weinend in die Arme. Endlich reich! Wir machen blau, trinken eine Flasche Sekt, versprechen uns lachend, in Zukunft nie wieder billige Plörre zu trinken, sondern immer Champagner im Kühlschrank zu haben, und schmieden Pläne. Erstmal einfach so weiterleben wie bisher. Nichts überstürzen. Nicht abheben. Vielleicht endlich eine Wohnung kaufen. Dachgeschoss, Maisonette. Vielleicht mal einen langen Karibikurlaub machen. Ein neues Auto wäre schön. Und eine satte Spende an »Ärzte ohne Grenzen« muss natürlich auch sein, überhaupt wollen wir jetzt ganz viel Gutes tun.

Wir schwören uns, niemandem, wirklich niemandem von unserem Lottogewinn zu erzählen. Klappt natürlich nicht. Bald wissen es unsere Eltern und unsere besten Freunde. Die ihren Job hassen und schon lange den

Traum haben, sich mit einem kleinen Café selbstständig zu machen. Wir schenken ihnen das Geld. Haben ja genug. Ist doch toll, wenn man mal richtig großzügig sein kann. Wir sitzen in unserer neuen Dachgeschossbude und überlegen, wer noch dringend Geld bräuchte. Die Flüchtlingshilfe natürlich. Das Kinderhospiz. Aber auch Cousine F., deren Tochter so schwer krank ist. Die bekommt natürlich was. Und was ist mit Großonkel G., der immer pleite ist? Wenn Cousine F. was abbekommt, dann müssen wir ihm auch was geben, sonst gibt es wieder Mord und Totschlag beim nächsten Familientreffen. Mein Patensohn bekommt einen Teil, damit er sich ganz auf sein Medizinstudium konzentrieren kann. Und sollten wir nicht auch an unsere Kinder denken? Endlich runter von der schlecht ausgestatteten Stadtteilschule, rein in die Privatschule. Hätten wir früher abgelehnt, wegen der sozialen Mischung, aber sollen unsere Kinder wirklich die verfehlte Bildungspolitik dieses Landes ausbaden müssen?

Die Kinder finden an der neuen Schule schnell neue Freunde, deren Eltern dann unsere Freunde werden. Wir haben viel gemeinsam, wir reden über Anlagemodelle, gute Ski-Ressorts, Sternerestaurants. Unsere alten Freunde kommen seltener vorbei, wir gehen auch seltener mit ihnen aus. Es nervt, am Ende immer die Rechnung zu bezahlen, aber sich einladen zu lassen oder auf getrennten Rechnungen zu beharren, fühlt sich auch falsch an. Langsam entfremden wir uns, der unterschwellige Neid wirkt wie Gift. Wir verstehen das, dieser plötzliche unverdiente Reichtum ist eine Zumutung für sie, wir hatten schließlich auch vorher schon alles, was wir brauchen. Niemand denkt: Das haben die jetzt aber wirklich mal verdient! Die Freunde mit dem kleinen Café haben sich inzwischen getrennt und reden auch nicht mehr mit uns, das Café gibt es nicht mehr. Selber schuld.

Ich überdenke meinen Beruf. Ist der wirklich Berufung? Jetzt, da ich eigentlich nicht mehr arbeiten müsste, fällt es mir schwer, mir für wenig Geld gute Texte abzuringen. Ich will nur noch machen, was mich wirklich erfüllt. Aber was könnte das sein? Ich mache erstmal lange gar nichts. Mein Mann kündigt, haut sich ein paar Wochen auf die Couch und liest ein Buch nach dem anderen, davon hat er schon immer geträumt. Dann will er einen Roman schreiben. Ich sollte vielleicht etwas Ehrenamtliches tun, vielleicht was mit Kindern aus armen Familien. Aber in Wahrheit stressen mich Kinder ganz schön. Und Spaß sollte es ja auch machen. Also fange ich an, Kunst zu sammeln, da hilft man ja auch Menschen, die wenig Geld haben, und hat gleichzeitig etwas, womit man die große neue Wohnung dekorieren kann.

Bei der Hochzeit von Cousin L. kommt es zum Eklat, weil unser Geldgeschenk in den Augen der Braut nicht großzügig genug ausfällt. Meine Mutter lässt mich wissen, dass es dem Familienfrieden zuträglich wäre, wenn wir den Brautleuten bei der Finanzierung ihres Eigenheims ein bisschen unter die Arme greifen könnten. Mein Patensohn erzählt, dass er sein Medizinstudium geschmissen hat und mit unserem Geld jetzt ganz groß beim Onlinepoker einsteigt.

Die Kinder schreiben schlechtere Noten in der Schule, sie scheinen seltsam antriebslos. Hängen nur noch vor ihren Smartphones. Wenn wir sie ermahnen, sich mehr anzustrengen, zucken sie nur mit den Schultern und blaffen uns an, wir Erwachsenen würden ja schließlich auch den ganzen Tag nur rumhängen. Ich fühle mich schuldig und überweise schnell eine Spende an »Save the Children«.

Mein Mann und ich streiten jetzt viel. Er kommt mit seinem Roman nicht voran und findet die Kunst unsäglich, die ich anschleppe. Ich finde, er ist viel zu großzügig mit seinem bescheuerten besten Kumpel, dem er ständig Geld schenkt. Er fragt mich, was mich das angehe, und ich erinnere ihn daran, dass es ja MEIN Lottoschein war, der uns diesen Gewinn beschert hat. Mein Mann schreit, dass er es nicht länger ertragen kann, dass wir hier nur noch über Geld reden. Ich knalle die Wohnungstür zu und gehe zur Vernissage eines jungen, gut aussehenden Künstlers, von dem ich schon einige Arbeiten gekauft habe, ganz ohne Hintergedanken natürlich. Später sitze ich noch mit ihm und seinen Künstlerfreunden in einer Kneipe und klage ihnen mein Leid: Wie anstrengend es ist, plötzlich sehr viel Geld zu haben. Sie schauen mich alle mit großen leeren Augen an und ich gehe dann doch früh nach Hause.

Die Kinder eröffnen uns, dass sie unsere Streiterei nicht mehr aushalten und ins Internat wollen. Mein Mann findet, es sei vielleicht besser, wenn er sich eine eigene Wohnung ein paar Straßen weiter zulegt, dann hätte ich in meiner auch mehr Platz für Kunst und er hätte mehr Ruhe für seinen Roman. Nein, seine Personal Trainerin, dank der er in den letzten Wochen den Sport wieder für sich entdeckt hat, habe damit rein gar nichts zu tun. Ich rufe eine von meinen neuen Freundinnen an, doch die ist gerade beim Heli-Skiing in den Rocky Mountains und hat keine Zeit, empfiehlt mir aber ihren Scheidungsanwalt. Ich rufe eine von meinen alten Freundinnen an, aber die hat keine Zeit, weil sie arbeiten muss, was jemand wie ich ja vermutlich kaum nachvollziehen könne, wie sie mir noch mit auf den Weg gibt. Jetzt sitze ich allein und verlassen in meiner großen Dachgeschossmaisonettewohnung auf meiner Designercouch, trinke allein eine Flasche Champagner aus unserem acht Kubikmeter großen Weinkühlschrank und heule in die Seidensofakissen.

Ende des Tagtraums.

Und wenn dann abends die Lottozahlen gezogen werden, schaue ich zufrieden auf meinen Lottoschein und bin dem Schicksal dankbar, dass mir all das einmal mehr erspart bleibt.

Obwohl, ein neues Auto …

JULIA KARNICK

Erste Küsse

Nina legt das Buch in den Schatten zum Handy, zum lauwarmen Wasser, zur Sonnencreme. Heute hat sie über zweihundert Seiten geschafft, aber nach einem ganzen Tag am Pool ist ihre Leselust von der Sonne zermürbt. Obwohl es fast Abend ist, ist es noch heiß.

Nina dämmert weg, ihre Gedanken verschwimmen zu einem Traumbild: Matthias, wie er aussah, als er sie am Flughafen absetzte, hager und bürobleich, aber die Ronja auf seinem Arm ist noch winzig und süß, dabei ist ihre Tochter in Wirklichkeit schon sechzehn. Nina zwingt sich, die Augen zu öffnen, um nicht einzuschlafen.

Sechzehn ist dieses Alter, in dem man auch im Urlaub sein eigenes Ding machen will. Vor über vier Stunden ist Ronja zum Surfen los und nicht wieder aufgetaucht. Wahrscheinlich ist sie schon auf ihrem Zimmer. Sie duscht immer ewig, noch länger braucht sie zum Föhnen. In spätestens einer Stunde müssen sie beim Abendessen sein.

Vor Nina liegt der Pool. Die anderen Gäste sind schon ins Hotel gegangen, aber auf der anderen Seite des Beckens sieht sie noch das alte Paar aus dem Zimmer am Ende des Flurs. Hinter den Alten liegt das wilde Meer. Nur die Farben haben sich seit heute Morgen verändert. Das schäumende Türkis des Wassers und das

Vergissmeinnichtblau des Himmels, das Ocker des Hotelgebäudes, das Grün des Gartens, die Paradiesvögel auf dem riesigen Badeanzug der alten Dame, Ninas Beine und Arme – alles schimmert wie von einem goldenen Hauch überzogen, bevor gleich die Sonne untergehen und das Hotel der nächsten schwarzblauen Nacht überlassen wird. Es ist die siebte seit ihrer Ankunft.

Sieben weitere Nächte haben sie noch.

Nina überlegt, ob sie sich noch mal auf den Bauch drehen soll, aber sie ist zu träge dafür. Möglichst braun zu werden ist ihr einziger Ehrgeiz in diesen Tagen. Es ist ihr vor sich selbst ein bisschen peinlich, wie ausdauernd und strategisch sie sich dem Sonnenbaden verschrieben hat. Normalerweise hat sie höhere Ansprüche, an sich selbst und an ihre Urlaube, aber diesmal ist Braunwerden, neben Baden und Lesen, ihr wichtigstes Ziel. Es ist so etwas wie ihre Rache an Matthias. Wenn sie zurückkommen, wird er neben ihr noch blasser und müder wirken als sowieso. Noch Wochen soll er vor Augen haben, was er verpasst hat, nachdem er zwei Tage vor ihrem Abflug verkündet hat, er könne nicht mitkommen, sein Stellvertreter sei krankgeschrieben, bis auf Weiteres.

»Irgendwas Psychisches.«

»Und jetzt willst du der Nächste mit Burn-out werden?«

»Nina. Es geht nicht anders.«

»Aber vielleicht ist es das letzte Mal, dass Ronja mit uns verreist!«

»Nina!« Als hätte sie mit dem Hinweis, dass er eine Tochter hat, eine rote Linie überschritten.

Ihre Wut war riesig gewesen. Nina hatte Matthias stehen gelassen, weil das schon immer ihre Art war, wütend zu sein, Rückzug statt Angriff. Sie war immer noch wütend, als sie den Koffer packte. Die Wut saß mit im Auto zum Flughafen, sie saß im Flieger auf seinem leeren Platz, sie checkte mit ein in das Superior Doppelzimmer mit Meerblick im zweiten Stock, das Nina nun allein bewohnt. Für Ronja hatten sie ein Einzelzimmer gebucht, es ließ sich nicht mehr stornieren. Die Wut hielt Nina davon ab, Bescheid zu geben, dass sie gut angekommen waren. Am zweiten Abend rief Matthias an und wollte wissen, ob sie es schön hätten. »Ganz okay.« Seine Stimme ließ ihre Wut wieder aufflammen, darum gönnte sie ihm die Wahrheit nicht.

Ronja hatte noch geschlafen, als Nina sich am ersten Morgen gleich nach dem Aufwachen einen Kaffee besorgt hatte und damit an den Strand gegangen war. Sie schwamm kurz im Meer, danach trank sie den Kaffee und tauchte ein in die morgendlichen lichten Inselfarben. Plötzlich begriff sie: Sie würde in den nächsten zwei Wochen nichts tun müssen, worauf sie keine Lust hatte. Sie würde kein Tennis spielen müssen mit Matthias, dem schnell langweilig wurde. Sie würde sich keine Erklärungen anhören müssen, warum er leider doch mal telefonieren musste. Sie würde nicht schlafen müssen mit ihm, nur weil er glaubte, all den Sex, den sie nicht mehr hatten, im Urlaub nachholen zu müssen. Nina hob ihre im Strand vergrabenen Zehen an, der Sand streichelte rieselnd ihre Füße. Sie hatte alles für sich allein. Das schöne Zimmer, das breite Bett, die Stunden zwischen Aufwachen und Einschlafen, ihre Tochter. Das wird bestimmt wunderbar, dachte sie.

Es ist wunderbar.

Nina schaut aufs Handy, sie muss sich jetzt wirklich mal fürs Abendessen zurechtmachen. Als sie das Hotel betritt, kommt ihr eine Frau in ihrem Alter entgegen, hinter ihr ein Junge, der ungefähr so alt wie Ronja ist. Die Frau ist schön, auf diese spätsommerliche Weise, auf die man auch mit über fünfzig schön sein kann. Der Junge sieht auf unfertige Weise gut aus, der bald sehr attraktive Sohn einer immer noch attraktiven Mutter. Nina dreht sich nach den beiden um, sie schlendern über die Sonnenterrasse Richtung Strand. Der Junge bleibt stehen und hält prüfend die Hand in den Pool. »Fritz, guck mal!«, ruft die Mutter und zeigt aufs Meer, als könnte man es sonst übersehen.

Als Nina ihr Zimmer betritt, liegt Ronja auf dem Bett.

»Wo warst du so lang?«, fragt sie und tippt wie im Zeitraffer auf ihrem Handy herum. Sie trägt Flip-Flops und das weiße Kleid mit den Spaghettiträgern. Die von der Sonne ausgebleichten Haare hat sie hochgesteckt, sodass ihre Bräune, ihr Hals und ihre Schultern besonders gut zur Geltung kommen. Sie ist eine dieser jungen Frauen, die Nina gern gewesen wäre, prinzessinnenhübsch und dabei energisch und unerschrocken wie die zukünftige Anführerin eines kriegerischen Stammes, die selbstbewusste, wunderschöne Tochter einer nicht annähernd so selbstsicheren, schönen Mutter.

»Zieh die Schuhe aus, wenn du auf dem Bett liegst«, sagt Nina, um nicht in mütterlicher Anbetung zu erstarren.

Unter der Dusche denkt sie an die Freundin, die gestand, sie beneide ihre Töchter um ihre strahlende Jugend. Diese Beichte löste in Nina Befremden aus. Es gibt vieles, was sie an sich nicht mag. Ihre Scheu gegenüber Fremden. Wie leicht sie durch die entschieden vorgebrachten Ansichten anderer zu verunsichern ist. Dass sie aus Sorge, eine anstrengende Frau zu sein, auch dann noch Schweigen zu Silber verklärt, wenn es pures Gold für ihre Seele wäre, den Mund aufzumachen. Aber wenigstens ist sie keine, die das eigene Kind als Konkurrentin um Männerblicke betrachtet. Nina empfindet nichts als Stolz darüber, dass ausgerechnet sie ein so bezauberndes Geschöpf in die Welt gesetzt hat. Komisch, denkt sie, als sie sich das rote Kleid überstreift, dass Ronja noch nie einen Freund hatte oder zumindest keinen, von dem sie ihr erzählt hat. Als Nina sechzehn war, hatte sie schon mindestens zwei Lieben hinter sich, beziehungsweise das, was sie damals dafür gehalten hatte.

Nina hat es zu eilig, um länger darüber nachzudenken, Ronja wartet. Auf dem Hotelflur begegnen sie dem alten Ehepaar, das jetzt erst vom Pool zurückkommt, Hand in Hand. Im Restaurant, wo die Gäste feste Plätze haben, ist der Tisch neben dem ihrem eingedeckt, aber unbesetzt. Nina bestellt Weißwein, Ronja will nur Wasser. Sie gehen zum Vorspeisenbuffet. Als Nina sich Oktopussalat auftut, stellt sich die schöne Frau von eben zu ihr; sie wartet offenbar darauf, sich auch etwas vom Pulpo nehmen zu können. Nina reicht ihr den Servierlöffel.

»Danke«, sagt die Frau. »Ist der gut?«

»Oh, ja, das ist er.«

»Fein.« Die Frau lächelt mit weißen Zähnen und Lachfältchen um die dunkelgrünen Augen. »Übrigens, Ihr Kleid ist toll, Rot steht Ihnen großartig.«

Nina ist verlegen. »Danke.«

Sie und Ronja haben sich gerade hingesetzt, als die Frau und ihr Sohn den Nachbartisch ansteuern. »Guten Appetit«, wünscht die Frau. Der Junge tut cool, schaut aber immer wieder rüber, Nina bemerkt es genau. Sie selbst hätte als Teenager kaum einen Bissen runtergekriegt, wenn ein gleichaltriger, gut aussehender Junge sie dabei beobachtet hätte, aber falls Ronja nervös ist, lässt sie es sich nicht anmerken. Die anderen reden wenig beim Essen, dafür redet Nina umso mehr. Sie versucht, das innige Mutter-Tochter-Gespräch in Gang zu bringen, das sie gern führen würde, und stellt Ronja eine Frage nach der anderen. Ronja antwortet geduldig, aber nicht ausführlicher als nötig. »Was wollen wir denn morgen machen?«, fragt Nina. »Vielleicht doch mal einen Ausflug?«

»Was? Nee. Ich will surfen.«

Nina ist erleichtert.

Am nächsten Morgen wacht sie um halb acht auf und startet ihr lieb gewonnenes Urlaubsritual: Sie zieht den Badeanzug an, packt die übrigen Sachen ein, holt sich den ersten Kaffee, sichert sich ihre Lieblingsliege und badet im Meer. Später wird es ihr zu heiß werden, dann wird sie den Pool bevorzugen zur Abkühlung. Sie zieht sich den Bikini an, cremt sich ein und legt sich mit geöffnetem Oberteil auf den Bauch, obwohl sie Lust hätte, gleich mit Lesen zu beginnen. Da kommt auch schon das alte Paar, Frühaufsteher und Sonnenanbeter wie sie selbst.

»Hallo, darf ich?«

Nina öffnet die Augen und sieht ein grüngelbes Strandkleid. Sie hebt den Kopf an und sieht die schöne Frau, die auf die Sonnenliege neben ihrer zeigt. Sie möchte Nein sagen, sie will keine Fremde an ihrer Seite. Sie will ihre Ruhe. Die Frau trägt einen blauen Bikini, hat breite Hüften und einen erstaunlich flachen Bauch.

»Ja«, sagt Nina. Ihre Einsilbigkeit klingt rüde.

»Ich gehe mal zum Meer.«

»Viel Spaß.« Das hört sich schon wieder so kurz angebunden und unfreundlich an, so gar nicht nach ihr selbst, dass Nina anfügt: »Die Wellen sind herrlich.«

Die Frau bleibt lange weg. Nina beginnt fast, sich zu sorgen, da kehrt sie zurück. »Das war wirklich herrlich«, sagt sie, legt sich nass auf ihre Liege, die im Schatten des Sonnenschirms steht.

»Ist es nicht schrecklich heiß in der Sonne?«, fragt sie Nina, die inzwischen auf dem Rücken liegt und die Sonnenbrille aufgesetzt hat. Als sie zu der Frau blickt, ist ihr, als schaue diese ihr direkt in die Augen.

»Schon, aber morgens geht es noch.«

»Ich heiße übrigens Margot«, sagt die Frau.

»Ah. Ich bin Nina«.

Nina liest weiter, aber das von ihr verhinderte Gespräch steht wie ein Vorwurf zwischen Margots und ihrer Liege. Womöglich denkt sie, Nina sei eine blöde Kuh, dabei will sie doch nur wissen, wie das Buch weitergeht. Vielleicht, erschrickt Nina, reichen in ihrem Alter ein paar Tage, um kauzig zu werden? Sie lässt das Buch sinken.

»Sie sind auch allein hier? Also, mit Ihrem Sohn?«

»Ja.« Margot antwortet so prompt, als habe sie auf eine Frage gewartet, »aber wir können uns gern duzen. Deine Tochter schläft auch noch?«

»Die steht nie vor zehn auf, und nach dem Frühstück geht sie meistens sofort surfen. Deshalb müssen wir es nur abends schaffen, uns nicht auf die Nerven zu gehen.«

Der letzte Satz ist ein kleiner Verrat. Nina weiß nicht, warum er ihr herausgerutscht ist. Eigentlich verstehen Ronja und sie sich ganz gut. Aber Margot lacht wie eine Verbündete, und das gefällt ihr so, dass sie zu ihrer eigenen Überraschung nachlegt. »Immerhin ist mein Mann zu Hause geblieben, der würde mich noch viel mehr nerven, fürchte ich.« Margot lacht wieder, sie will wissen, wieso, und Nina erzählt.

Margot lacht lauter. »Da bin ich ja mal wieder froh, dass es in meinem Leben keinen Mann gibt, außer meinem Sohn.«

»Ihr seid getrennt? Der Vater und du?«

»Nein, Fritz hat gar keinen Vater.«

Jeder Mensch hat einen Vater. Nina erwartet eine Erklärung, aber Margot spricht nicht weiter, und so wird ihr letzter Satz zum ersten einer Geschichte, die Nina gerne hören würde. Es ist ein bisschen wie am allerersten Morgen, als ihr am Strand aufging, dass dieser Urlaub nicht doof werden würde, sondern wunderbar. Nun hat Nina plötzlich das Gefühl, dass es doch ganz schön sein könnte, hier nicht immer nur allein zu liegen, sondern neben jemandem, der zuhört, lacht und etwas zu erzählen hat. Sie kommen ins Plaudern. Woher kommt ihr? Wart ihr schon mal hier? Wie alt ist dein Kind? Wie lang bleibt ihr?

Fritz taucht auf. Anders als Nina erwartet, ist er gar nicht abweisend. Er hat nette Augen, so grün wie die seiner Mutter, mit denen er Nina gerade anblickt, als er ihr die Hand gibt, und er nennt Margot, trotz seiner siebzehn Jahre, unbefangen Mami.

»Mami, wollen wir mal frühstücken?«

Margot hakt sich bei ihrem Sohn unter, als sie zum Frühstückssaal schlendern. Nina schaut den beiden hinterher.

Als sie an den Pool zurückkehren, schläft Ronja immer noch. Fritz trägt jetzt eine Badehose und hat ein Handtuch mit. Die Liegen sind fast alle besetzt, nur am gegenüberliegenden Beckenrand findet er noch eine freie. Auch er geht als Erstes ins Meer. Er hat die schlaksigen Arme und Beine eines Jungen, aber die schon breiten Schultern eines Mannes.

»Man kann sich gar nicht satt sehen an diesen jungen Leuten, oder?«, sagt Margot. Nina hofft, wegen der Hitze sowieso ein rotes Gesicht zu haben, aber als Fritz vom Schwimmen zurückkommt, muss sie ihn erneut angucken. Er macht es sich auf der Liege bequem und hält auf einmal ein Buch in der Hand.

»Er liest?« Nina staunt. »Bücher?«

»Simone de Beauvoir, ›Sie kam und blieb‹, habe ich ihm empfohlen«, nickt Margot, als fände sie nichts Besonderes daran. Nina schweigt. So jemanden würde Nina ihrer Tochter als erste große Liebe wünschen. Oder besser noch als letzte. Matthias liest immer nur die FAZ und das Handelsblatt.

»Schon Viertel nach zehn«, sagt sie. »Ich geh mal meine Tochter wecken.«

Sie bringt Ronja einen Milchkaffee mit und setzt sich auf die Bettkante. »Die Frau«, sagt Nina, »die gestern mit ihrem Sohn angekommen ist –«

»– welche Frau mit Sohn?« Nach dem Aufwachen ist Ronja immer erst mal mies gelaunt.

»Die jetzt am Tisch neben uns sitzen. Die sind nett.«

»Wie kommst du darauf?«

»Ich habe mich mit ihr unterhalten.«

»Schön für dich«, murmelt Ronja, dann macht sie ein entschuldigendes Gesicht und berührt Ninas Knie. »Gib mir zehn Minuten, ja? Dann ziehe ich mich an.«

Nach dem Frühstück will Ronja ihre Badesachen von Ninas Balkon holen, aber Nina hat ihren Zimmerschlüssel in der Strandtasche am Pool vergessen, wo Fritz auf Ninas Liege sitzt und mit seiner Mutter redet.

»Boah, nee, bitte nicht«, zischt Ronja.

»Das ist Ronja. Ronja, das sind Margot und Fritz.« Nina ist froh, als ihre Tochter sich auf ihre gute Erziehung besinnt.

»Du gehst gleich zum Surfen?«, fragt Fritz.

»Genau«, sagt Ronja.

»Bist du gut?«

»Jeden Tag besser.«

»Ich surfe auch. Nimmst du mich mit?«

Ronjas linke Augenbraue wandert einen genervten Millimeter nach oben. »Klar«, sagt sie, »ich zeige den Leuten immer gerne den Weg. Aber dann komm, ich will los.«

»Aye, aye, Captain!« Fritz springt auf.

Nina bewundert ihre Tochter für ihre forsche Art, diesmal ist sie ihr unangenehm. Margot aber sagt: »Nicht nur hübsch, sondern tough, das hast du gut hinbekommen.« Da ist Nina wieder stolz, auch wenn es ihr nicht gelingt, Ronjas Wesen als etwas zu betrachten, das sie ihrer Erziehung zugutehalten könnte. Nina und Margot schwatzen, gehen mehrmals in den Pool und einmal ins Meer, Margot hört ein Hörbuch und fragt alle Viertelstunde, wie Nina es nur aushält in der prallen Sonne, Nina liest und zieht zu Margot in den Schatten, sie liegen jetzt dicht nebeneinander, einmal berühren sich ihre Arme, Margots Haut fühlt sich vor lauter Schweiß und Sonnencreme klebrig an, irgendwann beschließt sie: »Zeit für einen kleinen Nachmittagsschwips.«

»Ich kann tagsüber nichts trinken«, sagt Nina.

»Warum nicht?«

»Weil ich dann einschlafe oder nur noch Unsinn rede.«

»Eine Weißweinschorle wird dir schon nicht schaden.«

Zwei Stunden später stehen auf dem Tischchen vier leere Weingläser, vor ihren Liegen stehen Ronja und Fritz.

»Na, ihr zwei Hübschen.« Nina unterdrückt ein Kichern. »Hattet ihr Spaß?«

Ronja wirft ihr einen frostigen Blick zu.

»Yep«, sagt Fritz.

»Ihr anscheinend auch«, meint Ronja. »Ich gehe mal hoch.«

»Nimmst du mich mit?«, fragt Fritz.

»Auf keinen Fall.« Ronja geht, Fritz grinst und läuft hinterher. Sie sehen aus wie die Hauptdarsteller in einer romantischen Sommerkomödie, sie, die spröde Blonde, er, der charmante Sunnyboy. Margot kann anscheinend Gedanken lesen: »Die wären ein schönes Paar, oder?«

Nina kichert nun laut. »Aber Ronja hat noch nie einen Freund gehabt, glaube ich. Ich wüsste so gern, ob sie wenigstens schon mal geknutscht hat.«

»Ich war vierzehn bei meinem ersten Kuss«, sagt Margot. »Bei einem Fest der Freiwilligen Feuerwehr, der Typ war mindestens zwanzig, trug Uniform. Es war total eklig.«

»Du Arme, wie schade.«

Ninas erster Kuss war so magisch gewesen, dass sie bei jedem Kuss mit anderen Jungs auf etwas Ähnliches gehofft hatte, vergeblich. Sie hat ewig nicht daran gedacht, aber jetzt kann sie es sogar wieder fühlen. Den warmen Sand, Martins warmen Mund, seine Hände erst auf ihrem Hals und dann unter ihrem Top, dazu der Geruch des Meeres, das zarte Sägen der Zikaden und als einziger Zeuge ein runder gelber Mond. Sie war fünfzehn und machte mit ihren Eltern Urlaub in einer

Pension an der ligurischen Küste. Er war achtzehn und zeltete mit Freunden, mit denen sie den halben Abend am Strand verbrachten, bis sie plötzlich nur noch zu zweit im Sand saßen und dann lagen. Jungen wollten immer nur das Eine, hatte ihre Mutter sie mal gewarnt, aber nun entdeckte Nina, dass das nur die halbe Wahrheit war. Sie wollte dasselbe. Jedenfalls bis er seine Hand in ihre Shorts zu schieben versuchte, da sagte sie Nein. Er respektierte es.

»Und dann?«, will Margot wissen.

»Nichts und dann«, sagt Nina mit geschlossenen Augen. »Meine Eltern waren streng. Ich musste um zehn zurück sein und ich war eine sehr brave Tochter. Am nächsten Morgen reisten wir viel früher ab, als ich gedacht hatte, und ich wusste nicht, welches Zelt seins ist. Sonst hätte ich ihm einen Zettel mit meiner Nummer hingelegt. Ich habe ihn nie wiedergesehen.«

Ein paar Sekunden schweigen sie, dann reißt sich Nina aus ihren Erinnerungen. »Ich glaube, ich muss jetzt auch mal.« Sie packt ihre Badesachen zusammen und geht ins Hotel. Sie will auch noch Matthias zurückrufen, bevor sie Ronja zum Abendessen abholt.

»Wie war's mit Fritz?«, erkundigt sie sich, als sie zusammen auf den Fahrstuhl warten.

»Ganz okay.«

Nina rätselt, ob das ernst gemeint oder eine Untertreibung ist. Aber Ronja macht ein Pokerface.

Auf der Restaurantterrasse grüßen Margot und sie einander wie gute Kolleginnen in der Kantine. Später, nachdem erst Ronja gegangen ist und dann Fritz, setzt Margot sich zu ihr an den Tisch. Um halb elf ist Nina müde und geht zu Bett. Zehn Stunden später liegt sie schon wieder um neun Uhr morgens neben Margot am

Pool und plaudert. Auch heute gehen Fritz und Ronja surfen, nachmittags holt Margot die Weißweinschorlen. Der neue Urlaubstag wirkt wie abgepaust vom gestrigen, bis Margot sagt: »Wollen wir den Kellner bitten, dass er unsere Tische zusammenrückt?«

Diese Idee ist längst ein Beschluss, als Nina sie Ronja mitteilt. Ronja wirkt nicht begeistert, will aber nichts erklären. Zuerst ist die Stimmung angespannt, aber Fritz schafft es, Ronja aufzutauen. Als sie fast fertig sind mit dem Hauptgang, bringt er sie sogar zum Lachen. Sie sieht so schön aus, wenn sie lacht, so glücklich, denkt Nina. Nach dem Essen sitzen sie noch ein bisschen weiter zu viert zusammen, bis Ronja gähnt, sie wolle ins Bett. Bestimmt will sie zu ihrem Handy, um mit ihrer besten Freundin zu chatten. Vielleicht will sie ihr berichten, wie das Abendessen mit Fritz war, mit diesem erst ein bisschen nervigen, aber eigentlich doch ganz süßen Jungen?

»Gute Nacht«, winkt Ronja.

»Ich gehe dann auch mal«, entscheidet Fritz.

»Auf unsere Kinder!«, sagt Margot und hebt ihr Glas. »Ich glaube, die mögen sich.«

»Meinst du?«

Es würde Nina freuen, wenn Margot recht hätte. Nichts macht sie glücklicher, als ihre Tochter glücklich zu sehen. Außerdem beruhigt es sie, dass manches Schöne wieder und wieder und wieder geschieht in einer Welt, die sich ständig verändert, nicht unbedingt zum Besseren. Dazu zählt auch dieser Abend mit Margot. Noch vorgestern war sie eine Fremde, heute ist sie jemand, den morgen wiederzusehen Nina sich so freut, dass es sich ein bisschen wie Verknalltsein anfühlt. Und ist, überlegt Nina, eine beginnende Freundschaft nicht tatsächlich etwas ähnlich Magisches wie Verliebtheit? Zwei von achtzig Milliarden Menschen laufen sich zufällig über den Weg, um zu entdecken, dass sie sich gefunden haben, und sei es nur für ein paar Urlaubstage.

Als Margot am Dienstagmorgen auf sich warten lässt, wird Nina unruhig. Als Fritz um zehn zu ihr an den Pool kommt und ihr ausrichtet, Margot liege mit schlimmer Migräne im Bett, ist sie enttäuscht. Sie nutzt den Tag, um ihr vernachlässigtes Bräunungsprojekt voranzutreiben und endlich das dicke Buch zu Ende zu lesen. Sie ist froh, als er vorbei ist. Margot geht es ein bisschen besser, berichtet Fritz beim Abendessen. Er bringt ihr Suppe, Salat und liebe Grüße von Nina, Margot grüßt zurück.

Als Nina am Mittwoch wach wird, denkt sie: Nur noch drei Tage, dann müssen Ronja und ich schon wieder nach Hause. Sie ist versucht, bei Margot zu klopfen, aber das kommt ihr dann doch zu aufdringlich vor. Sie frühstückt ohne Ronja. Soll die doch schlafen, solange sie will, ihre Mutter ist erwachsen, die kommt auch ohne sie zurecht. Es ist fast mittags, als Ronja auftaucht mit Handtuch, Handy und überraschend guter Laune. »Fritz kommt auch gleich«, sagt Ronja, »wir bleiben heute hier, die Wellen sind auch nicht so gut heute.«

Die folgenden Stunden verbringt Nina damit, Ronja und Fritz zu beobachten, die ihre Strandlaken nebeneinander auf den Terrassenfliesen ausgebreitet haben, im Halbschatten einer großen Topfpalme. Nach drei Tagen sieht Fritz aus, als hätte er den ganzen Sommer am Strand verbracht, wie ein richtiger Surferboy. Ronja trägt den knappsten ihrer drei Bikinis. Sie liegen in anstandsgroßem Abstand zueinander. Anscheinend macht Fritz einen Witz nach dem anderen, jedenfalls lacht

Ronja andauernd und zwirbelt dazu am Ende ihres Pferdeschwanzes herum. Alle halbe Stunde springen sie in den Pool, wo sie die meiste Zeit mit jenen albernen Wasserspielen verbringen, deren einziger Sinn darin besteht, einander möglichst oft zu berühren.

Am nächsten Morgen bezieht Margot wieder ihren Stammplatz neben Nina. Es ist, als wäre sie nie krank gewesen. Nina freut sich so sehr darüber, dass sie noch redseliger wird als in den letzten Tagen, als hätte sie etwas aufzuholen. Sie beginnen, einander ihre Leben zu erzählen. Sie sprechen über ihre Jobs und darüber, auf welchem Weg sie wurden, was sie sind, sie diskutieren die Zumutungen der Wechseljahre und die Versuchungen und Risiken der Schönheitschirurgie, dann landen sie über den Aufstieg der AfD bei der Bundespolitik, bis sie wieder bei sich selbst ankommen, bei ihren Müttern, was sie anders machen wollten als sie und ob ihnen das gelungen ist. Von dort ist es nicht weit bis zu der Vater-Frage, die Nina sich endlich zu stellen traut.

»Fritz – er hat keinen Vater, hast du gesagt, wie meintest du das?« Sofort schämt Nina sich für ihre Neugierde. »Oder willst du darüber nicht –?«

»Doch, klar«, sagt Margot. »Ich kenne Fritz' Vater nicht, er ist per Samenspende gezeugt worden. Ich wollte unbedingt ein Kind, aber es gab niemanden, der eins mit mir wollte, deshalb.«

»Verstehe«, sagt Nina, obwohl sie sich unmöglich vorstellen kann, dass es keinen Mann gab, der dieser Frau ein Kind machen wollte. »Und wie war das so, so ganz allein schwanger und dann mit Baby?«

»Das größte Glück meines Lebens. Aber wahnsinnig hart.«

Margot erzählt mit einer entwaffnenden Ehrlichkeit,

die Nina erst überrascht und dann mehr und mehr in den Bann zieht. Eine Frau wie Margot hat sie noch nie getroffen. Margot ist wie eine unbekannte Welt, die es zu entdecken gilt. Als Nina die Fragen ausgehen, ist es später Nachmittag.

»Sieh an, da kommen ja endlich unsere Kinder«, sagt Margot.

Ronja und Fritz haben eine Strandwanderung in den nächsten Ort gemacht, um elf sind sie aufgebrochen.

»Wie war's?«, fragt Nina.

»Gut«, sagt Ronja. »Und bei euch?«

Margot und Nina tauschen vielsagende Blicke, Ronja verzieht das Gesicht.

»Was ist?«, fragt Fritz.

»Das Übliche. Peinliche Mütter.«

An diesem Abend umarmt Margot Nina, als sie einander Gute Nacht sagen, drückt sie und küsst ihre Wange, nicht flüchtig, sondern sanft. »Hast du morgen schon was vor?«

»Ich habe ein Date mit meiner neuen Freundin«, sagt Nina. »Um neun am Pool?«

Ihr letzter Tag vergeht wie die anderen, erst langsam und dann zu schnell. Nach dem Essen bleiben Ronja und Fritz länger sitzen als sonst. Fritz trinkt ein Bier, Ronja einen Campari-O-Saft, für den sie zu jung ist, aber im Urlaub kann man auch als Mutter ausnahmsweise beide Augen zudrücken, findet Nina, besonders am letzten Abend. Als das Bier und der Longdrink alle sind, beschließen Fritz und Ronja ein letztes Tischtennismatch.

»Sehen wir uns noch mal?«, fragt Fritz.

»Ich fürchte nicht«, antwortet Nina, »der Flughafenshuttle fährt schon um kurz nach sieben.«

»Dann tschüss und gute Reise«, sagt Fritz.

»Ich weck dich um sechs«, ruft Nina Ronja hinterher. Sicher ist sicher, wer weiß, wie lange sie aufbleiben wird in dieser allerletzten Nacht. Ronja tut, als würde sie nichts hören, hakt sich bei Fritz ein und zieht mit ihm ab. »Und was machen wir jetzt?«, fragt Margot.

Nina weiß, was sie machen möchte.

Sie will den Urlaub dort beenden, wo er begonnen hat. Sie möchte sich vom Meer verabschieden, das sie vor dreizehn Tagen so verführerisch willkommen geheißen hat.

»Wir nehmen den Wein und setzen uns an den Strand.«

Nina und Margot sitzen Schulter an Schulter im Schwarzblau, am Himmel steht ein dünner weißer Mond. Sie trinken Weißwein, sie überlegen, wann und wo sie sich zu Hause treffen könnten und was Ronja und Fritz wohl gerade tun, sie lassen sich vom Kommen und Gehen der Wellen hypnotisieren.

»Ich hoffe wirklich, wir sehen uns mal wieder«, sagt Margot und nimmt Ninas Hand.

»Ja, das hoffe ich auch.« Der Wein ist leer, vielleicht deshalb kommt es Nina völlig normal vor, Margots Hand zu halten, die so warm und weich ist wie der Sand unter ihren Füßen. »Ich werde dich vermissen.«

Margot schaut sie an. Nina schaut zurück.

Obwohl es dunkel ist, sehen sie einander ganz genau.

Als Margots Hand sich aus Ninas löst und sich auf ihren Hals legt und Margots Mund sie küsst, mit geöffneten Lippen, zärtlich und feucht, ist Nina verblüfft, aber nur ganz kurz. Davor, denkt sie bei ihrem ersten Kuss, hat meine Mutter mich nie gewarnt.

MAX OSSWALD

No Country for Schwäbische Men

Lehrjahre sind keine Herrenjahre und dementsprechend auch sehr unpraktische Jahre für Urlaub. Aber da ich dem Irrglauben unterlag, zu denken, Interrail sei total günstig, fuhr ich los. Das Gute: Obwohl mein Reisebudget wie ein vegetarisches Frühstück war (abgespeckt), die Hostels so günstig, dass ich mich rückblickend wundere, dass ich weder von Kriminellen noch von Läusen überfallen wurde, war es alles in allem eine ganz schöne Erfahrung. Es gab da nur eine Sache, die nach wie vor weh tut, tief im Herzen, in einem ganz bestimmten Herzen.

Paris. Ich war 25 und erpicht, so billig wie möglich zu reisen, daher gab es Wasserhahnwasser und Baguettes vom Bäcker, die ich mit meinen Tränen gesalzen habe, nachdem ich die Preise gesehen hatte. Spoiler: Paris eignet sich zum Sparen überhaupt nicht. Und ich oute mich hiermit: Ja, ich bin Schwabe. Und ja, natürlich will ich einen Bewirtungsbeleg für meine Kugel Eis. Und ja, die war betriebsnotwendig, wie diese Geschichte hier beweist. Nur, falls jemand vom Finanzamt mitliest. Deshalb blutete mir in Paris: das Schwabenherz.

Das Schwabenherz ist ein kleiner Begleiter, den wir Schwaben im Umgang mit Geld immer mit dabeihaben. Es ist ein kleines Herz mit Sandalen, Socken, Schnauzbart, einem Kulturbeutel voller Rabattcoupons und dem Lebensmotto: schön, schöner, umsonscht. Es meldet sich zum Beispiel, wenn ich abendessen möchte: »Ha noi, Kerle, du holsch dir jetzt nix im Restaurant, sondern oifach ein Sandwitch vom Subbermarkt und dein Weckle von dahoim. Des muss reiche! Oder, no besser: nur des Weckle von dahoim! Oder, no besser: nix!« Oder auf einem Festival: »Duschen, fünf Euro?! Sag mal: Braucht's des wirklich? Hier stinket se doch eh alle. Des Geld bringsch lieber auf'd Sparkass. Lieber inveschtieren und dafür bissle miefen. Und fürs Strullern brauchsch hier au nix blechen, husch in dr' Busch, subber oifach, weil i sag ja immer: Aufs Depot statt aufs Klos! Schaffa statt wascha! Auf, jetzt sammelsch bissle Pfand dahanna, des gibt sauviel pro Becherle!«

Egal ob Eiffelturm, Champs Élysées oder das allgemeine Stadtbild abseits der Klischee-Orte – Paris ist ja an Hässlichkeit nur schwer zu überbieten. »So ein Quatsch«, höre ich Sie jetzt denken oder griesgrämig vor sich hin brabbeln, »ich war mal da und fand es total nett!« Diplomatisch, wie ich bin, kann ich nur sagen: Falsch! Da hilft der Stadt auch die olle Mona Lisa nix. Paris ist sogar so hässlich, dass es ein eigenes Krankheitsbild für die Hässlichkeit der Stadt gibt. Das »Paris-Syndrom«. Kein Scheiß. Legen Sie das Buch ruhig weg und googeln Sie. Ich warte.

(…)

Na, zu viel versprochen? Paris macht mit seiner Hässlichkeit Leute psychisch fertig, weil die Erwartung so hoch und die Realität so ernüchternd ist. Stadt der Liebe? Vielleicht: Stadt der … lieber nicht. Aber das wusste ich damals nicht.

Deshalb dachte ich: Na ja, immerhin gibt's in Montmartre ja ein paar schöne Ecken (wenn man in die richtige Richtung schaut). Passt doch. Ich gab mir einen Ruck: Komm, lass doch mal alles bisschen mehr auf dich wirken. Was für eine Scheißidee! Dafür kann die Stadt vielleicht nichts, vielleicht aber doch – jedenfalls blieb ich bei einem dieser Hütchenspiele stehen, bei denen es drei Becher und einen kleinen Ball darunter gibt und jemand mit bemerkenswert flinken Finger die Becher verschiebt, eine Tätigkeit für alle, denen kellnern nicht hardcore genug war oder die zu zappelig sind, um als DJ zu arbeiten. Wer errät, unter welchem Becher der Ball liegt, gewinnt das Doppelte des Einsatzes: aus 50 Euro werden 100 Euro.

»Des isch ja a saukomischs Gschäftskonzebbt, aber brudale Marge, gell! Für des Geld musch beim Bosch ja ewig am Band umananderwerkle«, schüttelt mein Schwabenherz den Kopf. Recht hat es, aber ich trat interessiert näher und näher.

Mein Schwabenherz warnte: »Halt, halt, halt! Du gehsch jetzt glei wieder da weg, Kerle, i sag's dir!« »Ach komm, nur 'ne Runde zuschauen«, antwortete ich achselzuckend. »Jaaa-ha, gugga koscht nix, was ja au schee isch, aber des isch saugfährlich!«

Ich beobachtete das Spiel. Die meisten Leute verloren. Aber einige Leute gewannen tatsächlich. 50 Euro gegeben, 100 Euro zurückgekriegt. Einfach so, zack. Ich beobachtete weiter und merkte von Mal zu Mal: Ich hätte auf den richtigen Becher getippt. Und wieder. Und wieder. Ich zückte mein Portemonnaie. »WAS? BISCH DU PLEMPLEM?! HAU AB, DU SEGGEL!«, interveniert mein Schwabenherz.

»Ach, entspann dich. Nur einmal ausprobieren! Ich mein, ich bin ja nicht so doof wie die anderen hier!«, sagte ich.

Ja, was soll ich sagen? Ich spürte also zum ersten Mal am eigenen Leib, wie Spielsucht funktioniert, wie es einem wie im Rausch sehr unwohl und heiß wird, wie man sich aus lauter Dummheit sein Geld »zurückerkämpfen« möchte, wie man denkt »beim nächsten Mal weiß ich's aber so was von besser, das gibt's ja nicht, das war pures Pech!«. Innerhalb von fünf Minuten verlor ich 200 Euro.

Ich wünschte wirklich sehr, dass ich das für diesen Text hier nur erfunden hätte. 200 Euro. Rechnet das mal hoch. Das waren zum damaligen Zeitpunkt 40 Döner! 60 Döner zu meinen Teenie-Zeiten! Jedem, den ich kenne, hätte ich einen dämlichen blinkenden Eiffelturm kaufen können. Das wäre ein Fallschirmsprung gewesen oder ein halbes Mal Escort. Oder Klopapier für 15,2 Jahre. Ja, das hatte ich tatsächlich ausgerechnet. Dafür hätte ich mich in Montmartre nicht nur zeichnen, sondern in Öl malen lassen können. 200 Euro in fünf Minuten, das war ein Stundenlohn von −2.400 Euro. −19 200 Euro am Tag. −384 000 Euro im Monat. Ich hatte auf einen Monat gesehen ein Haus verloren! Oder eine Besenkammer in München, je nachdem. Oder andersherum: Bei Mindestlohn musste man damals drei Tage lang dafür arbeiten, vier Tage, wenn man irgendwas mit Medien oder fünf Tage, wenn man was Soziales machte und über ein halbes Jahr, wenn man in einem Entwicklungsland für Primark arbeitete.

Wir gingen in ein Café und ich bestellte als guter Verlierer trotzdem Cappuccino und Croissant.

Für 8 Euro. Mein Schwabenherz wimmerte nur noch: »I glaub, i spinn, ja legg mi doch am Arsch, mach doch, was de willsch ...«

»Ach, komm, so viel teurer als in München ist das jetzt auch nicht.«

»Oje, mir läbed ja in München ... des hat i ja scho wieder völlig verdrängt ...«

»Jetzt hör doch mal auf. Ist ja nicht so, als wären die anderen deutschen Großstädte besonders günstig.«

Das Schwabenherz winselte kläglich.

Unterdessen blickte ich mich um. Wir hatten hier ausnahmsweise mal eine schöne Ecke gefunden. Ganz schön schön, wenn es schön ist, dachte ich. Pariserinnen und Pariser flanierten vorbei, die Sonne schien, man grüßte sich.

Und es war ja auch nicht so, als wäre da gerade mein ganzes Leben an mir vorbeigezogen. Es ging mir ja gut. Ich hatte heute zwar nicht direkt meine intellektuelle Sternstunde, aber es tat auch nicht wirklich weh, das Ganze hatte keine bleibenden Schäden verursacht, und ich musste ja niemandem davon erzählen. Außer vielleicht irgendeinem Verlag, der mir für diese Geschichte hier Geld geben will, dann hätte ich den Verlust zumindest wieder drin. Ich atmete zufrieden durch, lehnte mich rüber und sagte zum Schwabenherz: »Also: Aus einem nihilistischen Standpunkt heraus und im Hinblick darauf, dass wir alle sterben werden, ist das da vorhin ja eigentlich eh egal. Auch wir beide werden mal tot sein.«

»Ja schee ... Aber musch du bis dahin so viel Geld nausschmeißa, Kerle? Und mit ›Oh, gugg her, mir send bald alle dod‹ machsch dir's au ganz schee leicht, des kannsch ja immer sagen.«

»Vielleicht. Aber was bringt's mir denn, mich jetzt deswegen fertigzumachen? Ja, es war unfassbar dumm. Ich kann's aber nicht mehr ändern. Die eigentlich Frage ist doch dann eher: Will ich mich denn deswegen schlecht fühlen?«

»Du bisch ja ein Held, bimbam aber au! Wenn du di ned schlecht fühla würdsch, tätescht ja auch nix draus lernen!«

»Ja, aber sich von Vergangenem die Gegenwart vermiesen zu lassen, ist aber auch nur so semigeil. Das ist jetzt eine Geschichte, die mich im Moment aufregt, worauf ich aber schon in ein paar Jahren lachend zurückschauen kann. Und Geld ist ja nicht alles.«

Beim letzten Satz zuckte das Augenlid des Schwabenherzes nervös und unkontrolliert. »Mhm, sicherlich!«, sagte es zähneknirschend.

Anschließend schlurften wir dann die Stufen hinauf zur Sacre Coeur. Ich blickte hinab auf die Stadt. Als ich mich umdrehte, bemerkte ich eine wunderschöne Französin, die mich verrucht ansah. Liebe auf den ersten Blick, wir ließen alles stehen und liegen, küssten uns, gingen Arm in Arm an der Seine entlang, dem Sonnenuntergang entgegen, in ihre kleine Mansardenwohnung hoch über den Dächern von Paris – und machten viele Babys.

Das wäre ein cooles Ende gewesen.

War's aber nicht.

Stattdessen sagte ich zum Schwabenherz: »Ich glaub, wenn man zu viel nach hinten blickt, hat man davon nichts, außer Schmerzen im Genick.«

Da kuschelte es sich liebevoll an mich. »Weisch was? Heut sind wir mal crazy. I geb dir a Kugel Eis aus. Und wir lasset den Bewirtungsbeleg … oifach weg.«

DORA HELDT

Helgoland oder Der Anfang vom Ende

Jede Erinnerung hat ihren Ort und dieser Ort bekommt dadurch einen gewissen Zauber. In Hamburg habe ich meinen ersten Kuss bekommen, in Berlin war ich zum ersten Mal richtig verliebt, in Bad Godesberg zog ich mit meinem damaligen Freund zusammen, in Bremen bekam ich meinen ersten Heiratsantrag und … dann gibt es da noch Helgoland. Damit verbinde ich ganz besondere Erinnerungen, wenn auch nicht die besten. Aber auch die sind immer für irgendetwas gut.

Mein Mann Lars hat im Sommer Geburtstag. Und zwar mitten im Sommer. In einem Monat, in dem immer schönes Wetter ist, mit blauem Himmel, lauen Nächten, Grillengezirpe und Froschkonzerten. Als Novembergeborene habe ich ihn darum schon immer beneidet: Geburtstagsfrühstück im Garten, selbst gepflückte Blumensträuße, Erdbeertorte, Geburtstagsgäste in leichten Sommerkleidern und kurzen Hosen, mit braun gebrannten Gesichtern, Sommersprossen und guter Laune.

Lars hingegen interessiert das alles gar nicht, übrigens genauso wenig wie sein Geburtstag. Er mag keine Partys, mehr als vier Leute zu Besuch sind ihm sowieso zu viel, er hat keine Lust, an Termine zu denken, und hasst Großeinkäufe. Viel lieber geht er an freien Wochenenden mit seinem Freund Paul segeln. Der hat ein eigenes Boot, das Lars auch gern hätte. Dafür reicht aber unser Geld nicht.

Das nächste Problem ist sein Geschenk. Wir führen zweimal im Jahr das gleiche Gespräch, einmal im Sommer, einmal kurz vor Weihnachten:

»Sag mal, was wünschst du dir eigentlich?«

»Keine Ahnung.«

»Aber du musst doch irgendeinen Wunsch haben.«

»Ein Boot.«

»Haha. Und jetzt mal im Ernst?«

»Mein Akkuschrauber muckt.«

»Ich kann dir doch zum Geburtstag keinen Akkuschrauber schenken.«

»Wieso nicht?«

»Den kannst du dir doch selbst kaufen. Außerdem hasse ich Baumärkte.«

»Ja, dann weiß ich auch nicht.«

Ich kaufe ihm dann immer ein Hemd, zum Geburtstag mit kurzen, zu Weihnachten mit langen Ärmeln. Und wenn ich Geld und gute Laune hatte, noch einen Gutschein für den Baumarkt. Das alles war mittlerweile genauso langweilig wie er und ich und wie unsere Ehe. In diesem Sommer sollte endlich einmal alles anders werden.

Wir hatten seit über vier Wochen traumhaftes Wetter. Jeden Tag ein wolkenloser Himmel und fünfundzwanzig Grad. Ideales Wetter für einen romantischen Ausflug. Und ich wusste auch schon, wohin: nach Helgoland, Deutschlands einziger Hochseeinsel, mit der Langen Anna und den Lummenfelsen, dem Unter-, Mittel- und Oberland, den bunten Hummerbuden, den Schiffen, den Flaggen, der Sonne – und mit Lars und mir mittendrin.

Ich hatte herausgefunden, dass es von unserem nah gelegenen kleinen Flughafen günstige Direktflüge zur Insel gab. Morgens hin, abends zurück, dazwischen zollfrei einkaufen und alles für weniger Geld, als eine Gartenparty gekostet hätte. Die Idee war glänzend und ich würde zwei Fliegen mit einer Klappe schlagen.

Die erste Fliege: Ich hatte ein richtig originelles Geburtstagsgeschenk. Zweite Fliege: Lars brauchte unbedingt eine neue Segelkombi, also Hose und Jacke, und hatte sich in eine ganz bestimmte verliebt. Nicht nur schön, sondern auch auf dem neuesten Stand der Segeltextiltechnik. Die, aber auch nur die, sollte es sein. Im Internet hatte Lars vor einiger Zeit gesehen, dass dieses Teil in einem Seglerladen auf Helgoland nicht nur mehrwertsteuerfrei, sondern auch erheblich reduziert angeboten wurde. Lars hatte mehrere Freunde gefragt, ob sie mit ihm nach Helgoland segeln würden, alle hatten abgewinkt, es gäbe nur einen einzigen Grund, nach Helgoland zu segeln, das ist die Pfingstregatta, und die ist an Pfingsten und somit schon gewesen. Aber vielleicht nächstes Jahr. Bestellungen übers Internet lehnte Lars ab, da war er komisch, und deshalb hatte er seit zwei Wochen schlechte Laune. Nur weil er nicht in diesen Laden am Helgoländer Hafen kam. Jetzt könnte er. Dank meiner Idee.

Ein kleines Problem gab es allerdings: Ich habe Flugangst. Nicht nur ein bisschen, sondern ganz massiv. Ich schlafe vorher nicht, mir wird an Bord schlecht, ich werde regelrecht hysterisch, muss mich übergeben und werde irgendwann ohnmächtig. Nachdem ich zweimal dieses Spektakel im Beisein mir völlig fremder Menschen überlebt hatte, beschloss ich, mir eine Bahncard zu kaufen und Urlaube nur noch in Autonähe zu planen. Das ist auf Dauer etwas umständlich. Man kann seine Flugangst auch bekämpfen. Dafür gab mir ein befreundeter Kollege einen bombensicheren Tipp: »Du musst mal mit einem ganz kleinen Flugzeug fliegen. So richtig mit Kontakt zur Crew und als Sichtflug. Dann bist du damit durch. Das hat bei meiner Schwester auch geholfen.«

Dieser Rat fiel mir jetzt wieder ein. Vielleicht war das beste Geburtstagsgeschenk aller Zeiten auch eine wunderbare Therapie gegen meine blöde Flugangst. Wir würden es ja sehen, dachte ich mir.

Eine Woche später hatte Lars Geburtstag. Ich deckte den Frühstückstisch im Garten, pflückte einen riesigen Blumenstrauß und zog mir ein leichtes Sommerkleid an. Die beiden Flugtickets hatte ich hübsch eingepackt und sogar noch eine kleine Flasche von Lars' Lieblingswhiskey gekauft. Entspannt lehnte ich mich zurück und wartete auf seine begeisterte Reaktion.

Lars starrte auf die Tickets, drehte sie mit gerunzelter Stirn um, hob den Kopf und fragte: »Samstag? Diesen Samstag?«

Ich nickte lächelnd. Liebevoll lächelnd.

»Das ist aber dumm. Da wollte ich mit Paul nach Brunsbüttel segeln. Kannst du die zurückgeben?« Jetzt lächelte ich bemüht. »Nein. Kann ich nicht. Dann ist das Geld weg.«

»Was willst du denn auf Helgoland? Das ist doch total langweilig.«

Mein Lächeln war nun angestrengt. »Du warst noch nie da. Wir können uns doch mal einen schönen Tag machen. Bei diesem Wetter wird das bestimmt toll.«

Lars schob die Tickets wieder in den Umschlag zurück. »Das ist nur schön, wenn man da übernachtet.

Das sagen zumindest alle, die mal da waren. Und das können wir uns ja wohl nicht leisten.«

Ich hatte keinerlei Ambitionen, auf Helgoland zu übernachten. Ich wollte meine Flugangst besiegen, das Segelkombi-Schnäppchen kaufen, zwei bis drei Fischbrötchen essen und danach wieder nach Hause. Nicht mehr und nicht weniger. Und jetzt freute sich Lars überhaupt nicht. Mein Lächeln war endgültig weg, die Anstrengung noch da.

»Meine Güte, du kannst jeden anderen Samstag segeln. Außerdem hast du dir nichts gewünscht, ich habe dich doch dreimal gefragt. Jetzt denke ich mir was aus und du meckerst rum. Super.«

Ich hatte jetzt diesen nörgeligen Ehefrauenton, den Lars mindestens so hasste wie Gartenpartys. Ich riss mich zusammen und fuhr in halbwegs normalem Ton fort: »Und außerdem kannst du dir da die Segelkombi kaufen, über die du seit Wochen redest.«

Ich fand mich sehr souverän und wurde tatsächlich mit einem Lächeln belohnt, das über das Gesicht meines Angetrauten huschte.

»Ach ja, das Angebot, das stimmt ja. Das ist ja gut, das machen wir. Schön. Vielen Dank.«

Er stand sogar auf, um mich auf die Wange zu küssen. Na bitte, dachte ich, geht doch.

Am Samstag mussten wir um sechs Uhr aufstehen, der Flug ging um acht Uhr. Mir war nicht besonders gut. Ich hatte kaum geschlafen, mein Puls raste, ich hatte Schweißausbrüche und war unkonzentriert. Ich hoffte nur, dass genau dieser Flug mich davon heilen würde.

Lars gähnte sechsmal hintereinander, während wir Kaffee tranken.

Als ich aus Versehen aufstöhnte, sah Lars mich nur kurz von der Seite an.

»Wieso stöhnst du denn?«

»Ich stöhne nicht.«

»Doch.«

»Nein.«

»Kriegst du jetzt wieder deine Flugangst?«

Ich fand sein Lächeln zynisch, hatte aber viel zu viel mit den Katastrophenszenarien in meinem Kopf zu tun, um mich auf eine unserer albernen Streitigkeiten einzulassen. Also schwieg ich und versuchte, an der Schläfe den Akupressurpunkt zu finden, der Schwindelanfälle mildert.

Lars legte nach: »Ich habe mich sowieso gewundert, dass du fliegen willst. Sonst machst du doch immer so einen Aufstand.«

»Ich mache keinen Aufstand. Ich habe Flugangst.«

»Sag ich doch.«

»Wir müssen los.« Abrupt stand ich auf. »Und du könntest auch mal anerkennen, dass ich dir zuliebe in ein Flugzeug steige.«

»Mal sehen«, sein skeptischer Blick folgte mir, als ich an ihm vorbei in die Küche ging.

Eine halbe Stunde später fuhren wir auf den Parkplatz des Flughafens. Es standen nur zwei Autos vor dem Gebäude, beide auf dem Personalparkplatz, sehr viele Fluggäste gab es wohl nicht. Lars stieg umständlich aus und sah sich um.

»Bist du sicher mit der Uhrzeit? Es ist halb acht und kein Mensch ist da.«

Mittlerweile hielt mich die Angst wie eine Kralle am Nacken. Ab und zu fühlte ich mich von ihr geschüttelt.

Mir war furchtbar schlecht, meine Beine waren wie aus Gummi. Ich wollte überhaupt nicht fliegen. Nie mehr. Aber wir waren ja schon am Flughafen.

»Das steht doch auf dem Ticket.« Mit zitternden Händen kramte ich den Umschlag aus meiner Tasche. »Ja, hier, Abflug acht Uhr fünf. Und wir sollen eine halbe Stunde vorher da sein.«

Lars nahm mir die Tickets aus der Hand und überflog das Gedruckte. Vielleicht war es ein Zeichen. Der Flug würde gar nicht stattfinden, weil zu wenige Fluggäste gebucht hatten. Wir bekämen das Geld zurück, ich bräuchte nicht fliegen, Lars könnte nach Brunsbüttel segeln und ich würde mich mit meinem Krimi auf die Terrasse setzen. Mein Puls verlangsamte sich etwas. Tief ausatmend streckte ich mich und sah meinen Mann hoffnungsvoll an.

»Dann fliegt der Vogel wohl nicht. Dann gehen wir jetzt schnell rein und geben die Tickets zurück. Ein anderer Tag kommt ja wohl nicht infrage.«

Ich hatte keine Ahnung mehr, warum ich das ganze Unternehmen überhaupt angeleiert hatte. Was wollten wir denn auf Helgoland? Nur wegen dieser Segelkombi diese ganze Anstrengung? Von dem Geld könnte sich Lars ja ein schönes neues Hemd kaufen. Oder einen weiteren Akkuschrauber. Da war ich jetzt großzügig.

Lars blickte sich um. »Die können doch den Flug nicht kurz vorher absagen. Das sind kleine Maschinen. Also, ich will jetzt nach Helgoland. Das wäre sonst wirklich ärgerlich.« Er schloss das Auto ab und ging auf das Gebäude zu.

»Kommst du? Schatz?«

Lieber Gott, mach, dass wir nicht in ein Flugzeug müssen! »Ja. Ich komme schon.«

Mit schweren Schritten folgte ich Lars. So eine schwachsinnige Idee!

Die blonde Frau hinter dem Schreibtisch sah lächelnd auf. »Guten Morgen. Sie wollen nach Helgoland?«

Nein, dachte ich und hörte Lars antworten: »Genau. Sind wir die Ersten? Oder kommt keiner mehr?«

»Doch, doch«, sie streckte die Hand nach den Tickets aus, »es kommen noch drei Personen. Danke. Sie können da vorn einen Moment Platz nehmen.«

»Und wenn die anderen nicht kommen?« Meine Stimme klang belegt.

Die Blonde sah hoch. »Dann verfallen deren Tickets. Dann haben sie Pech. Aber fünf Minuten geben wir ihnen noch. Die Maschine ist auch noch nicht fertig.«

»Aber sie fliegt?« Jetzt klang ich wie ein Kind. Wie ein weinerliches Kind.

»Selbstverständlich.«

Lars schüttelte mich leicht an der Schulter, um mich aus meiner Schockstarre zu befreien. Wir setzten uns mit Blick auf den Parkplatz auf die Bank, die neben dem Eingang stand. Und warteten. Lars ungeduldig, ich ängstlich. Drei Minuten später hielt ein silberfarbener Kombi mit Recklinghauser Kennzeichen neben unserem Auto. Drei Menschen stiegen aus. Drei dicke Menschen. Der größte war vermutlich der Vater. Um die vierzig, wenig Haar, rote Bermudashorts, kariertes kurzärmeliges Hemd, Socken, Wanderschuhe, Herrentasche. Die Frau war etwas kleiner, dafür noch dicker, blonde Dauerwelle, die gleichen Bermudashorts, T-Shirt mit einem applizierten Glitzerflamingo, Wanderschuhe, kleiner silberfarbener Rucksack. Der Junge war ungefähr zwölf, mindestens so dick wie seine Eltern, mit blauen Bermudashorts, einem Schalke-Trikot und einem Gesichtsausdruck, der meiner Gemütsverfassung entsprach.

»Mutti, nimm die Regenjacken mit. Und Kay-Uwe, jetzt mach nicht so ein Gesicht, sonst fängst du dir gleich eine.«

Kay-Uwe trat kurz gegen die Felge, was Vati zum Glück nicht sehen konnte, weil er aus dem Kofferraum Aluplanen nahm, die er als Sonnenschutz vor die Autoscheibe klemmte.

»So. Habt ihr alles? Jetzt los, los. Die warten nicht auf uns.« Er hob den Kopf und sah uns. »Moin, moin. Auch nach Helgoland?«

Ich nickte nur lahm, während Lars demonstrativ auf die Uhr deutete. »Wir warten schon.«

»Ja, ja«, der Mann wischte sich den Schweiß von der Stirn, »fahren Sie mal mit Frau und Kind in Urlaub. Das dauert, bis die fertig sind, da wird man ja verrückt. Kommt ihr jetzt?« Der letzte Satz wurde über den Platz gebrüllt.

Kay-Uwe lehnte mit unverändertem Gesichtsausdruck am Auto und starrte böse seine Mutter an, die aus drei Regenjacken kleine Würstchen drehte, um sie in den Rucksack zu stopfen. »Schrei doch hier nicht so rum, wir kommen ja schon. Los, Schätzchen, jetzt wollen wir fliegen. Sei lieb.«

Kay-Uwe trat als Antwort wieder gegen die Felge.

»Kay-Uwe! Jetzt reicht's aber!« Sein Vater schnappte mit hochrotem Kopf nach Worten.

»Familie Oldenkötter?« Die Flughafenangestellte verhinderte einen offenen Vater-Sohn-Konflikt.

»Ja, zur Stelle.« Vati warf seiner Familie einen bösen Blick zu, bevor er sich wieder der Flughafenangestellten zuwandte. »Wir sind doch wohl nicht zu spät?«

»Ich brauche Ihre Tickets. Die Maschine ist schon zum Einsteigen bereit.«

Das traf mich wie ein Keulenschlag. Vor lauter Oldenkötters hatte ich völlig vergessen, warum ich überhaupt hier saß. Lars stand sofort auf.

»Na bitte. Komm, steh auf.«

»Aber wir …«

Lars zog mich am Arm. Ich schüttelte ihn ab. »Aber wir haben gar keine Regenjacken mit.«

Mit einer Mischung aus Resignation und Verwunderung sah er mich an. »Es ist nicht eine Wolke zu sehen. Und auch kein Regen angesagt.«

»Doch«, trompetete Herr Oldenkötter in unsere Richtung. Er hatte anscheinend gute Ohren. »Gegen Nachmittag soll's erste Gewitter geben. Seewetterbericht. Tja, man sollte sich informieren, wenn man auf Reisen geht.«

Lars hob nur leicht die Augenbrauen. Dann sagte er leise: »Totaler Blödsinn. Und jetzt komm.«

Er zog mich an der Hand und folgte der Frau, die um das Gebäude herumging, um dann sofort auf dem Flugfeld zu stehen. Ich hatte mir zu keinem Zeitpunkt Gedanken darüber gemacht, was für ein Flugzeug von hier aus nach Helgoland flog. Aber dass es eine so kleine Maschine war, das wäre mir nicht im Traum eingefallen. Ich schluckte und kämpfte die anrückende Hysterie nieder.

»Guck mal, Vati, das Flugzeug hat genau dieselben Reifen, die du unter unsere Gartenschubkarre geschraubt hast. Ist ja lustig.«

Frau Oldenkötter schmiss sich fast auf den Rasen vor Begeisterung, ich betrachtete die winzigen Reifen und war davon überzeugt, dass das nicht gutgehen würde.

»Gundula, sagst du deinem Sohn bitte, dass er seine Jacke nicht so über den Rasen schleifen soll, ich rege mich sonst nur wieder auf.«

»Kay-Uwe, Schätzchen, gib Mutti mal die Jacke. Guck, da steht der Pilot. Sag ihm schön Guten Tag.«

Kay-Uwe ließ die Jacke auf den Rasen fallen und kickte einen Stein weg. Er traf mich am Bein. Ich drehte mich um, das dicke Kind starrte mich an und grinste. »Lars, ich steige da nicht ein.«

»Oh doch«, die Hand meines Mannes lag plötzlich auf meinem Rücken und schob mich, »du steigst da ein, wir beide steigen da ein. Wir ignorieren diese Leute und machen uns einen schönen Tag. Es kann nichts passieren, die fliegen jeden Tag hin und her, es dauert keine zehn Minuten, und ich bin ja bei dir.«

Ehrlich gesagt war mir das ziemlich egal, auch wenn Lars es nett gemeint hatte.

»Was ist denn nun?« Die dröhnende Stimme von Oldenkötter ließ Lars noch mehr schieben. »Kay-Uwe, wir lassen dich gleich hier stehen.«

»Mama!«

Kay-Uwe konnte sprechen. Und ich wusste nicht, was ich schlimmer fand: die drei dicken lauten Menschen hinter mir oder den sehr kleinen, sehr dünnen, etwa fünfundsechzigjährigen Piloten vor mir. Er trug eine Brille mit Glasbausteinen, die auf etwa sechzehn Dioptrien hinwies, und lächelte uns schüchtern an.

»Tag.«

Ich konnte nicht antworten, es war auch egal, es war alles egal, es kam auf nichts mehr an. Höflichkeit, Anstand, nichts zählte mehr, ich würde als unhöflicher Mensch abstürzen. Wen interessierte es noch?

Lars schob mich über die winzige Treppe durch die

winzige Tür in das winzige Flugzeug und drückte mich auf den Sitz direkt hinter den Platz des halb blinden Piloten. »Hier kannst du alles gut sehen, es nimmt dir die Angst. Also, bleib ganz ruhig.«

Ich schloss die Augen, ließ mich von meinem Mann anschnallen und dachte über mein bisheriges Leben nach. Wenn ich das hier überlebte, was nicht sehr wahrscheinlich war, wollte ich meine Ehe verändern, mich mehr um Familie und Freunde kümmern, nicht immer so ungeduldig sein ...

»Kay-Uwe, jetzt steig ein oder es knallt!«

»Ich steig da nicht ein, ich muss spucken.«

... ganz geduldig werden, wieder Sport machen ...

»Wenn du spucken musst, dann mach es jetzt, aber dalli!«

»Dieter, jetzt schrei den Jungen nicht an. Ihm ist übel.«

... freundlich zu Kindern sein, mich nicht mehr in fremde Angelegenheiten einmischen ...

»Ich schreie nicht. Ich steige jetzt ein. Hallo, der Herr Pilot, dann wollen wir mal in die Lüfte, was?«

Die Maschine wackelte, als Dieter Oldenkötter sich in den Sitz hinter mir fallen ließ. »Gundula, komm schon. Wir warten auf euch.«

Lars drückte meine Hand und schnallte sich an.

... auf keinen Fall aggressiv und ungerecht werden, positiv denken ...

»Kay-Uwe!« Oldenkötters Organ ließ fast mein Trommelfell platzen. Ich öffnete die Augen und drehte mich um. »Herrgott! Geht das nicht noch lauter?«

Lars musterte mich kurz von der Seite und sagte dann sehr deutlich zu Kay-Uwe: »Mein Junge, wenn du nicht sofort deinen Hintern in dieses Flugzeug kriegst, nagele ich dich auf die Tragfläche.«

»Also, was fällt Ihnen …«

»Können wir jetzt?« Der Pilot sah die empörte Gundula durch die dicke Brille beschwörend an, woraufhin sie den heulenden Kay-Uwe an uns vorbei zu dem Sitz neben seinem Vater führte.

»Solche Kinderhasser«, zischte sie ihrem Mann zu und ließ sich auf ihren Platz fallen. Die Maschine bebte bei der Bewegung. »Sie haben wohl keine Kinder, was?« Kay-Uwe trat gegen meine Rückenlehne.

… und ich werde Kinder lieben, ihnen ein Eis kaufen …

Lars atmete tief durch den Mund ein und durch die Nase wieder aus. Das machte er immer, wenn er schlechte Laune bekam. Es war eine Art Schnüffelatmung.

Ich schloss die Augen fester. Ich versuchte, autogenes Training zu machen. Mein rechter Arm sollte schwer werden, mein linker Arm sollte schwer …

Kay-Uwe trat wieder zu. Langsam drehte ich mich um und fixierte ihn. »Lass das!« Ich zischte wie eine Schlange. Jedes S scharf. Kay-Uwe heulte wieder und der Pilot warf die Maschine an. Mir wurde schwindelig. Und Lars atmete hörbar ein.

Als ich die Augen wieder öffnete, sah ich unter mir die Nordsee und vor mir Helgoland. Hinten war Ruhe und Lars atmete wieder normal. »Schön, nicht?«, sagte er und beugte sich nach vorn. »Du kannst sogar die Segelschiffe sehen.«

»Ja, das ist doll!« Dieter Oldenkötter schien kein Problem mehr mit Kinderhassern zu haben. »Das ist wirklich doll. Guck doch mal, Gundula. Das ganze Wasser. Das gibt's in Castrop nicht.« Er hieb Lars die Hand auf die Schulter. »Wir kommen nämlich aus Castrop Rauxel, sind das erste Mal an der Nordsee. Schöner Urlaub, tolle Ferienwohnung in Cuxhaven, kostet ein paar Scheinchen, aber was soll's. Klotzen, nicht kleckern, sagt Vati immer. Nicht, Kay-Uwe, das gefällt dir doch auch. Da kannst du in der Schule doch ordentlich was erzählen.«

Kay-Uwe trat wieder zu. Ich schloss die Augen.

Und dann begann der Landeanflug. Es ruckelte, mein Magen rutschte weg, Kay-Uwe heulte und Gundula Oldenkötter rief: »Ach Gott, das ist ja eine kurze Landebahn. Mallorca ist länger. Das schaffen wir doch nie. Wir fallen ins Was...«

Hart setzte die Maschine auf und bremste, bremste, bremste. Als wir standen, öffnete ich langsam die Augen. Geschafft. Wir hatten es geschafft. Oldenkötters applaudierten. Der Pilot drehte sich zu uns um und sagte freundlich: »Herzlich willkommen auf Helgoland. Ich wünsche Ihnen einen schönen Tag und wir sehen uns ja heute Abend wieder.«

Ich taumelte neben Lars auf das Flughafengebäude zu und sagte: »Das war knapp, oder?«

Verständnislos sah er mich an. »Wie? Knapp? Das war doch ein total ruhiger Flug. Kein Wind, kein Gewackel und so eine sanfte Landung. Du stellst dich wirklich immer mehr an. Nur diese Oldenkötters gingen mir auf die Nerven. Grauenhafte Personen. Und dieses dicke Kind trat dauernd gegen die Sitze.«

»Du hättest ja auch mal was sagen können.«

»Wozu? Dann denken die noch, ich will mich unterhalten. Wie geht es jetzt weiter?«

»Ich glaube, ich brauche erst mal einen Kaffee.« Ich verdrängte den Gedanken an den heutigen Abend, es war ja noch nicht einmal halb neun.

»Jetzt lass uns doch erst mal auf die Hauptinsel fahren. Ich habe keine Lust, mich da an den Kiosk zu setzen. Wir können am Hafen ein Café suchen.«

»Wieso am Hafen? Willst du sofort in den Seglerladen? Dann müssen wir doch die ganze Zeit die Klamotten mitschleppen. Lass uns das doch zum Schluss machen.«

Lars überlegte kurz. Dann nickte er. »Können wir auch. Mir ist warm. Das ist vielleicht schwül heute. Ich bin zu dick angezogen.« Er trug Jeans und T-Shirt und hatte sich einen Pullover über die Schultern gelegt. »Auf dem Boot wäre es jetzt schöner.«

Ich hob den Blick gen Himmel. Ganz weit hinten sah ich plötzlich Wolken. Aber sie waren sehr weit weg. Im selben Moment sah ich Familie Oldenkötter in Richtung Kiosk laufen. Ich zog Lars am Arm. »Die dicken Oldenkötters gehen Pommes essen. Wir gehen besser zur Fähre.«

Eine Viertelstunde später standen wir auf dem Deck des Bördeboots und tuckerten Helgoland entgegen. Irgendwie sah der Himmel komisch aus. Die Schwüle wurde von einem leichten Wind abgelöst. Eigentlich war das ganz angenehm. Lars betrachtete jetzt auch den Himmel. »Das sieht nicht gut aus«, bemerkte er, »das fehlt ja noch, dass es anfängt zu regnen.«

»Wieso rumhängen?« Sein Pessimismus ging mir auf die Nerven. »Wir trinken erst mal einen Kaffee, dann wollen wir aufs Unterland, dann aufs Oberland, dann über den Klippenrandweg zur Langen Anna, dann zum Lummenfelsen, dann Mittagessen, dann shoppen. Wann hängen wir denn rum?«

»Ich habe überhaupt keine Lust, bei der Hitze stundenlang durch die Gegend zu rennen.«

»Ich denke, es gibt gleich Regen?«

»Dann habe ich erst recht keine Lust.« Er atmete tief ein. Und ganz weit weg hörte ich ein sehr leises Donnergrollen. Das passte zur Stimmung.

»Egal.« Ich stülpte mir eine Schirmmütze auf. Lars konnte Frauen mit Schirmmützen nicht leiden.

»Es hilft auch nichts, der Flieger geht sowieso erst um achtzehn Uhr. Und ich habe keinen Bock, mich mit dir zu streiten.«

Lars hatte wieder Schnüffelatmung und das Boot legte an.

Die bunten Hummerbuden am Hafen waren zwar sehr hübsch, hatten aber nicht geöffnet. Wir stellten fest, dass wir eine Stunde zu früh waren. Mittlerweile musste ich dringend zur Toilette und wechselte vom entspannten Schlendern zum Stechschritt.

»Wieso rennst du denn so?« Lars' Schnüffelatmung war einer Schnappatmung gewichen.

»Ich muss mal. Ich gehe in den nächsten Imbiss.«

»Das hättest du ja auch am Flughafen erledigen können. Da waren Toiletten.«

»Da musste ich noch nicht.«

»Man muss doch nicht so plötzlich. Das merkt …«

»Lars! Ich diskutiere das nicht! Da hat was auf.«

Die Kneipe hieß »Bei Manni«. Wir traten ein und standen in einem dunklen Gastraum, der aus allen Ritzen nach altem Pommesfett stank.

»Moin. Bitte schön?«

Meine Augen gewöhnten sich nur langsam an die Dunkelheit, ich erkannte erst eine wasserstoffblonde Frau hinter dem Tresen, dann ein Schild, auf dem »Toiletten« stand.

Erleichtert lächelte ich die Bedienung an und sagte:

»Einen Milchkaffee bitte«, bevor ich auf meine Rettung zusteuerte.

»Ham wir nicht, nur Filterkaffee.«

»Egal, nehme ich auch.« Ich hatte den Türgriff schon in der Hand, als ich Lars hörte. »Können wir draußen sitzen?« Die Tür schlug hinter mir zu. Als ich zurückkam, saß Lars am Tresen. Vor ihm standen eine Cola und mein Kaffee. Etwas umständlich kletterte ich auf den wackeligen Hocker neben ihm.

»Wolltest du nicht raus?«

»Die Dame muss erst die Stühle abwischen. Das dauert noch, hat sie gesagt.« Er verzog sein Gesicht zu einer Grimasse.

Ich probierte den Kaffee. »Ich hätte was anderes bestellen sollen.«

Lars tippte vorsichtig auf den Tresen. »Alles schmierig. Wir hätten woanders hingehen sollen. Was ist denn mit dem Kaffee?«

»Lauwarm.«

»Die Cola auch. Ohne Kohlensäure. Und dafür müssen wir Geld ausgeben.«

Sein Gesicht passte in dieses düstere Loch. Ich stupste ihn an, er zog seinen Arm weg. »Jetzt entspann dich. Wir müssen ja nicht austrinken.«

»Und meine Klamotten riechen, als wenn ich in der Fritteuse gelegen hätte.« Er schnupperte am Ärmel. »Widerlich.«

»Jetzt steigere dich nicht rein. Wir können ja gleich gehen.«

Wir mussten noch zehn Minuten warten, bis die Bedienung wieder reinkam. Wir sprachen kein Wort. Und Lars schnüffelte.

Als wir vor die Tür traten, donnerte es. In der kurzen

Zeit hatte sich der Himmel verdunkelt. Der Wind war stärker geworden.

»Und nun?« Ich starrte in den Himmel. Seit vier Wochen das beste Sommerwetter und ausgerechnet jetzt kam das erste Gewitter. Vielleicht war es ja nur ein ganz kurzes. »Wo willst du jetzt hin?«

Lars sah sich kurz um und deutete ein paar Meter weiter. »Da vorn ist ein Eiscafé. Das ist überdacht. Von da aus können wir das Ausbooten sehen. Die ersten Schiffe kommen doch gerade an. Ansonsten kriegen wir gleich einen nassen Hintern.«

Die ersten dicken Tropfen fielen. Es grummelte weiter, ein Blitz erhellte plötzlich den Himmel und dann prasselte der Regen wie ein Wasserfall auf den Platz. »Na super.« Lars sah mich mit zusammengezogenen Augenbrauen an.

Ich hob die Hände. »Entschuldigung, ich habe nicht gewusst, dass meine Regentänze dermaßen gut funktionieren. Guck mich nicht so an, ich kann doch nichts dafür.«

»Na? Wollen Sie nicht lieber drinnen warten?« Die Blondine stand mit verschränkten Armen hinter uns. »Das kann dauern. Und weiterlaufen würde ich nicht. Ohne Regenjacke schon gar nicht.«

Eine Stunde lang sah es aus, als ob die Welt unterging. In dieser Zeit saßen wir in der dunklen Gaststube und klebten fast mit den Händen an dem schmierigen Tisch fest. Lars trank mittlerweile Helgoländer Eiergrog, dessen Geruch mich fast betäubte. Wir stritten. Während im Hintergrund auf »Welle Nord« verschiedene Schlagersänger die Liebe, die Sehnsucht und den Sommer anpriesen, stritten wir über meine spontanen Einfälle, über seine Launen, über Eiergrog am Vormittag und später über ihn und mich im Allgemeinen. Natürlich stritten wir nicht laut, sondern zischten uns nur über den klebrigen Tisch hinweg an, was es aber in der Sache nicht besser machte. Schließlich bestellte ich mir auch einen Eiergrog. Er schmeckte genauso grauenhaft, wie er roch, aber er wärmte, machte mich ein bisschen heiter, und überraschenderweise schien er Lars zu versöhnen. Er prostete mir zu und sagte: »Es hört langsam auf zu regnen. Jetzt lass doch diese Diskussionen, es bringt doch nichts.«

Mein Glas war leer, ich war weder Alkohol am Vormittag, geschweige denn diese Inselmixtur gewöhnt. Mein Hirn war weich und entspannt, ich lächelte meinen Mann schief an und sagte: »Lass uns gehen.«

Wir verließen die Kneipe etwas wackelig und liefen die Hauptstraße, den Lung Wai, entlang. Die Läden und Lokale hatten mittlerweile alle geöffnet, es nieselte und die Temperatur war um gefühlte zwanzig Grad gefallen. Ich fror, trotz des Eiergrogs und meines warmen Gesichts. Vor einer kleinen Boutique blieb ich stehen. »Ich kaufe mir jetzt eine Jacke.«

Lars lief weiter.

»Lars!« Ich hatte einen fiesen Geschmack im Mund und sehnte mich nach einer Flasche Wasser. »Ich muss was trinken. Ich habe so einen Durst.«

Lars blieb stehen und drehte sich langsam um. »Was denn jetzt? Wir haben doch gerade was getrunken. Und einkaufen wollen wir zum Schluss.«

»Mir ist kalt. Und ich habe einen Pappmund. Ich kaufe mir etwas zum Anziehen und hier nebenan eine Flasche Wasser. Wartest du oder willst du mit rein?«

Eine leere Coladose traf mich am Fuß.

»Kay-Uwe, nicht mit der Dose kicken, davon gehen

die Schuhe kaputt. Oh, hallo, wen haben wir denn da? Na? Da habe ich ja wohl recht gehabt, mit dem Wetter, was?«

Ich floh in den Laden und sah Dieter Oldenkötter, der Lars auf den Rücken schlug.

Während ich in der Umkleidekabine stand und eine wasserfeste Kapuzenjacke anprobierte, hörte ich eine leise Stimme. »Bist du da drin? Oh, Entschuldigung.« Ich zog den Vorhang auf und sah Lars, der mit hochrotem Kopf vor einer anderen Kabine stand.

»Ich bin hier. Suchst du mich?«

Mit schnellen Schritten ging er auf mich zu. »Du hättest ja warten können. Die Frau da hinten hat dieselben Schuhe wie du. Ich dachte, du bist das, und reiße den Vorhang auf. Peinlich.«

»Du hättest ja die Antwort abwarten können. Willst du dir nicht doch eine Regenjacke kaufen?«

»Ich kaufe nachher die Segelkombi. Deswegen sind wir hierhergefahren. Shoppen kann ich auch zu Hause.«

Manchmal muss man auch nicht antworten. Ich bezahlte die Jacke, die ich gleich anbehielt, und folgte Lars nach draußen. Wir liefen direkt in die Oldenkötters hinein. »Aha. Doch was eingekauft. Tja, wir haben sicherheitshalber alles dabei. Was haben Sie denn für die Jacke bezahlt? Die ist ja schick. Guck doch mal, Dieter, würde mir so was auch stehen?«

Gundula Oldenkötter rieb den Stoff meines Ärmels zwischen zwei Fingern. Unterdessen trat Kay-Uwe gegen einen Ständer mit Windrädern und Helgolandflaggen, der mit einem Heidenkrach umstürzte. Frau Oldenkötter ließ von meiner Jacke ab und drehte sich zu ihrem Sohn. »Das macht doch nichts, Kay-Uwe, das steht auch alles so eng. Komm, Mutti hilft dir.«

Während sie sich abmühte, den Ständer wieder aufzustellen, streckte ihr Balg mir die Zunge heraus.

»Komm, Lars, wir müssen los. Tschüss, viel Spaß noch.« Ich zog Lars an der Hand mit, weg von diesen Leuten, weg von der immer voller werdenden Straße. Mittlerweile waren die Ausflugsschiffe angekommen und hatten Zehntausende Tagesgäste auf die Insel gespült. Im andauernden Nieselregen eilten alle ins Unterland zu den Geschäften und Lokalen. Wir schlängelten uns durch den Menschenstrom, ich vorneweg, Lars trottete hinterher. »Wo willst du eigentlich hin?«

»Zum Oberland. Da sind nicht so viele Leute. Wir wollten doch auf den Klippenweg.«

»Du wolltest. Ich müsste jetzt auch so langsam mal zur Toilette.«

Ich schluckte eine scharfe Bemerkung runter, weil mir eine Dame von rechts ihren Schirm ins Gesicht stach und mir ein Kinderwagen in die Kniekehlen geschoben wurde. Lars griff plötzlich nach meinem Arm. »Komm weg hier. Das ist ja nicht auszuhalten. Diese Massen. Was wollen die alle hier? Es gibt doch einen Fahrstuhl aufs Oberland. Wo ist der?«

Stumm deutete ich zum Ende der Straße. Jetzt übernahm Lars die Führung. Etwas später standen wir vor dem Kassenhäuschen des Fahrstuhls. Leider nicht nur wir. Vor uns standen ungefähr fünfzig Menschen und zu allem Überfluss reihten sich gerade die Oldenkötters ein. Ich schüttelte entschlossen den Kopf. »Ich stelle mich hier nicht an, um Geld für einen Aufzug zu bezahlen. Und dann muss ich noch mit den drei Dicken zusammen da hoch. Im Leben nicht. Ich laufe.«

Mit skeptischem Blick sah Lars mich an. »Das ist aber ganz schön hoch. Bist du sicher? Und es regnet.«

»Es hört gleich auf. Guck mal, da hinten wird es schon hell. Außerdem bin ich fit. Los, komm schon.« Entschlossen ging ich auf die Treppen zu. Lars folgte in kleinem Abstand. Betont munter und locker begann ich den Aufstieg. Ich kannte diesen Aufstieg zwar aus der Beschreibung in dem kleinen Reiseführer, den ich letzte Woche gekauft hatte, aber niemals hatte ich überlegt, wie sich zweihundertsechzig Stufen in den Beinen anfühlten. Falls ich diese Treppen, diese unglaublich vielen, schiefen Treppen mit guter Laune und ohne allzu große Mühe überstehen würde, dann hätte ich sicherlich auch die Fähigkeit, meine Ehe in die richtigen Bahnen zu lenken. Wenn nicht – ja, dann müsste ich noch mal richtig über alles nachdenken.

Bis zur siebzigsten Stufe hatte ich noch die Illusion, dass ich gleich meinen toten Punkt überwinden würde, dass der Endorphinausstoß käme und ich wie von selbst Stufe um Stufe erklimmen könnte. Aber der tote Punkt ließ sich nicht überwinden. Er war noch nicht einmal mehr nur ein Punkt. Es war eine riesige tote Fläche. Ich pfiff bereits beim Atmen, meine Beine hatten sich in zwei schlappe, schwere Säcke verwandelt, mein Rücken brach fast durch und ich schwitzte. Der mittlerweile wieder stärker gewordene Regen störte mich kaum noch, so konnte man wenigstens nicht sehen, ob meine Haare verschwitzt oder einfach nur regennass waren. Auf der Hälfte der Strecke sah ich endlich eine freie Bank, auf die ich wie in Trance zusteuerte und mich sinken ließ. Mir tat alles weh. Mit einem Stöhnen fiel Lars neben mir auf die Sitzfläche und wischte sich den Schweiß oder Regen aus dem Gesicht.

»Was für ein Schwachsinn«, ächzte er und ich gab ihm recht, konnte aber nicht antworten, weil mir immer noch die Luft dazu fehlte. »Und ich glaube, wir haben noch mal dasselbe vor uns. Ich sage es dir, das war das erste und letzte Mal.«

Irgendwie schafften wir es, nach gefühlten drei Stunden und sechzig Litern Regenwasser das Oberland zu erreichen. Das Erste, was wir sahen, war Kay-Uwe Oldenkötter. Er hielt ein Fernglas vor sein rundes Gesicht und starrte uns unbewegt entgegen.

»Da sind ja zwei nass geworden.« Dieter Oldenkötter stand nebst Gattin Gundula unter einem Regenschirm.

Beide trugen die gleichen gelben Regenjacken. »Wie war der Aufstieg?«

»Schön.« Das Wasser troff Lars über das Gesicht. Seine Haare waren angeklatscht, der Pullover klumpig. »Und es hält schlank und fit.«

Die Antwort war gut, seine Laune nicht. Von einem Spaziergang am Klippenrandweg war keine Rede mehr, schweigend machten wir uns auf den Weg zum Aufzug.

Als wir endlich wieder auf dem Unterland waren, spürte ich zwar weder meine Beine noch meinen Rücken, aber frieren konnte ich noch.

»Wir suchen uns jetzt ein Lokal, wo es warm und trocken ist, essen was richtig Tolles, bleiben zwei Stunden da und gehen dann in den Seglerladen.« Lars hatte seine Sprache wiedergefunden.

Wir zwängten uns durch die Menschenmassen und versuchten verzweifelt, in irgendeinem Lokal zwei freie Plätze zu finden. Es war aussichtslos.

Lars blieb stehen und sah sich um. »Das ist ja wohl der blödeste Tag seit Langem. Wenn ich nicht gleich was zu essen kriege, bekomme ich schlechte Laune.«

»Ach. Und was hast du jetzt?« Ich hätte das besser

nicht fragen sollen, aber ich hatte auch Hunger. Und auch ich fand diesen Tag blöd. Aber ich konnte das nicht sagen, weil es ja meine Idee gewesen war. Lars schüttelte den Kopf und ging mit wütenden Schritten weiter. Wir waren schon wieder kurz vor dem Hafen. Es musste doch irgendetwas Überdachtes und Warmes geben, wo man sich etwas zu essen kaufen könnte. Es regnete weiter wie in Bindfäden.

»Juhu.« Dieter Oldenkötters Stimme röhrte über den Platz.

Lars blieb stehen und hob die Hand. »Vielleicht sitzen die irgendwo und haben noch was frei.«

»Lars! Ich will nicht mit denen essen.«

»Oh doch.« Langsam ging er auf den winkenden Oldenkötter zu. »Ich will trocken essen. Egal mit wem. Von mir aus kannst du weiter im Regen stehen. Mir reicht es. Hallo, Herr Oldenkötter.«

»Na, Mensch, hier trifft man sich ja dauernd.« Der trockene Dieter Oldenkötter war uns entgegengekommen. »Sie sind ja ordentlich durchweicht. Wir sitzen da in der Bude. Eigentlich hatten wir einen Tisch bestellt, gleich als wir angekommen waren. War eine Empfehlung von Gundulas Schwester. Aber jetzt will unser Kay-Uwe unbedingt ins Nordseemuseum. Also, wenn Sie wollen, dann können Sie den Tisch übernehmen.«

Ich lächelte Oldenkötter fast dankbar an. Kay-Uwe hin oder her, jetzt hätte ich seinen Vater küssen können. Das Wasser sammelte sich in meinen Schuhen. »Sehr gerne.« Mit seinem ganzen Charme schüttelte Lars ihm die Hand. »Das ist sehr schön, bei dem Wetter ist ja alles voll. Dann gehen wir da gleich hin. Wo ist das Lokal denn?«

»Gleich da drüben, an der Ecke. ›Bei Manni‹. Und

wie gesagt, auf Oldenkötter bestellt, nicht dass da was durcheinanderkommt.«

Wie gut, dass ich ihn nicht geküsst hatte.

Die wasserstoffblonde Bedienung lehnte rauchend an der Eingangstür und nickte uns zu. »Ja, der hat 'n Tisch bestellt. Um vier. Aber die Küche hat zu. Hab ich ihm gesagt.«

Lars krächzte verzweifelt. »Und jetzt gibt es nichts mehr zu essen? Irgendwas. Egal was. Mir hängt der Magen sonstwo.«

Die Blonde setzte sich träge in Bewegung und ging in die dunkle klebrige Gaststube. »Schmalzbrot. Und Gulaschsuppe kann ich anbieten. Eiergrog dazu? Ist auch warm.«

Wir saßen am gleichen Tisch wie vorhin, aßen die schlechteste Gulaschsuppe der Welt, tranken Eiergrog, der überhaupt nicht mehr heiter machte, und schwiegen. Mir fiel nichts ein und Lars konzentrierte sich auf das Trocknen und den Eiergrog. Was war das nur für ein schrecklicher Tag? Und dann musste ich auch noch zurückfliegen. Unauffällig sah ich auf die Uhr. In zwei Stunden bereits.

Mein Mann rührte in seinem Becher und starrte auf den Fernseher, der in einer Ecke stand. Es lief eine Talkshow ohne Ton.

»Lars, es ist schon nach vier. Wann müssen wir denn zum Flughafen?«

»Was?« Elektrisiert sah er mich an. »Nach vier? Dann müssen wir sofort los. Ich bin nur wegen der Segelkombi hier, das wäre ja wohl der Witz, wenn wir das jetzt vertrödeln. Zahlen bitte.«

Wir traten hinaus in den strömenden Regen. Der Segelladen war nicht weit weg, aber der Weg reichte aus, um wieder komplett nass zu werden. An Lars' straffer Körperhaltung sah ich aber, dass seine Laune um einiges gestiegen war. Er war auf dem Weg zur tollsten Segelkombi seines Lebens. Später würden wir auf Partys lässig erzählen, dass wir manchmal nach Helgoland fliegen, um Segelkombis zu kaufen, auch wenn das Wetter da oft schlecht ist. Und alle würden lachen.

Inzwischen waren wir vor dem Laden angekommen. Lars drückte an die Tür. Drinnen sah es dunkel aus. Lars drückte etwas kräftiger, verharrte und beugte sich vor, um ein Schild zu lesen. Ich blickte über seine Schulter auf das Schild: »Liebe Kunden. Aufgrund einer Familienfeier schließen wir heute um fünfzehn Uhr dreißig. Wir danken für Ihr Verständnis und sind morgen wieder für Sie da.« Als ich Lars anschaute, war mir auf einmal alles klar.

Vor ein paar Tagen habe ich Lars wieder getroffen. Mein Exmann war braun gebrannt und erzählte mir, dass er mit seinem Freund Paul die Pfingstregatta nach Helgoland gewonnen habe. Anschließend haben sie »Bei Manni« gefeiert. Die Wasserstoffblonde sei immer noch da, sie heiße Belinda und habe ihn sofort wiedererkannt.

Ich komme gerade von einem Norderney-Urlaub zurück. Das Hotel mit Sauna und Schwimmbad war sehr schön. Da hat der Regen gar nicht gestört. Außerdem war ich nicht allein dort, sondern mit David. Wir haben uns auf einem Flugangstseminar kennengelernt. Und David war der Pilot. Er leidet übrigens unter Seekrankheit, deshalb fliegen wir jetzt immer. Ist ja kein Problem.

BENJAMIN CORS

Die Liebe am Montagmorgen

Keine Geschichte sollte an einem Montagmorgen beginnen. Schon gar nicht im April, wenn Graupel auf das Dachfenster einprügelte und der Radiowecker ausgerechnet Bon Jovi durch alle noch schlafenden Körperzellen jagte.

You give love a bad name.

6 Uhr 15.

Aus Franks Sicht war 6 Uhr 15 keine Uhrzeit, sondern eine Kriegserklärung. Und obwohl er aus Erfahrung wusste, dass dieser Morgen nichts als Grausamkeiten mit sich bringen würde, beging er dennoch eine erste heldenhafte Tat: Er öffnete ein Auge.

Dunkelheit empfing ihn. Hüllte ihn ein in eine trügerische Sicherheit.

Mit der linken Hand suchte er nach dem Wecker, er streckte sich, stöhnte dabei leicht.

Es gelang ihm erstaunlich schnell, Bon Jovi zum Schweigen zu bringen, bereits nach drei Sekunden war es wieder still im Schlafzimmer. Aber Frank wusste sehr wohl: Es waren genau drei Sekunden zu viel. Die erste romantische Begrüßungsformel von der anderen Bettseite bestand dann auch aus einem genervten »Was brauchst du so lange, um die Musik auszumachen?!«. Dann hört er, wie Claudia sich umdrehte, ihre ganze

Körperhaltung war ein stummer Protest – gegen diesen Tag, gegen diese Woche, gegen ihn. Obwohl sie ihn natürlich liebte, sie hatte es ihm erst gestern gesagt. Ach nein, das war letzten Monat gewesen.

In der verzweifelten Hoffnung, dass sie zuerst ins Bad gehen würde, blieb Frank noch einen Moment liegen und lauschte in das Haus hinein. So still, so friedlich. Nichts war schöner als schlafende Kinder.

RATSCH – RATTTTTAAAATTTAAAA. Die Attacke kam vom Haus nebenan, der Nachbar zog die Rollläden hoch. Ein Fenster wurde aufgerissen, Frank hörte, wie dieser Idiot doch tatsächlich *Always look on the bright side of life* sang. Er schaute zur anderen Betthälfte, doch seine *bright side of life* war schon wieder eingeschlafen. So still, so friedlich. Nichts war schöner als eine schlafende Ehefrau.

6 Uhr 23.

Ein Winseln drang durchs Haus, gefolgt von einem Kratzen.

»Mr White muss raus«, murmelte er. Mr White war ein Labrador. Oder ein Labrador-Doodle, so genau wusste er das gerade nicht.

Wieder ein Winseln. Frank regte sich nicht, stellte sich tot.

»Es ist dein Hund«, murmelte Claudia.

»Wie bitte?«, entfuhr es Frank. »Du wolltest unbedingt einen Hund, und zwar so einen wie deine Freundinnen, so einen angesagten …«

»Nicht so laut«, unterbrach ihn Claudia, »die Kinder schlafen noch.«

Frank fügte sich. Müde tapste er nach unten, wo ihm aus dem Halbdunkel des Wohnzimmers eine kehlköpfige Stimme begrüßte: »Werrrr will noch mal, werrrrrr hat noch nicht! Eine Extrrrrarrrrunde, gut festhalten, los geht's! Hallo, Hallo, winkt mal!«

Das mit dem Papagei war ein Fehler gewesen. Frank wusste das jetzt. Aber es hatte auch niemand ahnen können, dass Cocos Vorbesitzer ein Fahrgeschäft auf dem Rummel betrieben hatten. Der Vogel hatte die ersten zehn Jahres seines Lebens neben einem sogenannten »Taumler« verbracht, während Vicky oder Cindy oder Shakira ins Mikrofon schrien und die Besucher animierten, die Hände in die Luft zu strecken und danach für drei Euro noch eine weitere Fahrt zu kaufen.

Und so schrie Coco, ein ausgewachsener Ara-Papagei, ihnen im Haus immer wieder Motivationssprüche entgegen. Sein unaufhörliches »Uuuuund weiter geht die gute Fahrt!« war ein Dauerbrenner. Leider hatten sein Sohn und seine Kumpels aus der dritten Klasse Coco auch noch andere Begriffe beigebracht, sodass die Nachbarschaft jetzt dachte, die Vorbesitzer wären eher Betreiber eines Kinderheims für schwer erziehbare Jugendliche gewesen.

Frank machte die Terrassentür auf, Mr White spurtete in den Garten, erleichterte sich an der künstlichen Stechpalme und verschwand dann durch ein Loch in der Hecke zu den Nachbarn.

Oh, verdammt, dachte sich Frank, war aber zu müde, um ihn zurückzuholen. Sollte doch Mr White einen Igel oder ein Meerschweinchen begatten, es war ihm egal, er brauchte jetzt erst mal einen Kaffee. Und tatsächlich, mit dem ersten Espresso des Morgens stieg bei ihm die vage Hoffnung auf einen halbwegs guten Wochenbeginn.

Nie würde er sich mehr getäuscht haben.

Er überlegte kurz, ob er noch mal zu seiner Frau ins

Bett …, aber da hörte er bereits ihre Schritte oben. Sie war aufgestanden.

»Frank!«

Hatte sie ihn gerufen? Darüber musste er nachdenken.

»Fraaank!«, zischte es von oben. Sein müdes Hirn schaltet vom ersten in den eineinhalbten Gang.

»Frank!!!« Jetzt war es kein Zischen mehr.

»Was ist denn?«, rief er.

»Nicht so laut!«, rief sie zurück. Dann hörte man, wie Anna-Lena wach wurde und sofort nach ihrer Mutter rief. Punktsieg für ihn.

»Na, super!«, hörte er Claudia murmeln.

»Was wolltest du denn?«, rief er hoch, ohne sich jedoch vom Küchentresen und seiner Espressotasse zu lösen. Er überlegte, ob er ein paar Situps machen sollte, der Nachbar hatte gesagt, das würde guttun, aber da vernahm er erneut Claudias Stimme. Und sie verkündete nicht Gutes. Ganz und gar nichts Gutes.

»Wir haben vergessen, dass die Putzfrau kommt!«

Einige hektische Minuten später schritt Frank mit Anna-Lena, die nach unten gekommen war, auf dem Arm durch das Wohnzimmer und checkte die Ordnung in ihrem Haus – die nicht vorhanden war.

»Andere Familien räumen abends die Spülmaschine ein. Und auch wieder aus«, murmelte er. Er hingegen sah das Geschirr des Vorabends noch herumstehen, Steuerbescheide neben der Spüle liegen, mindestens drei Kartons von Online-Händlern neben dem Fernseher und Claudias Seidenschal in Cocos Papageienkäfig.

»Hallo, Halloooo! Wer will noch mal, wer hat noch nicht!«, krächzte der Ara-Papagei. Und dann: »Jo, Bro! Lass mal save zocken!«

Frank sah aus dem Fenster und suchte nach Mr White. Was er sah, war der Nachbar, der vom Joggen kam, glücklich und durchtrainiert.

6 Uhr 43.

Jetzt war auch Tyson, der Sohn der Familie, wach.

Was daran zu erkennen war, dass jetzt Shirin Davids »Bauch Beine Po« durch das Haus schallte und ein Fußball mit den Originalunterschriften der Spieler von Bayern München gegen eine Wand geschossen wurde.

»Tyson! Hör auf damit!«, brüllte Claudia aus der Dusche, um mit einem »Hast du Bargeld für die Putzfrau?« in Frank Richtung abzuschließen. Hatte er nicht, aber dafür einen Termin um halb neun im Büro. Dringend, das hatte Frank gerade beschlossen.

Coco war mittlerweile im Singmodus.

»Iced Matcha Latte, zu spät beim Pilates!«, krächzte er Frank entgegen. Tyson hatte ihm das Lied offenbar mehr als einmal vorgespielt.

»Pretty im Bikini – Bauch Beine Po!«

Frank hasste das Lied, ganz im Gegenteil zu seiner Tochter, die jetzt beschlossen hatte, nicht mehr müde zu sein und stattdessen auf dem Parkett im Frotteeschlafanzug ein paar Dance-Moves hinzulegen.

»Los, Papa! Tanzen!«

Aber Frank wirbelte bereits durch den Raum, allerdings nicht, um Hip-Hop in seiner Familie endlich salonfähig zu machen, sondern um der Putzfrau wenigstens einen halbwegs ordentlichen Haushalt zu präsentieren.

»Tyson! Mach die Musik leiser!«, schrie Claudia noch einmal aus dem Bad.

»Nein, lauter!«, rief Anna-Lena nach oben, und ihr Bruder beschloss spontan, dass das eine Mal von hundert, in dem er machte, was seine Schwester wollte, genau jetzt war.

Frank schüttete beim Aufräumen den Inhalt seiner Espressotasse über zwei nicht bezahlte Rechnungen, wischte das Ganze mit dem Ärmel ab und stopfte die Unterlagen zu den anderen in die unterste Schublade, wissend, dass Claudia ihn dafür umbringen würde.

»Scheiße!«, fluchte Frank laut, gerade in dem Moment, als Claudia die Treppe herunterkam.

»Was ist?«, fragte sie, während sie sich kritisch umsah. »Warum hast du nicht schon mal mit dem Aufräumen angefangen?«

»Hab ich doch!«

»Sieht man aber nicht!«

»Uuuuund weiter geht die gute Fahrt!«, krächzte Coco, bevor Claudia einen Hausschuh an das Käfiggitter warf.

»Mama!«, jaulte Anna-Lena auf.

»Bist du ein Hottie?«, keuchte Shirin David von oben.

»Mein Bayern-Trikot ist weg!«, rief Tyson aus seinem Zimmer, und das war der Moment, in dem Frank mit einem leisen »Ich hab vergessen, Brot zu kaufen« den Wagenschlüssel griff und das Haus verließ.

»Das ist nicht dein Ernst, ich hab dir …«, hörte er noch Claudias Stimme, aber dann war er in der Garage, in seinem Wagen, er machte die Sitzheizung an, im Oldie-Radio spielten sie Lionel Richie, und für einen sehr kurzen Moment schien alles gut zu sein.

6 Uhr 54.

»Wie jeden Morgen?«, fragte die Bäckerin, während sie seine Schlafanzughose unter der Winterjacke betrachtete.

»Wie immer«, sagte Frank, er überlegte, ob er einen Motorschaden vortäuschen könnte, auf dem Weg nach Hause. Oder sollte er weiterfahren, einfach weiterfahren? Ich war noch niemals in New York, noch niemals auf Hawaii, lief nie durch San Francisco in zerrissenen Jeans …

Sein Handy klingelte, es war Tyson.

»Papa, ich will eine Brezel!«

»Ich auch!«, kam Anna-Lenas Stimme aus dem Hintergrund.

Seufzend blickte Frank die Bäckerin an.

»Ich nehme noch zwei Brezeln dazu. Waren Sie schon mal auf Hawaii?«

»Nein, warum?«, fragte sie ihn verwundert.

Aber er schüttelte nur den Kopf und verabschiedete sich, zurück zum Auto, zurück nach Hause. New York musste noch einmal warten.

7 Uhr 5.

Auf dem Weg von der Garage zur Haustür hoppelte plötzlich ein panischer Nachbarshase über Franks Rasen. Ihm folgte, im gemächlichen Tempo eines Jägers, der wusste, dass ihm seine Beute nicht entkommen konnte, Mr White. Frank überlegte kurz, ob er eingreifen sollte. Doch dann beschloss er, sich dem Lauf der Natur besser nicht in den Weg zu stellen. Der Nachbar hatte vier Hasen in seinem Käfig, ein bisschen Schwund war immer.

Als er die Haustür öffnete, hörte er Claudia zum wahrscheinlich siebenunddreißigsten Mal die Uhrzeit nach oben brüllen, in der Hoffnung, dass Tyson und seine Schwester sich dadurch schneller anzogen.

Die Hoffnung stirbt zuletzt, dachte Frank. Aber sie stirbt.

»Wo sind die Brotdosen?«, wagte er zu fragen, aber seine Frage ging unter. Dabei wusste er die Antwort ja selbst: Natürlich waren beide Brotboxen noch in den Schulranzen der Kinder, vermutlich unangetastet, weil entweder die Äpfel »irgendwie komisch« aussahen oder irgendein Felix, Liam oder Marvin Geburtstag gehabt und es deshalb leider Muffins gegeben hatte, so ein Pech aber auch.

7 Uhr 11.

Er wollte gerade möglichst unbemerkt in der Küche verschwinden, um diese so wichtige Aufgabe des Familienalltags heroisch und aufopferungsvoll zu übernehmen, als Claudia um die Ecke kam und ihn anstarrte.

»Wo ist das Geld?«

»Welches Geld?«, fragte er zurück, natürlich ruhig und höflich.

»Du solltest Geld vom Automaten mitbringen«, zischte Claudia, und dieses Zischen ähnelte dem einer gereizten Schlange.

»Das hättest du mir sagen müssen!«

»Das habe ich. Gestern Abend.«

»Gestern Abend! Da war ...«

... die Welt eine andere, wollte Frank sagen. Ein anderes Universum, jenseits dieses schwarzen Wurmloches namens Montagmorgen.

»Kannst du dir eigentlich irgendwas merken?«, blaffte sie ihn an, und die Hand, in der sie aus unerfindlichen Gründen einen Kinderschuh hielt, zuckte in seine Richtung.

»Ja, durchaus. Die Weltmeister-Elf von 1974 zum Beispiel«, sagte er und wusste, dass das mehr als gewagt war. »Maier, Beckenbauer, Schwarzenbeck, Vogts, Bonhof, Breitner, Hoeneß, Overath, Grabowski, Hölzenbein, Müller.«

Die Namen kamen wie aus der Pistole geschossen und Frank kam es vor, als würde Coco in seinem Käfig anerkennend nicken.

Aber Claudia konterte sofort und ohne Gnade. »Nenne mir einen Lehrernamen unserer Kinder.«

»Ich gehe schnell das Geld holen.«

7 Uhr 27.

Als Frank von seinem Spurt zum Geldautomaten zurückkam, bekam er gerade noch mit, wie Tyson, entgegen der Dienstanweisung seiner Mutter, Nutella erst auf seinen Toast und dann auf die Stuhllehne schmierte, Letzteres natürlich aus Versehen. Er könne aber nichts dafür, sagte er, der Stuhl sei schuld. Es war dieser Brustton der Überzeugung, mit dem sein Sohn diese Tatsache aussprach, die Frank kurz lächeln ließ. Rasch machte er Tyson ein Zeichen, verschob die Stühle, sodass er später die Nutellaspuren einem dubiosen Besucher zuschieben konnte. Pure Vermeidungstaktik.

»Wehe, du sagst was, Coco«, zischte er den Papagei in seinem Käfig an, aber der Vogel legte nur den Kopf zur Seite und pickte mit dem Schnabel an einer Stange.

»Save, Digga«, krächzte er. Und dann hoben sie beide den Kopf. Die Sonne war plötzlich aufgegangen und tauchte die Szenerie in ein goldenes Licht, wie am Filmset, wenn der Scheinwerfer die Szene bis in die letzte Ecke ausleuchtete.

In dem Augenblick kam Claudia die Treppe herunter, angezogen, zurechtgemacht und bereit für einen Tag in der Agentur. Frank starrte seine Frau an, die so einzigartig und fantastisch aussah, dass ein Strom der Liebe ihn durchflutete. Claudia öffnete ihre glänzenden Lippen und …

»Hast du den Zettel für die Klassenfahrt unterschrieben?«

Cut. Aus. Ende.

7 Uhr 31.

»Welchen Zettel?«

»Frank, bitte …!«

Das Bedenkliche an Claudias Worten war, dass sie sie nicht laut aussprach. Sondern leise. Sehr leise.

»Mama, ich hab meine Hausaufgaben vergessen«, sagte Anna-Lena plötzlich.

»Wir müssen jetzt echt los«, drängte Tyson.

»Uuuuuund weiter geht die gute Fahrt«, rief Coco lauthals. »Scheiß Aura hier!«

»Da war kein Zettel.« Frank hörte selbst, wie seine Stimme zitterte.

»Er lag bei den Rechnungen. Seit einer Woche.«

»Ja, gut, das sagst du jetzt einfach so. Vielleicht lag er da auch nicht …«

»Frank!«

»Mama, heute ist der letzte Tag, um den Zettel abzugeben. Wenn ich deswegen nicht mitfahren darf … Das ist so scheiße von euch!«

Tyson kickte seinen Ball durch den Raum, er traf das Nutella-Glas, das vom Tisch kippte.

Die Putzfrau würde nicht umsonst kommen.

»Wo hast du die Rechnungen denn hingeräumt?«

Frank versuchte, ihrem Blick standzuhalten, für mindestens zwei Sekunden. Dann knickte er ein, sein Blick ging nur ganz kurz zu der Schublade, in der Teelichter waren, Serviettenringe, Trinkflaschen, Taschenlampen, eine kaputte Brotmaschine. Und jede Menge Papiere.

»Du machst mich wahnsinnig!«

7 Uhr 35.

Exakt 30 Sekunden später standen Tyson und Anna-Lena im Flur und befolgten die knapp ausgeführten Befehle ihrer Mutter, während Frank unter den Blicken des Papageis die Schublade durchwühlte.

»Schuhe!«, brüllte Claudia.

»Ich will Sandalen!«

»Es ist noch nicht Sommer!«

»Ich finde keinen Zettel von der Klassenfahrt!«

»Doch!«

»Wie, doch …?«

»Mützen!«

»Ich will keine Mütze!«

»Es ist April und saukalt!«

»Die anderen ziehen auch keine Mütze an!«

»Die anderen sind mir egal. Handschuhe!«

»Hier ist wirklich kein Zettel!«

»Frank, jetzt nicht …!«

»Wie, jetzt nicht …?«

»Ich will keine Handschuhe!«

»Die anderen ziehen auch alle Handschuhe an, Tyson!«

»Mama, eben hast du noch gesagt, die anderen sind dir egal!«

»Tyson, halt einfach die Klappe!«

Claudia trieb jetzt Anna-Lena an, sie setzte Ranzen auf Rücken, stopfte T-Shirts in Hosenbunde, überprüfte Trinkflaschen und Brotboxen, in denen Frank jetzt aus Zeitgründen einfach den Freitagsinhalt gelassen hatte.

Sie raunzte alles an, was bei drei nicht auf den Bäumen war.

Coco wagte nicht mehr, etwas zu sagen.

Frank schon.

»Claudia, es tut mir leid, ich finde hier nichts, es ist …«

»Der Zettel ist in meiner Handtasche.«

»Was?«

»Frank, bitte! Mach einfach, was ich dir sage!«

»Aber du sagst mir doch gar nichts, du sagst nur …«

»In. Der. Handtasche!«

Drei Schüsse, direkt ins Herz. Peng. Peng. Peng. Gefolgt vom Aufreißen der Haustür, vom hektischen Unterschreiben eines Zettels.

7 Uhr 41.

Und dann: ein Wunder. Claudia verwandelte sich. Innerhalb des Bruchteils einer Sekunde verschwand aus ihr alles Stabfeldswebelige und es erschien die Liebe zu ihren Kindern in ihrem Blick und in ihrem ganzen Wesen.

Und sie, die eben noch laut und im Befehlston gesprochen hatte, bekam auf einmal eine puderzuckersüße Stimme.

»Kriegt Mama noch ein Küsschen? Tschüss, ihr Süßen, macht euch einen schönen Tag.«

Nur um wiederum einen Augenblick später hinterherzurufen:

»Lauft schneller! Ihr kommt zu spät, verdammt! Ihr macht mich wahnsinnig!«

Dr. Jekyll und Mr Hyde, dachte Frank. Erschöpft lehnte er seinen Kopf an Cocos Käfig, zärtlich knabberte der Vogel an seinem Ohr.

»Chill mal, Bro«, krächzte Coco und da hatte Frank auf einmal die Hoffnung, dass es überstanden war.

»Wir müssen das anders hinkriegen«, sagte Claudia, als sie leise die Tür schloss. »So geht das nicht, das ist einfach zu … Wie sieht denn die Küche aus?!«

Frank schloss verzweifelt die Augen.

Nichts war vorbei. Im Gegenteil.

Und als er die Augen wieder öffnete und Anna-Lenas Blockflöte auf der Treppe liegen sah, da wusste Frank, dass jetzt sein Moment gekommen war, in dem ein Vater tun musste, was ein Vater tun musste, in dem ein Mann seinen Mann stand. Weil sonst die gesamte Quälerei umsonst gewesen wäre.

Alles geschah in Zeitlupe.

Er brüllte laut auf, griff sich die Blockflöte, rammte Claudia zur Seite, riss die Tür auf und stürmte nach draußen, begleitet von Cocos Anfeuerungsrufen.

»Uuuund weiter geht die gute Fahrt, Digga!«

Er rannte die Straße entlang, die Flöte vor sich gereckt, als sei sie eine olympische Fackel. Er würde sie weiterreichen, so wie Generationen von Läufern es vor ihm gemacht hatten, viele tausend Jahre lang.

Anders als die alten Griechen trug er eine karierte Schlafanzughose und ein T-Shirt mit der Aufschrift »Papa ist der Beste«, ein Geschenk seiner Kinder zu Weihnachten. Auf dem Rücken stand »Aber Mama ist der Boss«.

Er sah Anna-Lena mit ihren Freundinnen weiter vorne am Zebrastreifen, er spurtete nach vorne, stolperte fast, seine Hose rutschte, die Fackel in seiner Hand brannte lichterloh, er war stolz auf sich, es fühlte sich gut an, ein Held zu sein.

Anna-Lena blickte ihn entsetzt an. Und da merkte er, dass irgendetwas nicht stimmte.

7 Uhr 44.

Drei Minuten später war er wieder zu Hause. Heftig atmend, mit Seitenstechen und einem Puls von mindestens 180. Claudia stand im Flur. Sah ihn an. Schweigend. Dann blickte sie auf die Blockflöte in seiner zitternden Hand. Und weil sie seit 13 Jahren verheiratet waren und seit 20 Jahren ein Paar, weil sie zwei gemeinsame Kinder hatten und eine glückliche Ehe führten, aus all diesen Gründen sprachen sie den folgenden Satz gleichzeitig aus, mit einem Lächeln im Gesicht und der Absicht, Frieden zu schließen, für immer und ewig, zumindest aber bis zum nächsten Montagmorgen.

»Flöten ist dienstags.«

7 Uhr 57.

Das Gartentor wurde geöffnet und die Frau, die jeden Montag zum Putzen kam, näherte sich dem Haus. Sie war müde, aber gut gelaunt, weil die Sonne schien und es ein guter Tag werden würde.

»Was ist das?«, murmelte sie, als sie einen Zettel und zwei Geldscheine an der Tür kleben sah.

Sie runzelte die Stirn.

»Heute bitte nicht. Danke!« stand dort. Und dann blickte sie hoch zum Schlafzimmerfenster, wo gerade der Rollladen heruntergelassen wurde.

Die Frau lächelte, während sie das Geld einsteckte.

»So schön«, sagte sie. »Die Liebe am Montagmorgen.«

MARIANA LEKY

Eine kapitale Unrast

Eines meiner Lieblingswörter ist »Unannehmlichkeit«. Obwohl es ja wortwörtlich etwas meint, das zu groß ist, um es einfach an- oder hinnehmen zu können, wird es heute vor allem als Bezeichnung für Kinkerlitzchen benutzt: Eine Unannehmlichkeit hat zum Beispiel eine Hochadlige, wenn sie damit klarkommen muss, dass man ihr zum Frühstück die falsche Konfitüre kredenzt hat.

Wenn die Deutsche Bahn Verspätung hat, entschuldigt sie sich bei den Reisenden stets standardmäßig für »die entstandenen Unannehmlichkeiten« und suggeriert damit, dass sie statt Schwierigkeiten bloß Geringfügigkeiten hat entstehen lassen. Ich fahre derzeit oft mit der Bahn, und meine standardmäßige Unannehmlichkeit ist, dass ich es bei Bahnverspätungen vor Veranstaltungen nicht mehr ins Hotel schaffe und mich auf dem Bahnhofsklo umziehe. Mittlerweile habe ich Übung darin: Ich weiß, wie ich den Koffer in der Kabine positionieren muss, ohne dass beim Öffnen das Klo im Weg ist, ich kann, auf Strümpfen im Koffer stehend, mittlerweile sogar recht würdevoll Hosen wechseln, und ich habe gelernt, dass man beim Umziehen auf Bahnhofstoiletten konsequent und von Anfang an durch den Mund atmen muss.

Heute ist es etwas anders. Heute ist einer der Tage, die von früh bis spät an einem herumnörgeln. Einer der Tage, in deren Augen man alles Mögliche nicht schnell und nicht gut genug macht – und der Umstand, dass es gar nicht der Tag ist, der herumnörgelt, sondern man das ganze Genöle hauptsächlich selbst fabriziert, macht den Tag nicht ansehnlicher, und die Bahnverspätung natürlich auch nicht.

Mein Koffer ist sehr groß und die Toilettenkabine dementsprechend kleiner als sonst. In der Kabine links von mir sitzt offenbar eine Steuerberaterin auf der Toilette; eine Frau jedenfalls, die mit lauter Stimme jemandem telefonisch eine Umsatzsteuervoranmeldung nebst Mahngebühr erläutert. »Umsatzsteuervoranmeldung« ist keins meiner Lieblingswörter, »Mahngebühr« erst recht nicht. »Mahngebühr« ist eine Art Schlüsselreizwort, das, besonders an Tagen wie diesem, bei mir sofort ein Gefühl von Versäumnis und Lebensuntüchtigkeit auslöst. Ich fühle mich bei dem Wort »Mahngebühr« immer gemeint, auch wenn es sich auf einer anderen Toilette befindet.

Die mutmaßliche Steuerberaterin hat von Berufs wegen keine Probleme mit der Mahngebühr. Sie kann sogar Wasser lassen, während sie darüber spricht, sie pinkelt mitten in das Wort »Mahngebühr« hinein.

Während sie das tut, finde ich im Koffer meine Veranstaltungsbluse nicht, und als ich sie schließlich habe, fällt sie vor lauter Hektik auf die Klobrille, und bei dem Versuch, sie vor dem Hineingleiten in die Toilette zu bewahren, poltere ich gegen die Kabinentrennwand.

Die Steuerberaterin fragt: »Alles in Ordnung da drüben?«

»Ja«, antworte ich, »ich bin nur etwas in Hektik.«

»In der Ruhe liegt die Kraft«, sagt die Steuerberaterin, sie sagt das zu mir, freundlicherweise, aber bestimmt hat auch der Mensch mit der Umsatzsteuervoranmeldungsmahnung etwas davon.

Ich setze mich auf den Klodeckel und knöpfe meine Bluse zu. In der Ruhe liegt die Kraft, da liegt sie momentan nicht besonders günstig, denn die Ruhe habe ich offenbar zu Hause gelassen, deshalb habe ich auf die darin befindliche Kraft keinen Zugriff.

Bei Hektik fühlt man sich gleichermaßen getrieben und vernagelt. Ich atme durch den Mund und muss an die soziale Phobie meines Nachbarn Herrn Pohl denken. Wen auf einem Bahnhofsklo, eingekeilt von einem Koffer und einer kapitalen Unrast, keine soziale Phobie anweht, dem ist nicht mehr zu helfen.

Als ich fertig umgezogen bin, steht die Steuerberaterin schon vor einem der Waschbecken und frischt ihr Gesicht auf. Ich erkenne sie an ihrer Stimme, denn sie redet immer noch mit dem umsatzsteuerlich angemahnten Jemand. Die Steuerberaterin ist gewieft im Schminken und bestens ausgerüstet, allein ihre Lippen bepinselt und besalbt sie gekonnt mit drei verschiedenen Produkten. Mein Gesicht hat die Farbe von jemandem, der den ganzen Sommer in einer Bahnhofstoilettenkabine verbracht hat – und jetzt reicht es mir. Ich beschließe, diesem unsinnigen Tag doch noch eine gute Geschichte abzuringen. Deshalb werde ich die Steuerberaterin jetzt fragen, wie man gekonnt Rouge aufträgt. Ich stelle mir vor, wie sie mir das geduldig erklärt, wie sie ihrem Schminkbeutel Sätze über Ruhe und Kraft entnimmt und andere edle Produkte, wie sie das alles auf mein Gesicht tut, bis es rosig aussieht und so, als habe es nie irgendwelche Mahnungen gegeben.

Ich stelle mir vor, wie sie mir, nachdem sie mir das Rouge erklärt hat, auch das Steuerwesen virtuos auseinandersetzt, wie sie sagt: »Übrigens, Mahnungen sind auch nur Menschen«, und über all dem vergessen wir Zeit und Gestank, und später kann ich zu Hause erzählen: »Stellt euch vor, heute hat mich auf dem Bahnhofsklo eine Steuerberaterin geschminkt.«

Die Steuerberaterin hat ihr Telefonat beendet. »Entschuldigen Sie«, sage ich, »könnten Sie mir vielleicht kurz erklären, wie man Rouge aufträgt?«

Die Steuerberaterin dreht sich zu mir um und schaut mich an, ihr Blick ist ausdruckslos, vielleicht, denke ich, störe ich sie, vielleicht telefoniert sie doch noch; bei Leuten mit Knopf im Ohr weiß man ja nie, ob sie gerade jemand Unsichtbarem zuhören.

»Na, auf die Wangen halt«, sagt die Steuerberaterin achselzuckend und geht davon. Ich schaue ihr nach, dann wieder in den Spiegel, ich sage: »Entschuldigen Sie bitte die Unannehmlichkeiten.«

HORST EVERS

Zu doof zum Schlafen

Vor Kurzem ist bei mir festgestellt worden, dass ich ziemlich schlecht im Schlafen geworden bin. Im Ernst. Das war eine deprimierende Feststellung. Denn damit hätte ich niemals gerechnet.

Jahrelang dachte ich, wenn es eine Sache gibt, die ich richtig gut kann, dann ist das schlafen. Da macht mir keiner was vor. Schlafen. Das liegt mir. Das kann ich wirklich stundenlang. Ausdauernd.

Jede andere Tätigkeit, wirklich jede, macht mich müde. Auf Dauer. Richtig müde. Aber wie. Außer schlafen. Das kann ich wirklich ewig. Ohne müde zu werden.

So dachte ich.

Doch dann war ich plötzlich auch nach dem Schlafen ständig müde. Sogar noch müder als sowieso schon. Diese Müdigkeit, bei der man nach dem Schlafen denkt: Am liebsten würde ich mich gleich wieder hinlegen. Wo der erste Gedanke am Morgen ist: Boah, bin ich kaputt!

Deshalb habe ich das bei meiner Ärztin mal angesprochen. Mehr so im Scherz eigentlich. Wie man neue Geräusche des Körpers bei bestimmten Bewegungen erwähnt. Als lustige Beobachtung sozusagen.

Doch meine Ärztin fand das gar nicht lustig. Stattdessen hat sie mich zu einer anderen Ärztin geschickt, die mich wiederum ans Schlaflabor weitergereicht hat, und die haben dann festgestellt: Mein Schlaf taugt nichts! Gar nichts!

Ich sei ein sehr schlechter Schläfer. Sogar erschütternd miserabel sei mein Schlaf. Oder um es mal ganz kurz und direkt zu sagen: Ich sei zu doof zum Schlafen! Also wortwörtlich haben sie das jetzt zwar da im Schlaflabor nicht gesagt. Aber inhaltlich gemeint haben sie es im Prinzip schon. Zu doof zum Schlafen! Das bin ich.

Habe ich sofort gemerkt, dass sie mir das eigentlich sagen wollten. Das spürt man ja. Daran, wie die einen angucken! Diese Blicke! Wenn sie die Testergebnisse studieren. Den Befund. Dann sehe ich das schon an ihrem Blick. Da müssen die gar nichts mehr zu sagen. Ich kriege das ja mit, wenn die dann so innerlich die Augen verdrehen und denken: Oh, guck mal, wieder einer, der es nicht packt mit dem Schlafen. Ein Schlafleistungsverweigerer! Geringschläfer! So einer ist das!

Sie sprechen das natürlich nicht so aus. Die sind ja alle geschult im Patientengespräch. Deshalb sagen sie einem nicht ins Gesicht, was sie denken. Stattdessen haben sie ihre Codes. Reden dem Patienten gegenüber von irgendwelchen Tiefschlafphasen, die man »leider« gar nicht erreiche. Stattdessen habe man Atemaussetzer, Unterbrechungen, ruheloses Halbwachflimmern und so was.

All dieses Empathie simulierende Zeug reden sie. Damit der Patient sich nicht abgelehnt fühlt. Doch insgeheim denken sie schon: Der ist zu doof zum Schlafen! Nimmt anderen den Bettplatz weg. Dabei kann er das gar nicht richtig! Also mit Tiefschlaf! Nix! Voll der oberflächliche Schläfer! Und dann aber den ganzen Tag hier unwach rumdödeln da! Obwohl er das meiste wahrscheinlich gar nicht richtig mitkriegt. So müde, wie der ist. Aber trotzdem schön von der Wachheit anderer schmarotzen. So einer ist das!

Doch offiziell sind sie freundlich. Tun sogar besorgt. Meinen, mit diesen Schlafproblemen sei nicht zu spaßen. Die könnten am Ende nicht nur zu Müdigkeit, sondern auch zu Krankheiten, Unfällen oder gar Verfolgungswahn führen. Eine Paranoia auslösen.

Pah, das wüsste ich aber, wenn ich eine Paranoia hätte. Tatsächlich weiß ich ja, dass die alle absichtlich versuchen, mir eine Paranoia einzureden. Weil sie denken, dass ich zu doof zum Schlafen bin! Aber nicht mit mir. Darauf falle ich nicht rein.

Ich bin dann auch bereitwillig zur Schlafschule gegangen. Dorthin haben sie mich nämlich geschickt. Quasi zum Nachsitzen. Strafschule Schlafschule. Weil meine Schlafleistungen unzureichend sind. Deshalb muss ich nun nachlernen.

Das wäre mir in meiner Kindheit nie passiert. Da war Schlafen quasi mein bestes Fach in der Schule. Mein allerbestes!

Leider inoffiziell. Hätte ich das als Leistungskurs belegen können, hätte mein Abitur aber ganz anders ausgesehen. Fünfzehn Punkte im Schlafen! Locker hätte ich die Jahr für Jahr abgeräumt! Ein Premiumschläfer! Das wäre ich gewesen!

Abschluss mit »Schlummer cum laude« sozusagen. Wahrscheinlich wäre mein Schlafabitur so gut gewesen, dass ich damit selbst zum Prof. Dr. Dr. Tiefschlaf hätte aufsteigen können. Dann würde *ich* heute anderen richtiges Schlafen beibringen.

Doch leider hat da ja wohl unser Bildungssystem versagt. Wieder einmal. Weil ich also in der Schule nie richtig schlafen gelernt habe, sitze ich heute auf der anderen Seite der Schulbank und muss wach sein. Ein Opfer des Systems. So sieht's doch aus.

Jetzt muss ich also das Schlafen noch mal von der Pike auf lernen. Mit allem Pipapo. Der alte Mann und der Schlaf. Sein letzter großer Kampf.

Ich kriege nun beispielsweise beigebracht, dass ich Stress reduzieren soll. Aber nicht auf die schöne Art. So, wie ich mir gutes Stressreduzieren vorstellen würde. So ein menschenfreundliches: »Ich mach jetzt erst mal gar nichts mehr! Aus gesundheitlichen Gründen! Weil ich Stress reduzieren muss. Bleib ich halt mal liegen. Da kann man leider gar nichts machen!«

Das wäre ja okay, als Anweisung. Aber nein: Ich soll genau das Gegenteil machen. Sprich einfach mal *alles* erledigen. Um Stress zu reduzieren! Was ist denn das für ein kranker Vorschlag?

Einfach alles Unerledigte geordnet abarbeiten! Na super! So kann ich auch Stress reduzieren! Was sind das für Menschen, die einem solche Vorschläge machen? Wie weltfremd kann man sein?

Erledige halt einfach mal deinen schlimmen Stapel, und dann wird auch dein Schlaf wieder besser!

Es gibt ja so einzelne Sätze, die etwas flüchtigere Bekanntschaften quasi auf einen Schlag beenden können. So Sätze wie:

»Dann nimm halt eben mal zehn Kilo ab.«

Oder:

»Doppelkopf spiele ich grundsätzlich nur mit den Neunen.«

Zu diesen Sätzen gehört auch:

»Dann erledige das doch einfach mal!«

Den schlimmen Stapel. Mit dem Folgendes gemeint ist:

Bei allem offiziellen Briefverkehr mit Behörden, Ämtern, Banken, Versicherungen und so weiter gibt es zwei Sorten von Briefen. Die einen, bei denen man nichts oder was sehr Einfaches machen muss. Wo man sich fast freut, weil man praktisch für lau mal was erledigt hat. Solche Briefe sind okay.

Daneben gibt es aber auch diese anderen Briefe. Bei denen man sofort denkt: Oh.

Und dann noch mal: Oh, oh, oh.

Also man denkt eigentlich so lange »Ooohh«, bis das »Ooohh« übergeht in ein: »Hä?«

Weil man eben oft nicht mal begreift, worum es in diesem Brief überhaupt geht. Man kapiert also nicht wirklich, was drinsteht. Doch die ganze Art, das ganze Gehabe des Briefes deutet schon darauf hin, dass es hier um eine offensichtlich sehr, sehr ernste und auch wichtige Sache geht.

Daher schlussfolgert man natürlich: Oje, wenn das so ernst und dermaßen wichtig ist, dann sollte ich das aber mal lieber nicht jetzt gleich machen. Wo ich ja auch gar nicht richtig Zeit habe und zu unkonzentriert bin. Außerdem zu aufgeregt, wegen des schlimmen Briefes.

Weshalb man das Schreiben eben erst mal auf den schlimmen Stapel legt. Bis man ausreichend Zeit und Ruhe hat. Um sich angemessen seriös mit der Angelegenheit auseinanderzusetzen.

Doch dieser Moment kommt nie. Ehe er eintreten könnte, erhält man nämlich schon den zweiten Brief. Denn die Produzenten dieser Briefe sind meist erstaunlich treue Seelen, die für ihr Stammpublikum, also mich, in bemerkenswert schneller Folge Fortsetzungen produzieren. In der Art von: Von den Machern von *Beängstigender und rätselhafter Blödbrief 1* kommt jetzt ganz neu: *Beängstigender und rätselhafter Blödbrief 2*. Jetzt noch bedrohlicher und unverständlicher!

Irgendwann gibt es sogar Teil drei: *Hallihallo, die Mahngebühr!* Und so weiter und so fort.

Weshalb dieser schlimme Stapel stetig wächst. Bis er schließlich so groß und beunruhigend ist, dass man »zu doof zum Schlafen« wird.

Doch gibt es in der Schlafschule auch hilfreiche Ratschläge. Insbesondere zur Ernährung, die natürlich riesigen Einfluss auf die Schlafleistung hat. Vieles sollte man abends lieber nicht mehr konsumieren. Kaffee, schwarzen Tee oder schweres, fettes Essen zum Beispiel.

Da muss ich zugeben, das leuchtet mir sofort ein. Gerade mit opulenten, wuchtigen, späten Mahlzeiten hatte ich schon häufig in der Nacht noch Nachbesprechungen, die sich ungesund angefühlt haben. Klar, dass diese Art nächtliche Rücksprache mit dem Verdauungstrakt dem guten Schlaf nicht dient.

Doch darüber hinaus wird auch von Obst oder Alkohol am Abend dringend abgeraten. Das kam schon unerwarteter. Wobei, Obst verstehe ich noch. Aber wieso Alkohol? Da dachte man doch immer, der hilft eher beim Zur-Ruhe-Kommen. Aber angeblich betäubt er nur. Kurzzeitig. Sobald er abgebaut wird, leidet die Qualität des Schlafs enorm.

Daher soll ich also auch lieber keinen Alkohol mehr spätabends trinken. Wo man sich dann natürlich fragt: Ja, wann denn sonst?

Dadurch verändert sich nun mein Blick auf all die

Leute, die schon mittags oder gar vormittags angeschickert durch die Stadt torkeln. Machen die das womöglich alle nur wegen der Schlafhygiene? Quasi aus Umsicht? Also letztlich aus gesundheitlichen Gründen?

Womöglich werde ich mich da demnächst bei einigen Menschen entschuldigen müssen.

KATINKA BUDDENKOTTE

Die perfekte Einschlafhilfe

Jahrelang habe ich mit einem englischen Dorfpolizisten geschlafen. Nicht besonders gut, aber immerhin bis zu fünf Stunden pro Nacht. Fast jede Nacht. Und mein Freund hat das nicht nur toleriert, sondern lange gar nicht bemerkt.

Denn wenn es je eine Affäre gab, die das Prädikat »unaufgeregt« verdient hat, dann war es die zwischen mir und Inspector Tom Barnaby. Der Mann war der Grund, aus dem ich stets gerne oder zumindest fast regelmäßig meinen Rundfunkbeitrag gezahlt habe.

Auf lange Sicht war der alte Knabe kostengünstiger und zuverlässiger als jedes Schlafmittel, und vor allem: ohne jegliche Nebenwirkungen, vor allem solche moralischer Art. Nicht nur, weil Inspector Barnaby und ich es meist beim Vorspann belassen haben. Auf beiden Seiten des Fernsehbildschirms hatte sich von unserem ersten Tête-à-Tête an eine Routine eingeschlichen, die ich außerordentlich dösig begrüßte: Gewöhnlich geschah das Verbrechen bei Vollmond, damit dieser ein malerisches Cottage ausreichend ausleuchten konnte. Aus dem nahen Wäldchen krächzte dazu ein Käuzchen, im reetgedeckten Häuschen selbst tapste dabei eine Person unbestimmbaren Alters in einem für britische Verhältnisse modisch unproblematischen Nachtgewand die knarzende Holztreppe hinab, ihre letzten Worte waren: »Hallo? Ist da jemand?« Ein Schuss, ein Schrei, time to say goodbye.

Nein, noch nicht ganz, denn auch wenn sich meine Augenlider zu diesem Zeitpunkt schon so gemächlich aufeinander zubewegten, dass ich auch sehr alte Folgen schon im Breitbildformat sah, musste ich noch ein wenig durchhalten, die Intromusik abwarten, von der ich bis heute glaube, dass sie auf einem Theremin erzeugt wird, das auf einer singenden Säge Oboe spielt, bis mein persönlicher britischer Sandmann am Tatort erschien. Bodenständig in Barbourjacke, burschikos, aber dabei von aktiver, interessierter Höflichkeit. Natürlich fragte er sich und auch am Tatort Umstehende, warum wer wie wen ins Jenseits befördert hatte. Das gehört schließlich dazu in dem Job. Aber ganz egal, wen es in der Grafschaft Midsomer gewaltsam dahingerafft hatte, stets blieb Inspector Barnaby: so angenehm neutral wie Shortbread zur Teatime. Sein Gesichtsausdruck verriet mir: Nun, das Verbrechen schläft nie, aber du schon fast, ist es nicht so? Und oft, sehr oft nahm ich schon in diesem Moment den von meinem wackeren Wachtmeister ausgestellten Freifahrtschein an und ruhte meist sanft. Denn zwar hatte ich das gute Gewissen, den Mord nicht begangen zu haben, allerdings plagte es mich manchmal noch, überhaupt noch über ein Gewissen zu verfügen. Gelegentlich bildete ich mir nämlich ein, dass das eine oder andere Opfer seinen Tod gar nicht verdient haben könnte. Barnaby trieb mir dann diese Flausen aus dem Kopf: Er zeigte mir in den folgenden vierundachtzig Minuten immer, dass sämtliche Lords und Ladys, alle Butler, Zofen, Studierten, Hofierten, Lädierten, Tennislehrenden, Buchclubvorsitzenden, ganze Laienspielscharen und Winzerdynastien, die auf mehr oder weniger kreative Weise in den folgenden Minuten gemeuchelt wurden, definitiv schuldig geworden waren: Denn sie hatten alle irgendwie irgendwo irgendwann irgendwen erpresst, gedemütigt, unrechtmäßig enterbt, ebenfalls ermordet oder auch gerne mal vergessen, dass sie vor vielen Jahren ein Kind geboren haben, welches nun als verschollener Zwillingsschwager des buckligen Stallburschen zurückgekehrt war, um Rache zu üben. Nachfragen oder Mitleid waren also völlig unangebracht. Also, Kopf aus, Augen zu! Das ist ein Befehl, Ma'am! Spätestens dann murmelte ich: »Ja, Sir«, und tat wie geheißen.

Dann aber überschritt Inspector Tom Barnaby eine Grenze. Er zog sich zurück aus unserer Fernsehbeziehung, in den Ruhestand. Und bot mir zu seiner Abschiedsvorstellung einen drögen Dreier an. Ausgerechnet mit seinem Cousin, der seinen Job übernehmen sollte. Ich war erst neugierig, dann empört: Zwar besteht schon eine gewisse, gut gecastete Familienähnlichkeit zwischen den Vettern, allerdings brachte John Barnaby alles nach Midsomer, was eine Frau mit Schlafproblemen nicht von einem Gesetzeshüter braucht: gewinnendes Lächeln, Fingerspitzengefühl, einen Hauch von charakterlicher Tiefe, eine sympathische Ehefrau und am allerschlimmsten: einen Hund.

Wie soll denn ein halbwegs empathischer Mensch einschlafen können, wenn er fürchtet, dem Jack-Russell-Terrier könnte ein Leid geschehen? Die in dem Landstrich beheimatete Verbrecherbande schreckt ja vor nichts zurück. Jedem und jeder Einzelnen ist zuzutrauen, dass sie das arme Tier fangen, schlagen, anfahren, vergiften, entführen oder ihm eine raffinierte Falle stellen, indem sie es bei einem Kostümball als eben jenen Bibliothekar verkleiden, der einst das Rezept für den preisgekrönten Shepherd's Pie stahl, um seine Spielschulden beim Bingo zu begleichen. Haben wir schließlich alles schon gesehen. Zumindest so ähnlich, mit halbem Auge.

Nach ein paar schlaflosen Nächten, in denen ich fieberhaft darüber nachdachte, ob es dem Hund auch noch nach dem Abspann wirklich gut ging, griff ich zu drastischen Mitteln. Der Zweck heiligt angeblich selbige, daher musste ich eine Technologieoffenheit an den Tag legen, deren Rückschrittlichkeit mich bis heute beschämt. Dennoch brachte mich gerade dieser spontane Anfall von Wertkonservatismus auf die richtige Fährte zu dem Produkt, das mein Leben veränderte. Um endlich unabhängig von den Ausstrahlungsgewohnheiten des öffentlich-rechtlichen Rundfunks zu werden, bestellte ich mir im Internet einen neuen DVD-Player. Die vier Altgeräte hatten wir teils schon vor, teils während unseres Umzuges abgestoßen. Im Zuge dessen hatten wir auch all unsere DVDs verschenkt und es schmerzte mich fast körperlich, nun doch eine bestimmt beliebte Boomer-Box bestellen zu müssen, nämlich »*Inspector Barnaby,* Staffeln 1–6, garantiert mit John Nettles als Narkotikum«. Letzteres stand natürlich nicht auf dem auffallend lieblos gestalteten Schmuckschuber. Deswegen musste ich das prüfen. Zudem wollte ich gleichzeitig sichergehen, dass keine der Folgen einen Hund enthielt, auch nicht in einer Nebenrolle. Daher las ich mir am Laptop die Inhaltsangaben der einzelnen Episoden durch. Zumindest versuchte ich es. Aber ob der Pferdezüchter Gene Whetersby, der am frühen Morgen von seinem Gutsverwalter Andrew Jones leblos in der Käserei des angrenzenden Jagdreviers des gutmütigen Lord Gerald gefunden wird, einen Hund hatte oder nicht, sollte ich nie erfahren …

Als ich erwachte, sah ich zunächst nur Buchstaben vor mir. Ich war mit dem Kopf auf der Tastatur eingeschlafen, in ungesunder Sitzposition, am Schreibtisch, am hellichten Tag. Das war nicht ganz das Ziel der Übung gewesen, tagsüber kriege ich auch ohne Amtshilfe aus dem Vereinigten Königreich ein Nickerchen hin, bisweilen sogar einen ausgewachsenen Nicker. Dann aber empfand ich einen gewissen Stolz: Mein Forscherinnengeist war miterwacht. Ein erneuter Versuch bewies: Auch der Teaser, der die Geschehnisse von Folge 5, Staffel 3, zusammenfasst, ließ mich wieder direkt einschlummern. Hatte ich mich jahrelang überdosiert, was Inspector Tom Barnaby anging? War es gar nicht er selbst, den ich brauchte, um meinem Körper Erholung von meinem Geist zu verschaffen, nicht seine emotionslosen Ermittlungsansätze, seine Behäbigkeit, die gemütlichen Pubs, die malerische Landschaft, die erschreckenden Tapeten und Frisuren in dem sich stets auf unnatürliche Weise wieder aufs Neue bevölkernden Landstrich, sondern reichte allein schon die schriftliche Information darüber, wie verschnarcht es wieder werden würde, um mich auszuschalten? Und was sagte das über mich aus: War ich die menschliche Form eines Nymphensittichs, der seine gellenden Schreie abrupt einstellt, sobald ein Moltontuch über den Käfig geworfen wird? Die künstlich erzeugte Dunkelheit, die mich umgeben musste, bestand lediglich aus Worten. Worten wie: »Trauer in Cumbersham Manor: Lord Ethelred Cumbersham vermacht sein Erbe zu gleichen Teilen seinem Buchhalter George Buckley, dessen Frau Rose, die bei der Geburt ihres gemeinsamen Kindes einen Wildunfall im nahe gelegenen …« Ja, das genügte, wie mir ein lautes »Möööp« bestätigte. Um meine Testreihe halbwegs überwachen zu können, hatte ich mir den Buzzer auf die Tastatur gestellt, den ich bei Quizshows nutze, um den Teilnehmenden im Fernsehen eine Chance zu geben. Fairness geht immer vor und ich ging ins Bett, um die Beta-Tests durchzuführen. Das Ergebnis war zwiegespalten: Natürlich konnte ich auch im Liegen einschlafen, wenn ich las, dass in Folge 2, Staffel 6 mal wieder ein Jahrmarkt bei Causton stattfindet, der wie stets von Lady Delia ausgerichtet wird, deren Neffe Percy sich jedoch im Streit mit dem Fasanenfotografen Jester … Aber dann fiel mir der Laptop immer auf die Nase respektive meine Nase in den Laptop. Bevor es also zum kompletten Bruch kam, brachte ich schon das nächste Update meiner genialen Erfindung heraus: Ich druckte mir die Inhaltsangaben der ersten sechs Staffeln aus, und zwar komplett. Der Nachteil dieser Version ist, dass Papier raschelt. Und knistert. Selbst wenn die einzelnen DIN-A4-Bögen noch halbwegs direkt auf das schlafende Antlitz fallen: Papier bleibt gefährlich. Man kann sich dran schneiden und schlecht darunter atmen. Vor allem kann der Mensch, der dein Bett teilt, gar nicht mehr einschlafen. Was früher nie ein Problem war, zumindest deutete sein unrhythmisches, mitunter röchelndes, manchmal operettenhaftes Schnarchen an, dass es Menschen gibt, die ganz ohne jegliche Informationen über den aktuellen Body Count bei Barnaby halbwegs friedvoll ruhen können. Selbstverständlich nur bis zum nächsten Morgen.

Und obwohl ich einfach annehmen muss, dass keiner von uns beiden den anderen wirklich je mit einem Kissen ersticken wollte, nur weil wir es beide zu unterschiedlichen Zeitpunkten jeweils schon über den Kopf des anderen hielten, damit das Rascheln oder Schnarchen ein Ende haben möge, brachte mich auch dieses im letzten Moment vereitelte Verbrechen zum Ergebnis: Die Lösung für unser beider Problem war textil. Statt uns gegenseitig zu ersticken, mussten wir nur sticken lassen. Und zwar durch eine Maschine, die zwar auch nach Erledigung des Jobs rebootet werden musste, weil sie sich im Sleepmodus befand, dennoch hat sie uns ein wunderbar weiches und trotzdem atmungsaktives Tüchlein geschenkt, auf dem mit feinstem Perlgarn die Worte prangen, die die geneigte Leser*innenschaft auch im Internet-Episoden-Guide, Staffel 1–6, findet und die wirklich dazu taugen, einem normalen, gesunden Menschen ein erquickendes Schläfchen zu schenken, sogar des Nachts. Wenn uns nun Leute fragen, wie wir unseren Teint und unsere Beziehung frisch halten, können wir nicht anders, als auf die andere Paarhälfte zu blicken und unisono zu gestehen: »Dieser Lappen hat mein Leben verändert.«

AXEL HACKE

Gedächtnis

Wir saßen abends auf der Terrasse eines alten Freundes, sieben oder acht Leute. Das Gespräch kam auf Georg Trakl. Jemand zitierte aus einem Gedicht von ihm, *Helian* heißt es:

Abends auf der Terrasse betranken wir uns mit
braunem Wein.
Rötlich glüht der Pfirsich im Laub;
Sanfte Sonate, frohes Lachen.

Brauner Wein – was das solle, fragte jemand, ein Wein sei nicht braun, und wenn er doch braun aussehe, könne man ihn nicht mehr trinken, weil er überaltert sei. Es heiße bei Trakl sicher *goldener Wein* oder *purpurner Wein.*

Nein, es heiße *brauner Wein*, warum auch immer, insistierte der Gedichtaufsager, wahrscheinlich sei ein alter Madeira oder Sherry gemeint. Oder gebe es in Österreich nicht sogar eine ältere Rebsorte namens *Brauner Veltliner*, die Trakl sicher gekannt und genossen habe?

Dies war der Moment, in dem der Gastgeber sein iPad holte. Er gab bei Google die Worte *mit braunem Wein* ein, sogleich erschien das Gedicht von Trakl auf dem Schirm:

... betranken wir uns mit braunem Wein.

Jemand behauptete jetzt, *braun* sei einfach eines der Lieblingswörter Trakls gewesen, der Wein sei braun, weil Trakl das Wort *braun* so gemocht habe, und überhaupt sei der Herbst die Jahreszeit, die man am ehesten mit Trakl verbinde. Er sei ein Herbstpoet, übrigens im November gestorben.

Unser Freund tippte *Trakl* und *braun*, und es traklte wirklich gleich heftig, 6530 Ergebnisse, zum Beispiel:

O wie sie die braune Stille stören,
In der ein Acker sich verzückt.

Oder:

Brauner Mädchen rauhe Lieder
Sind verweht im Blätterfall.

Bitte, das ist eines meiner Lieblingsgedichte, sprechen Sie laut mit!

Sonne, herbstlich dünn und zag,
Und das Obst fällt von den Bäumen.
Stille wohnt in blauen Räumen
Einen langen Nachmittag.

Blaue Räume? Ja, ja, diesmal ja! Blaue, nicht braune Räume.

Wie wäre so ein Gespräch früher verlaufen, ohne iPad? Jemand hätte nach einem Trakl-Buch gerufen, der Freund hätte keines im Regal gehabt, er hätte mehr Wein geholt (den hat er immer), die Unterhaltung wäre in Mutmaßungen versandet.

Das Internet ist aber ein tragbares, ausgelagertes Gedächtnis, erreichbar mit ebenfalls außerhalb des Körpers befindlichen, diesen Körper quasi erweiternden Gegenständen. Das Handy, der wichtigste dieser Gegenstände, ist nichts anderes als ein neuer Körperteil, einer, den meine Eltern noch nicht hatten. Verlieren wir ihn, sind wir hilflos, als hätte man uns einen Teil des Gehirns amputiert. (Na ja, so schlimm ist es nicht, ein Smartphone ist ersetzbar, Gehirnzellen kaum.)

Unser Körper hat heute Teile, die man irgendwo vergessen kann. Das Handy eben. Man stelle sich vor, einer würde sagen: Mein linker großer Zeh ist weg, ich muss ihn gestern im Laufschuh gelassen haben.

Und wir sind mit diesem Teil an eine größere Physis angeschlossen, eine Art Globalgedächtnis. Ein Menschheitstraum ging in Erfüllung. H.G. Wells, der Schriftsteller, stellte sich in den Dreißigerjahren ein *Weltgehirn* vor, mit dem die gesamte menschliche Erinnerung jedem Einzelnen zugänglich gemacht werden könnte.

Heute kann man jederzeit und überall fast alles wissen.

Vielleicht weil es das Weltgedächtnis gibt, werden wir selbst immer vergesslicher. Kaum irgendwas können wir noch dauerhaft an jener Stelle unseres Gehirns bunkern, die wir *Gedächtnis* nennen. Oder ist es anders? Ist das Weltwissen einfach zu umfangreich für unsere kleinen Hirne geworden, sodass wir zwingend außerkörperliche Gerätschaften für den Zugriff darauf benötigen? Ist unsere Erinnerung gar nicht schlechter, sondern wir empfinden sie nur so?

Viren, die einen noch vor Kurzem täglich ängstigten, sind vergessen und ersetzt durch andere Viren und deren kaum zählbare Varianten. Menschen, die uns Abend für Abend aus dem Fernsehen entgegenlachten, sind plötzlich in der Welt verschwunden. Weiß jemand genau, was vor Jahren bei der Revolution in Tunesien geschah? Unser Leben ist ein Surfen auf Katastrophenwellen. Haben wir eine überstanden, baut sich die nächste auf, keine Zeit mehr, sich mit der letzten zu beschäftigen.

Gnädiges Vergessen.

Wir leben in der Gegenwart, im Daueralarm, eine Menschheit am Rande des Nervenzusammenbruchs. Das schränkt natürlich die Merkfähigkeit ein. Es überfordert den Körper.

Ich las ein Interview mit dem Oxford-Professor Viktor Mayer-Schönberger, der ein Buch über die Tugend des Vergessens geschrieben hat, *Delete* heißt es. Mayer-Schönberger sagte, es gebe Menschen, die nichts vergessen könnten, noch die Bestandteile eines Frühstücks vor zwanzig Jahren seien den Leuten *en detail* gegenwärtig. Diese Menschen seien unzufrieden, das Leben falle ihnen schwer, insbesondere könnten sie ihre täglichen Entscheidungen nur mühsam treffen, weil ihnen jede Fehlentscheidung der Vergangenheit präsent sei und sie neue Fehler dieser Art fürchteten.

Na, *mein* Problem ist das nicht.

Mein Problem ist: Ich habe eine Lesung im Theater. Ich signiere, wie immer, schon in der Pause Bücher, viele Leute strömen an mir vorbei.

Plötzlich klopft mir einer auf die Schulter.

Ein alter, *wirklich alter* guter Bekannter, den ich aber lange nicht gesehen habe. Er ist überraschend gekommen. *Für mich* überraschend.

Sehen wir uns nachher noch?, fragt er. Es wäre schön, wenn du auch mein Buch signierst. Er hält es in der Hand.

Na klar!, rufe ich. Bis nachher.

In meinem Kopf befindet sich zu diesem Zeitpunkt nichts mehr außer einer einzigen drängenden Frage.

Wie heißt der Mann?

Ich habe nicht die leiseste Idee.

Aber er möchte ein Buch signiert haben! Es gibt durchaus Menschen, zu denen man sagen kann: Du, entschuldige, der Trubel hier, ich habe deinen Namen nicht parat. Er gehört definitiv nicht dazu. Dazu waren wir zu eng. Sind es noch. Es wäre eine Katastrophe.

Ich gehe nicht direkt auf die Bühne, sondern renne in meine Garderobe, um R., einem Freund, der uns beide kennt, eine SMS zu schreiben: Den Namen, bitte, Freund R., den Namen!

Dann sitze ich wieder auf der Bühne und lese und erzähle. Es gibt aber eine zweite Ebene im Gehirn, auf der man – wie in einer Parallelwelt – über etwas anderes nachdenken kann. Dort fahnde ich nach dem Namen meines Bekannten.

Schluss der Veranstaltung, Beifall, Verbeugen, Zugabe, Beifall, Verbeugen und so weiter. Dann ab. Ich renne in die Garderobe. Keine Antwort von R. Ich beginne, mein Kontaktverzeichnis durchzugehen. A, B, C, D … Bei L werde ich fündig, nicht weil der Bekannte draußen L. hieße, sondern weil dort der Name eines Mannes steht, dessen Nachname mit L beginnt, dessen Vorname aber Wilhelm lautet.

Wilhelm heißt auch der da draußen vor der Tür. Bloß beginnt sein Nachname mit Z. Ich hätte hinten anfangen müssen.

Ich haste ins Theaterfoyer. Da steht er in seiner ganzen Wilhelmhaftigkeit.

Wilhelm!, rufe ich. Wie schön, dich zu sehen. Ich

schreibe ins Buch: *Für Wilhelm, meinen alten Freund.* Ich rufe: Ein Bier bitte für Wilhelm! Eine Runde von Bekannten schart sich um uns. Darf ich euch Wilhelm vorstellen?, sage ich. Ein alter Lebensbegleiter, Wilhelm heißt er, sagte ich das schon? Wir stehen zusammen und trinken. Mach's gut, Wilhelm, sage ich. Aus dem Taxi texte ich: Danke für den Besuch, Wilhelm!

Dann kommt eine SMS von R. Er schreibt: Unser Freund heißt Stefan.

Mein Herz bleibt stehen. Tod im Taxi. In meinem Nachruf wird stehen: Er starb, weil er Stefan für Wilhelm hielt.

Aber, bitte, heißt er nicht Wilhelm? Ich war mir sicher.

Nein, Stefan.

Ich bin in Hamburg. Stefan wohnt doch in Köln.

Ach so, Wilhelm aus Hamburg, du hast recht. Ja, ja. Entschuldige.

Ist Ihnen nicht gut?, fragt der Taxifahrer.

Doch, murmele ich leise, mir ist gut.

Vor jeder Lesung gehe ich seitdem mein Adressbuch durch, ob ein Bekannter in der Gegend wohnt.

Und hier noch diese Geschichte.

Ich stehe irgendwo in der Stadt – bei einem Empfang oder einfach so auf der Straße oder eben auf einer Freundesterrasse – vor einem wiederum *unerwartet* anwesenden alten Bekannten, erkenne sein Gesicht, mochte ihn immer, ein unterhaltsamer, freundlicher, gebildeter, warmherziger Kerl, ich weiß einiges über ihn.

Bloß seinen Namen nicht.

Das kann zum Verzweifeln sein. Ich fühle mich der Demenz nahe, habe Angst. Das erhöht den Stress, das Gehirn blockiert. Tröstlich ist: Es geht allen so oder den meisten oder jedenfalls denen über sechzig. Es ist nicht so, rede ich mir ein, dass ich blöde würde. Ich kenne nur mit zugenommenem Alter zu viele Leute. Der Namensspeicher im Gehirn ist überfüllt.

Meine These ist: Je herzlicher einer dich bei solchen Anlässen begrüßt, je öfter er dich jubelnd *Mein Liiiiieber!* nennt, je klammernder und länger andauernd seine Umarmung ist – desto weniger weiß er, wer du bist. Auf welchen Namen du, um Gottes willen, noch mal getauft wurdest.

Es beginnt ein Ratespiel.

Man muss in so verzweifelten Lagen versuchen, unauffällig herauszubekommen, wer einem gegenübersteht. Muss ihn zur Preisgabe seines Namens verleiten. Oder einen in der Runde dazu bewegen, den bekannten Unbekannten beim Namen zu nennen. Oder ihn wenigstens (in meiner Branche) dazu bringen, den Titel seines letzten Romans oder Films zu nennen, überhaupt was zu seiner beruflichen Tätigkeit zu sagen, sodass man eine SMS des Babysitters oder der uralten, allein lebenden Mutter vortäuschen kann, eine Atempause, während derer man den Namen des Gegenübers im außerkörperlichen Gedächtnis nachschlagen könnte.

Schlimm wird es, wenn eine dritte Person hinzutritt und man den Gesprächspartner, von dessen Identität man momentan nicht mal eine grobe Ahnung hat, vorstellen müsste.

Mir passierte es, dass ein Kollege mit einer ihn begleitenden Frau vor mir stand und er in abgrundtiefer Verzweiflung sagte: Ihr stellt euch selbst vor, nicht wahr? Leider war er schwerhörig, sodass er am Ende unserer Präsentation zu mir sagen musste: Hast du deinen Namen schon genannt? Aufmerksam reckte er sein linkes Ohr …

Die Gespräche, die folgen, sind nicht besser.

Weißt du, ich habe vor drei Wochen ein wunderbares Buch gelesen, einen Roman, er heißt… Na ja, egal, es ist jedenfalls von dem, du weißt schon, dieser Schauspieler, er hatte die Hauptrolle in dem berühmten Stück, dessen Regisseurin, ja, fängt mit O an, der Name, oder vielleicht mit P, na, ist nicht wichtig jetzt, ich wollte was anderes erzählen, jedenfalls, das Stück wird ja gerade überall rauf und runter gespielt. Wie heißt es noch? Egal, interessant ist, dass die besten Romane heutzutage oft von Schauspielern geschrieben werden, nicht von Schriftstellern, dass andererseits aber Schriftsteller selten gute Rollen in Filmen spielen. Ist lange her, dass dieser berühmte Autor, der aber auch Schauspieler war, genau, du kennst ihn, der Name fällt uns nachher sicher ein, jedenfalls, er hatte doch die Titelrolle in der Verfilmung dieses Buches von dem Schweizer, genau, der Nobelpreisträger, nein, nicht der, der dieses Stück über die … die … die … Chemiker geschrieben hat, der hatte den Nobelpreis eben nicht, das war ja sein Problem, nein, den anderen meine ich, egal jetzt … Wobei der, den ich zuerst meinte, der hatte den Nobelpreis auch nie bekommen, fällt mir gerade ein, beide hatten ihn nicht, waren nur dauernd vorgeschlagen, deswegen kommt man immer durcheinander – jedenfalls: Dieser Roman, den ich gelesen habe, der war ganz toll.

Was helfen soll, ist: Gedichte auswendig lernen! Das trainiert das Gedächtnis, und also werde ich es jetzt wieder tun. Jeden Tag eines, vor allem die Lyrik von dem …

Ja, genau, der so oft von der Farbe *Braun* schrieb.

ALEX CAPUS

Ich und die Akropolis

Als ich kürzlich mit meiner vielköpfigen Familie – ich habe so viele Kinder, dass manche argwöhnen, ich sei in einer Sekte, und mein Schriftstellerfreund Martin Dean sagt, das ist wieder mal typisch Capus, andere Leute gründen einfach eine Familie, aber du, darunter machst du's nicht, musst gleich ein Volk gründen – als ich also kürzlich mit meiner vielköpfigen Familie ferienhalber in Athen war, bestiegen wir die Akropolis, und da geschah etwas Sonderbares: Es war keiner aus Olten da. Ein vieltausendfüßiger, schwitzender, brabbelnder, fotografierender Tatzelwurm aus aller Herren Länder zog sich den Berg hinauf und wieder hinunter, aber kein einziger Mensch aus Olten war zu sehen. Das kommt sonst eigentlich nie vor. Gewöhnlich ist immer schon einer aus Olten da, wenn ich irgendwo auf der Welt hinkomme, und der winkt mir dann aus einem Taxi, aus einer Grotte heraus oder von einem Baum herunter zu und fragt: »Was machst denn du hier?« Ausgerechnet auf der Akropolis aber war keiner. Sonderbare Sache, dachte ich und hielt inne. An den Oltner Schulen sind zurzeit doch Herbstferien, mithin haben Oltner Schullehrer, Bildungs-, Bundes- und Bahnbeamte Hauptreisezeit, da haben sie sich zu verteilen über den Globus, ob sie nun Lust haben auf die

Reiserei oder nicht, das ist einfach Pflicht – und ausgerechnet auf der Akropolis sollte sich keiner aufhalten an diesem goldenen Dienstag im Oktober, da ich mit meiner Familie den Aufstieg unternahm?

Das ist unmöglich, dachte ich und betrachtete misstrauisch die Säulen des Parthenon, das kann nicht sein. Mindestens einer aus Olten muss sich hier rumtreiben, das ist nach den Gesetzen von Wahrscheinlichkeit und Statistik so gut wie sicher, vermutlich eher zwei oder drei. Aber wieso sehe ich keinen? Links und rechts zogen Japaner, Finnen und Mexikaner vorbei, gewiss auch ein paar Sachsen, Serben, Schwaben, Aargauer und Sanmarineser – aber kein einziges Gesicht, das mir aus Olten vertraut gewesen wäre. Das kann nicht sein, dachte ich noch mal, und dann befiel mich ein Verdacht: Die Kerle verstecken sich vor mir. Die waren schneller und haben mich erspäht und sind hinter dem nächsten Steinhaufen in Deckung gegangen. Au weh, der Capus, haben sich die gesagt, nichts wie weg, der hängt uns zu Hause in Olten schon zum Hals raus! Dafür sind wir jetzt aber nicht tausendsechshundert Kilometer geflogen, um dem seine Visage schon wieder anschauen zu müssen! Wie kann das sein, dachte ich bei mir, weshalb schneiden die mich? Wieso freuen die sich nicht, mich zu sehen? Ich freue mich doch, wenn ich die sehe. Andrerseits muss ich deren Konterfei auch nicht so oft in der Zeitung anschauen wie die meines, schon klar. Verstimmt, ein bisschen traurig und sogar ein wenig selbstkritisch betrachtete ich die Steinhaufen um mich her. Kommt bitte raus, wollte ich ihnen zurufen, das ist doch kindisch. Lasst uns alles hinter uns lassen, was in Olten war. Lasst uns in die nächste Taverne gehen, ich schmeiße eine Runde Ouzo.

So stand ich also da, den kleinsten meiner zahlreichen Söhne auf den Schultern, und hielt stumme Zwiesprache mit den Steinhaufen. Nach einigen Minuten war auch der Rest meiner viel- und rotköpfigen Familie zuoberst angelangt. Ich verteilte Wasserfläschchen und aufmunternde Worte sowie Lehrreiches über Perikles und Sophokles – und da fiel es mir wie Schuppen von den Augen: Da stand sie ja vor mir in Gestalt meiner Familie, die Vertretung der Oltner Bevölkerung! Ein gutes halbes Dutzend waren wir insgesamt, Olten war also statistisch schon überrepräsentiert. Hinter den Steinhaufen konnte gar keiner mehr stecken, das war nach den Gesetzen der Wahrscheinlichkeit so gut wie ausgeschlossen.

So ist das also, dachte ich. Das Leben verändert sich, wenn man ein Volk gründet. Zum Beispiel trifft man auf der ganzen Welt keinen aus Olten mehr.

ELKE PISTOR

Die Auswirkungen des Wanderns auf die Haltbarkeit der Ehe

Das Geheimnis einer dauerhaften und glücklichen Ehe lässt sich in wenigen Worten zusammenfassen: Respekt, Vertrauen, Humor, Gemeinsamkeiten und etwas, das man in früheren Zeiten als Durchhaltevermögen bezeichnet hätte. Fehlt eines oder mehrere davon, wird die Ehe entweder dauerhaft unglücklich oder nur flüchtig glücklich sein.

Fehlt alles, sollte man sich den Schritt vor den Traualtar trotz allen Liebestaumels noch einmal sehr gut überlegen. Die Chemie der Hormone könnte einem sonst einen üblen Streich spielen.

Dörte und Wolfram hatten zwar, als das Thema damals zur Sprache kam, nicht übermäßig lang, dafür aber – jeder für sich und nach seinen ganz persönlichen Kriterien – sehr gründlich abgewogen, ob der jeweils andere denn der Richtige für den Bund des Lebens sei, und sich die Frage mit einem abschließenden Ja beantwortet. Dieses Ja wiederholten sie vor der Standesbeamtin im kleinen und vier Wochen später im großen Kreis der versammelten Gemeinde. Nachdem sie aus der Kirche hinaus, unter prasselnden Reiskörnern und strahlender Sonne ins Eheleben getreten waren, die Feier genossen und dem Überschwang der Gefühle in einer dreiwöchigen Reise freien Lauf gelassen hatten, trat der Alltag ein. Der hielt in mehr oder minder unverändert glücklicher Form für die nächsten beiden Jahre an, bis Dörte eines Morgens sehr schnell vom Frühstückstisch aufsprang und ins Badezimmer rannte. Die vermutete Magendarmgrippe erhielt nach neun Monaten den Namen Natan und die drei Jahre später unvermittelt auftauchenden Kopfschmerzen nannten sie Hannah. Die Palindrome waren für sie Ausdruck ihrer Zukunftshoffnung. Wenn sie einst auf ihre Ehejahre zurückblicken würden, wollten sie so zufrieden zurückschauen, wie sie heute zuversichtlich auf das Kommende blickten.

Natans und Hannahs Ankunft veränderte Dörtes und Wolframs Leben. Dörte fragte sich über vollen Windeln, Kindergeburtstagen und selbst gebackenen Dinkelkeksen mehr als einmal, ob es diese Zeiten waren, die der Pfarrer gemeint hatte, als er von schlechten Zeiten sprach. Es war eine eher rhetorische Frage. Ihr Nervenkostüm wurde im gleichen Umfang dünner, wie der ihrer Taille zunahm. Wolfram schien keines von beidem zu stören. Er fokussierte sich auf seine Karriere, nicht ohne Dörte regelmäßig und unaufgefordert seine andauernde Liebe, Dankbarkeit und Unterstützung zuzusichern. Dörte nahm diese Beteuerungen freudig wie Blumensträuße entgegen, übersah die sich rasch zeigenden Anzeichen der Vergänglichkeit und erinnerte sich stets nur an den prächtigen ersten Anblick.

Wenn ihnen am Abend einer der seltenen Momente ungestörter Zweisamkeit gelang, erzählten sie sich von ihrem Tag, lauschten den Worten des anderen oder gaben es zumindest vor, wenn ihre eigene Müdigkeit zu groß wurde.

Sie überstanden gemeinsam Elternabende im Kindergarten, Sprechzeiten in der Schule und Teenagerdramen in den eigenen vier Wänden. Bei Natans ersten Übernachtungsgästen war es Wolfram, der Dörte davon abhielt, nur mal rasch Getränke und Kekse ins Zimmer zu bringen. Bei Hannah war es wiederum Dörte, die Wolfram daran hinderte, den Fünfzehnjährigen erst nach penibler Befragung zu Ausbildungsstand, Elternhaus und Absichten in die Trutzburg des töchterlichen Zimmers zu lassen.

Im Laufe der Jahre bemühte sich Dörte darum, ihrem positiven Selbstverständnis als moderne Mutter in der Realität zu entsprechen und wieder beruflich Fuß zu fassen. Zumal ihr klar war, dass positives Selbstverständnis und die Tatsache, einen festen Beruf auszuüben, in direktem Zusammenhang standen. Sie arbeitete sich über eine ehrenamtliche Tätigkeit in der Ganztagsbetreuung der Grundschule ihrer Kinder, Minijob, Halbtagsstelle bis hin zur Dreißig-Stunden-Woche in der Buchhaltung einer großen örtlichen Firma. Eine Arbeit, die ihr Freude machte, aber trotzdem genug Raum ließ, um alle hohen familiären Ansprüche, einschließlich ihrer eigenen an sich selbst, noch höheren, zu erfüllen. Wolfram fokussierte sich weiter auf seine Karriere, wobei Dörte ihm regelmäßig und unaufgefordert ihre andauernde Liebe, Dankbarkeit und Unterstützung zusicherte.

Als Hannah schließlich ihr Abiturzeugnis in Händen hielt und dem Beispiel ihres großen Bruders folgte, indem sie zum Studium in eine weit entfernte, oder wie Natan es ausgedrückt hatte »es sollten mindestens fünf Stunden Fahrzeit zwischen uns liegen«-Stadt aufbrach, standen Dörte und Wolfram vor der Eingangstür ihres vorstädtischen Einfamilienhauses und winkten ihrer Jüngsten nach. Beide verdrückten sie eine Träne. Wolfram, weil ihm eine Mücke ins Auge geflogen war. Jedenfalls behauptete er das standhaft, und sie ließ ihn in dem Glauben, dass sie es ihm glaubte. Dörte, weil ihr das langsam immer kleiner werdende blasse Gesicht ihrer Tochter im Rückspiegel des davonfahrenden Wagens wie der endgültige Schlusspunkt nach einem Lebensabschnitt vorkam. Was es genau genommen auch war.

Sie traten über die Schwelle ihres Hauses, zum ersten Mal nach mehr als zwanzig Jahren wieder nur ein Paar. Sie nahmen sich bei den Händen und schauten sich an. Respekt, Vertrauen, Humor, Gemeinsamkeiten und vor allem Durchhaltevermögen hatten sie durch die letzten vierundzwanzig Jahre getragen. Die silberne Hochzeit tauchte als nächstes Etappenziel bereits am Horizont auf. Und danach? Dörte freute sich auf gemeinsame Urlaube, vielleicht ein neues Hobby und vor allem – in ein paar Jahren – auf Enkelkinder.

Dass die Erreichung dieser Ziele keinesfalls als selbstverständlich zu erachten sei, wurde Dörte klar, als sie an einem Morgen Ende Juli knietief im kalten Morast stand, der langsam über die Ränder ihrer Wanderschuhe quoll. Sie starrte auf den Rücken ihres Mannes, der mit wütenden Schritten immer weiterstapfte, dabei lauthals schimpfte und keine Sekunde daran dachte, sich zu ihr umzudrehen. Das an sich wäre nichts Neues und kein Problem gewesen, hätten sie sich in ihrer Stadt, dem weiteren Umland oder zumindest in Deutschland befunden. Aber dem war nicht so. Der Morast in ihren Schuhen entstammte einem Moor, das geografisch zum

Soomaa Nationalpark gehörte, der wiederum in Estland lag.

Auch das wäre für sich allein genommen noch kein Grund, ihre gesamte Ehe infrage zu stellen. Ganz im Gegenteil. Dieser Tagesausflug war Teil einer dreiwöchigen Reise, für die Wolfram und sie zum ersten Mal ein Wohnmobil gechartert hatten, und die bis zu diesem Zeitpunkt ausgesprochen inspirierend und trotz oder gerade wegen der ungewohnten Enge ihrer Behausung sehr harmonisch verlaufen war.

Aber jetzt hatten sie sich verirrt. Nicht, wie man einmal an einer Straßenecke falsch abbiegt und diesen Fehler durch einen kleinen Umweg oder eine schlichte Umkehr wieder beheben kann. Nein. Sie hatten sich gnadenlos im Geflecht der Wege durch das Dickicht des vorgelagerten Waldes verfangen und den rechten Pfad verloren. Kein Hinweisschild weit und breit. Kein vorbereiteter Weg. Keine markante Stelle am Horizont. Es schien, als ob dieser Umstand, oder besser gesagt, ihre sehr unterschiedlichen Meinungen darüber, wie man sich aus dieser misslichen Lage befreien könnte, sämtliche Pfeiler ihrer Ehe zum Einstürzen bringen würde.

»Wir hätten da abbiegen sollen, wo ich es gesagt habe.« Dörte steht ungeachtet ihrer klammen Fesseln immer noch im Morast und verschränkt die Arme. Sie trägt einen wasserdichten Hut, dessen breite Krempe ihr immer wieder vor die Augen rutscht. Sie klappt sie nach oben. Feiner Regen benetzt ihre Brille.

»Quak.«

Wie bitte? Das kann doch nicht allen Ernstes seine Antwort sein, denkt Dörte. Wütend zieht sie einen Fuß mitsamt Schuh aus dem Schlamm.

»Quakquak.«

Nein, stellt Dörte jetzt fest, das ist nicht Wolfram. Das ist irgendeine Ente, die genervt ist. Genau wie sie. Wolfram stapft weiter.

»Hast du mich gehört?« Sie läuft drei Schritte, als wolle sie ihm folgen, bleibt dann unvermittelt stehen.

Wolfram zeigt keine Reaktion.

»Wolfram!« Dörte schlägt ihren Ich-bringe-die-Kinder-jetzt-mal-zur-Räson-Ton an.

»Natürlich wusstest du es wieder besser«, brummt Wolfram, ohne sich umzudrehen, so leise, dass sie es kaum versteht. »Du weißt ja immer alles besser.«

»Nein, das weiß ich nicht.« Dörte bemüht sich, den Vorwurf zu ignorieren. Es gelingt ihr nur halb. Zumal es gelogen ist. Natürlich weiß sie immer alles besser, ganz einfach, weil sie immer recht hat. Gut, das stimmt nicht ganz. Sie hat nicht immer recht. Das wäre vermessen. Aber meistens. Das weiß auch Wolfram. Allerdings dreht er es dann immer so, als ob ihm selbst die entscheidende Lösung eingefallen ist. Dörte nimmt einen anderen Anlauf. »Vermutlich hätte der nette Herr, der uns eben entgegenkam, es vielleicht besser gewusst«, sagt sie, kann sich aber den Nachsatz nicht verkneifen. »Aber du wolltest ihn ja auf gar keinen Fall fragen.«

»Wozu auch? Man kann doch erwarten, dass es in solch einem Gebiet eine anständige Ausschilderung gibt. Die Leute einfach so in ein Hochmoor spazieren zu lassen, ohne den Weg zu kennzeichnen ist verantwortungslos.« Wolfram bleibt nun doch stehen, dreht sich zu Dörte um und hebt die Hände. »Was sage ich? Verantwortungslos? Das ist mehr als fahrlässig.«

»Quakquakquak.«

Eine zweite Ente fällt wie zur Antwort in das Schnattern ein. Es klingt laut und auch ein wenig vorwurfsvoll, denkt Dörte. An dieser Stelle wäre es ein Leichtes für sie, die von Wolfram eingeschlagene Richtung des Streites – weg vom Persönlichen hin zu einem diffusen Allgemeinen – im Sinne der ehelichen Harmonie weiter zu verfolgen. Doch die letzten Tage haben ihr nicht nur die Kraft für eine Auseinandersetzung gegeben, sondern auch ausreichend Zeit für die Frage, ob und wenn ja wie viel sie bereit ist, sich um des lieben Friedens willen zurückzunehmen, wie sie es in den vergangenen Jahren so oft praktiziert hat. In dieser Zeit, wo sich so vieles ändert, wird es Zeit, dass sich etwas ändert. Auch bei ihr.

»Oh, ja. Das ist so viel einfacher. Die Verantwortung auf andere zu schieben«, sagt sie deshalb und ignoriert dabei, dass sie genau das vor wenigen Sekunden ebenfalls in Vollendung praktiziert hat. Allerdings ist das etwas völlig anderes. »Aber darin bist du ja immer sehr gut.« Sie atmet tief ein, wie für einen bevorstehenden Sprint. Noch gäbe es die Möglichkeit, in seichtere Gefilde abzudriften. Doch Dörte setzt die Segel. »So wie bei der Sache mit Natan. Diesem Riesenstreit. Kein Wunder, dass er möglichst viel Abstand zwischen dich und ihn bringen wollte.«

»Das habe ich aber ganz anders in Erinnerung. Soweit ich weiß, hast du dich mit ihm gestritten«, kontert Wolfram umgehend.

»Ja, wir haben uns gestritten. Das stimmt. Und er war sauer. Aber die Frage ist ja: Worüber haben wir gestritten?« Das Wesentliche vergisst der Gatte wieder.

»Was hast du ihm denn angetan?«

Dörte zieht zischend Luft durch die Zähne. Wieso ist für Wolfram klar, dass sie etwas Falsches getan hat?

»Vielleicht ließe sich das alles ganz einfach klären?«,

fragt Wolfram, weil er Dörtes gespannte Stimmung bemerkt, ihr aber etwas ratlos gegenübersteht.

»Ich würde mich wirklich freuen, wenn du etwas mehr auf meiner Seite sein könntest.«

»Ach – Seite, Seite. Darum geht es doch gar nicht. Die ganze Sache ist sicher bald vergessen.« Der dritte Deeskalationsversuch, mit tiefer, gedämpfter Stimme vorgetragen. Die gleiche Stimmlage hat er früher genutzt, wenn eines der Kinder mit aufgeschlagenen Knien zu ihm gelaufen kam.

»Nein. Ist es nicht. Er kommt nicht mehr gerne nach Hause. Hast du das noch nicht bemerkt?« Dörte ringt um Fassung. Er behandelt sie wie ein Kind. Nimmt sie nicht ernst. Das kann sie gar nicht leiden. Vor allem, weil sie als Mutter den unmittelbareren Kontakt zu ihrem Sohn hat. Und zur Tochter natürlich auch. Das war immer schon so. Seit die beiden Kinder waren, wusste sie, Dörte, bereits, was Sache war, da hatte Wolfram noch nicht einmal bemerkt, dass ein Segen überhaupt schief hing. Geschweige denn, welcher.

Unvermittelt setzen wieder das Quaken und Schnattern ein. Deutlich lauter nun, heftiger. Es müssen zwei Enten sein, stellt Dörte fest. Sie kann die Stimmen voneinander unterscheiden. Sie quaken einzeln und gemeinsam, wobei ihr das gemeinsam eher wie ein Gegeneinander erscheint. Bestimmt ein Pärchen. Ein Entenehepaar.

»Du siehst das alles zu schwarz. Wie immer nur das Negative.« Wolfram spuckt die Worte aus. Seine Laune ist im Keller, das spürt Dörte, aber es ist ihr in diesem Moment egal.

»Immer nur das Negative?« Sie schnaubt. »Das ist wieder so ein typischer Satz von dir.«

»Was soll das denn heißen?«

Sie kneifen beide die Augen zeitgleich zusammen, wenden sich ab, entfernen sich einige Schritte voneinander, bevor sie sich wieder umdrehen und einander anstarren. Um sie herum die Stille der Natur. Wasser gluckert, ein Vogel krächzt, Schilf raschelt. Beide atmen schneller.

Wie viele langjährige Paare haben sie Kampfregeln. Rituale, die eingehalten werden müssen. Für den fairen und für den unfairen Streit. Für die Art, die eine Lösung hervorbringt, und für die Art, die den anderen verletzt. Die wunden Punkte aufbrechen lässt. Beide tragen sie dieses über Jahre gesammelte Wissen über den anderen wie eine Waffe bei sich. Und sie beide wissen, eine der unfairsten und verletzendsten Arten sind Verallgemeinerungen und Pauschalisierungen. Sind die Worte »immer« und »nie« im Bezug auf das Reden und Handeln des Gegenübers. Beide haben diese Immer-Nie-Waffe nicht nur gezückt, sondern hoch erhoben. Wolframs letzte Frage zeigt nicht nur, dass er den Verstoß gegen diese Regeln erkannt hat, sondern bietet auch die vorgebliche Chance des Rückzugs. Sie stehen sich wie Duellanten gegenüber, warten auf den nächsten Zug des anderen.

Vielleicht sind es Dörtes erschöpfte Muskeln oder der kalte Wind. Oder vor allem ihr knurrender Magen? Dörte entscheidet sich für den direkten offenen Angriff.

»Willst du wirklich nicht wissen, worum es in dem Streit zwischen Natan und mir überhaupt ging? Nein, vermutlich nicht. Denn dann kämen wir ja zum Kern des Ganzen. Zu dem Teil, in dem es um dich geht. Um dein Verhalten ihm gegenüber, zu deiner Verantwortung, deinen Fehlern. Aber das kann ja nicht sein.

Niemals. Du machst keine Fehler. Es sind immer die anderen.«

»Ich habe keine Probleme mit Natan. Du projizierst deine Angelegenheiten mit ihm auf mich.«

»Doch das hast du. Du hast große Probleme mit unserem Sohn. Und dein größtes Problem ist, dass du es nicht siehst.«

Statt einer Antwort lacht Wolfram laut auf. Es klingt spöttisch. Genauso gut hätte er sagen können »Wie gut, dass ich dich habe, damit du mir die Augen öffnest und mich sehend machst«.

Dörte spürt, wie sie zittert. Vor Kälte, vor Anspannung, vor allem aber vor Zorn. Die Fähigkeit ihres Mannes, jedes ihrer Worte gegen sie zu verwenden, und noch mehr ihre eigene Unfähigkeit, sich dem zu entziehen, bringt sie zur Weißglut.

»Ich rede ihnen zumindest nicht rein, was ihre Berufswahl und ihren Lebensplan angeht.« Dörte verschränkt die Arme vor der Brust. Wenn er es so will, soll er es so haben. »Darum ging es bei dem Streit mit Natan. Erinnerst du dich?«

»Dein Gerede von ›man muss etwas finden, wofür man brennt‹ hat den Kindern Flausen in den Kopf gesetzt. Für Traumtänzereien ist in dieser Welt kein Platz.«

»Für dich zählt nur der schnöde Mammon. Geld und Karriere, Karriere und Geld. Etwas anderes kennst du gar nicht. Sobald etwas ungewöhnlich ist, abweicht, ist es dir suspekt. Für dich ist es schon ein Abenteuer, Sandalen ohne Socken zu tragen.«

Das Gequake geht wieder los. Dörte kann einfach nicht weghören. Hin und her, wildes Gekrächze, Flügelschlagen, Wasserspritzen. Auch wenn sie die Tiere nicht sieht, hat sie ein genaues Bild vor Augen. Herr und Frau Ente müssen auch schon länger verheiratet sein. Definitiv.

»Was bin ich für dich? Ein Spießer? Ein Langweiler? Meine Karriere und mein Geld haben dir aber all die Jahre ein ausgesprochen bequemes Leben ermöglicht.«

»Dein Geld? Hast du gerade wirklich gesagt ›dein Geld‹?« Dörte schnappt nach Luft. Was denkt der sich eigentlich? »Meinst du allen Ernstes, du hättest so ungestört Karriere machen können, wenn ich dir nicht bei allem den Rücken freigehalten hätte? Von meiner Karriere brauchen wir ja gar nicht zu sprechen. Die gibt es dank dir nicht.« Dörte verschränkt die Arme vor der Brust. Sie weiß, was nun kommt. Die ganze Litanei in der Abfolge, dass er nie etwas dagegen hatte, dass seine Mutter immer zur Stelle gewesen sei, wenn eines der Kinder krank war, und sie immer genügend Freiraum gehabt hätte, um ihren Neigungen nachzugehen. Sie hat recht.

»Die Hauptsache war doch, dass die Kinder versorgt waren«, beendet Wolfram seine Ausführungen

»Ach, ich vergaß!« Dörte schlug sich mit übertriebener Geste die flache Hand vor die Stirn. »Hauptsache, die Kinder sind versorgt. Das ist Aufgabe der Mutter, und wenn sie diese, ihr zugedachte Rolle nicht spielen will, muss sie halt die Konsequenzen tragen. Nicht der Vater. Niemals der Vater. Wie konnte ich das nur vergessen, ich Dummerchen.« Dörtes Stimme überschlägt sich.

»Jetzt wirst du hysterisch. In diesem Zustand kann man nicht mit dir reden. Du dramatisierst maßlos.«

»Wenn du hier durch die Landschaft brüllst, ist das akzeptabel, weil du nun mal so bist. Wenn ich laut werde, bin ich hysterisch und dramatisiere. Finde den Fehler.«

Die Enten sind verstummt, fällt Dörte auf. Vielleicht sind sie doch noch nicht lange, sondern erst seit Kurzem verheiratet und haben den Streit nun auf die ganz besondere Art beigelegt, wie junge Paare das zu tun pflegen? Könnten wir doch auch, oder? Kurz denkt sie darüber nach, verwirft den Gedanken aber wieder. Zu kalt, zu nass, zu lange verheiratet. Mit über fünfzig wirft man sich nicht mehr einfach in ein Gebüsch. Das macht schon allein der Rücken nicht mehr mit.

»Fehler! Was für ein Stichwort. Habe ich wieder etwas falsch gemacht? Nicht so, wie die große Meisterin es haben will? Die Löffel in die falsche Schublade geräumt, den Kindern den falschen Pulli angezogen, die falschen Blumen für deine Mutter gekauft? Und jedes Mal geht die Welt unter. Als ob das alles Katastrophen wären.«

»Wer nach zwanzig Jahren im selben Haus immer noch nicht weiß, in welches Fach die Löffel gehören, hat entweder nicht oft genug die Spülmaschine ausgeräumt oder ist zu dumm, es sich zu merken. Ich hielt dich eigentlich immer für einen intelligenten Menschen.«

»Anscheinend nicht intelligent genug, um dich nicht zu heiraten.«

Zack, das saß. Dörte öffnet den Mund und schließt ihn direkt wieder. Manchmal ist Schweigen die beste Antwort.

Während des gesamten Streites sind sie weitergegangen. Nicht hintereinander, sondern nebeneinander, meterbreit voneinander getrennt. Jeder auf dem Pfad, den er für den richtigen hielt. Haben sich durch Unterholz gedrückt, sind über Steine gestolpert und haben

Äste zur Seite geschoben, bevor sie ihnen ins Gesicht geschlagen wären. Trotzdem weisen ihre Wangen und Arme Kratzer auf. Auf Wolframs Stirn erscheint eine schmale Spur winziger Blutstropfen. Unbewusst wischt er sie fort. Das Blut verteilt sich wie eine Kriegsbemalung auf seiner Stirn. Er bemerkt es und wird noch wütender. Er beschleunigt, beginnt auf eine Lichtung zuzulaufen, die er zwischen den Bäumen entdeckt hat.

Das Quaken setzt wieder ein. Sehr nah, sehr laut und sehr genervt. Doch kein junges Pärchen, die Enten, denkt Dörte. Die sind auch noch nicht fertig miteinander.

Als Wolfram die Lichtung erreicht, erkennt Dörte, dass es ein Teich ist. Der Regen hat aufgehört. Grauer Himmel spiegelt sich im Wasser, Schilfrohre biegen sich im leichten Wind.

Dörte holt Wolfram ein, steuert auf ihn zu und bleibt mit verschränkten Armen neben ihm stehen.

In der Mitte des Wassers schwimmt eine Entenfamilie. Die Henne und der Erpel umkreisen einander, lassen sich nicht aus den Augen und quaken lauthals. Dörte und Wolfram werden von ihnen komplett ignoriert. Die Küken paddeln hektisch ins Schilf. Eines verliert den Anschluss, schwimmt hin und her, piept hektisch, bis die Antwort der Geschwister aus dem grünen Dickicht es wieder in die richtige Richtung lenkt. Der Kopf der Henne ruckt zwischen ihren Küken und dem Erpel hin und her. Schließlich folgt sie ihnen. Dörte hat volles Verständnis für die Entenfrau. Sie hat sich auch immer für die Kinder entschieden. Der Erpel schwimmt bis an den Rand des Schilfs und bleibt dort. Dörte könnte schwören, dass er Wolfram einen Blick zuwirft und mit den Schultern zuckt. Dabei haben Enten doch gar keine

Schultern. Dörte reißt sich zusammen. Sie darf sich nicht ablenken lassen.

Wolframs letzter Satz ist mehr als eine böse Replik gewesen. Jedenfalls für Dörte. Er stellt die Grundsatzfrage.

»Also Scheidung, oder was?« Dörte ist über sich selbst verblüfft, wie beiläufig ihr diese Worte über die Lippen kommen. Nach vierundzwanzig Jahren, zehn Monaten und achtzehn Tagen gemeinsamen Lebens. Als ob sie ihn fragte, ob er ein weiteres Brötchen zum Frühstück haben wolle.

Abrupt bricht die Entenmutter wieder aus dem Schilf hervor. Sie stürzt sich auf das Männchen, beißt ihm in den Hals. Federn fliegen.

Quakcrescendo.

Der Erpel ist völlig überrascht, versucht zu fliehen, tritt mit beiden Füßen nach ihr, um sich zu befreien. Es gelingt ihm, aber er schwimmt nur einen Meter weit, wendet sich dann wieder seinem Weibchen zu.

»Was?« Wolfram runzelt die Stirn, kleine Bröckchen angetrockneten Blutes rieseln herab.

»Ob du dich von mir trennen willst.« Dörte sagt es ruhig. Die Aufregung und der wilde Zorn von vorher sind verflogen.

»Was für ein …« Er verstummt, schüttelt den Kopf. Als er weiterspricht, klingt seine Stimme, als wäre er wieder im Stimmbruch. Das passiert ihm immer, wenn er unsicher ist. »Natürlich will ich mich nicht von dir trennen. Wie kommst du darauf?« Zum ersten Mal an diesem Nachmittag schaut er Dörte direkt an. Er kneift die Augen zusammen, weil ihn die unvermittelt zwischen den grauen Himmelsschichten hervorbrechende Sonne blendet. Wieder fallen kleine Blutbröckchen von seiner Stirn.

»Du hast geblutet«, sagt Dörte.

»Ich weiß.« Er wischt sich mit dem Handrücken über das Gesicht, lässt die Hand sinken, starrt nachdenklich darauf.

»Was soll's«, murmelt er, und Dörte versteht nicht, warum er sich zuerst die Jacke, dann den Fleece-Pulli, die Schuhe und seine Hose auszieht. Die Enten schauen jetzt beide auf Wolfram. Sie wirken irritiert.

»Was machst du da?«

»Wonach sieht es denn aus?«, fragt er, zieht sein T-Shirt über den Kopf, streift die Unterhose ab, zum Schluss die Socken.

»Wolfram!«

Er steht nackt vor ihr, wendet sich dann ab, geht in die Hocke und springt mit einem flachen Hechtsprung in den Teich. Kurz taucht er unter, um dann prustend und keuchend wieder hochzukommen. Die Enten stieben zeitgleich hoch, fliegen ein Stück, kehren sofort wieder zum Schilf zurück, in dem sich ihre Küken noch immer versteckt halten, und patrouillieren gemeinsam davor auf und ab.

»Du willst doch immer was Neues erleben?«, ruft er ihr zu und sie kann hören, wie kalt das Wasser ist. »Nur zu! Das hier hast du garantiert noch nie gemacht.«

»Komm da raus, Wolfram. Du kennst den Teich doch gar nicht. Was, wenn der gefährlich ist?«

»Ach, auf einmal ist es dir nicht spießig und langweilig genug?« Er schwimmt eine kleine Runde, lacht.

»Wolfram. Sei vernünftig!«

»Warum sollte ich?«

»Du benimmst dich wie ein kleiner Junge, Wolfram.« Was will er jetzt von ihr? Will er etwa auch noch für diesen Quatsch gelobt werden?

»Darf ich das nicht?« Er lacht, wedelt mit den Armen, spritzt Wasser in ihre Richtung. Eiskalte Tropfen landen auf ihrem Gesicht. »Große Reden schwingen kannst du gut. Was ist? Du wolltest doch Abenteuer. Und jetzt kneifst du.«

Dörte starrt ihn an, denkt nach. Über alles, was war, über alles, was Wolfram zu ihr und sie zu Wolfram gesagt hat. Natürlich hat sie recht, das weiß sie. Sie denkt eine Sekunde, zwei, drei, eine halbe Minute, in der Wolfram lachend und prustend im Kreis schwimmt. Aber Wolfram hat ebenfalls recht, auch wenn sie diesen Gedanken nur sehr ungerne zulässt.

Dann hört sie auf zu denken, wechselt einen kurzen Blick mit der Entenfrau und folgt dem Impuls. Ihre Kleider fallen auf den Haufen, den Wolfram bereits aufgetürmt hat. Zum Schluss die Socken. Sie schreit, während sie springt, schon in Erwartung der Kälte. Das Wasser umschließt sie. Sie taucht, öffnet die Augen, sieht durch das braungrüne Wasser das Licht von oben. Darüber Wolframs Gesicht. Er ist zu ihr geschwommen, reicht ihr die Hand, zieht sie nach oben. Die Kälte fräst sich in ihre Haut, presst ihren Brustkorb zusammen. Sie schnappt nach Luft, obwohl sie nur kurz unter Wasser war.

»Beweg dich, dann wird dir warm. Es ist herrlich«, ruft Wolfram lauter, als es die Entfernung zwischen ihnen notwendig machen würde. Dörte ist eine gute Schwimmerin. Ihr Körper kennt die Bewegungen, führt sie aus, bevor Dörte sie denken kann. Wolfram hat recht. Das eisige Gefühl weicht einer samtigen Wärme. Nur ihr Kopf bleibt der Kälte und dem Wind ausgesetzt, der nun immer stärker wird. Eine Böe streift durch das Schilfrohr, weckt die Rufe der Enten. Am Ufer nimmt sie Fahrt auf, greift nach Dörtes und Wolframs Kleidung. Jacken, Hosen, Strümpfe, T-Shirts, Unterwäsche werden durcheinandergewirbelt.

»Nein«, rufen beide gleichzeitig und schwimmen los in Richtung Ufer. Die Kleidungsstücke schweben über dem Wasser und fallen dann hinein. Kurz schwimmen sie an der Oberfläche. Dann sinkt zuerst ein kleiner Teil nach unten, dem der Rest immer schneller folgt. Sekunden später ist nichts mehr davon zu sehen. Kleine Luftbläschen steigen auf.

Dörte und Wolfram treten Wasser, schauen auf die Bläschen, dann sich an.

»Oh, verdammt«, sagen beide gleichzeitig, die Enten quaken. Dörte könnte schwören, dass sie lachen.

»Do you need help?«, fragt eine besorgte Frauenstimme hinter dem Schilfrohr.

»Können wir Ihnen helfen?« Eine zweite Stimme mit schwäbischem Zungenschlag. Eindeutig ein Mann.

»Und jetzt?«, Wolfram schaut Dörte an. »Wir sind nackt. Und das sind Deutsche«, stellt er fest, als ob es einen Unterschied machen würde, wenn die beiden hinter den Büschen eine andere Nationalität hätten. Laut sagt er: »Wir schwimmen hier.« Manchmal hilft es, das Offensichtliche zu bekräftigen.

Hinter dem Schilfrohr erscheint die Frau, zu der vermutlich die Stimme gehört. Sie trägt von Kopf bis Fuß khakifarbene Outdoorkleidung, ein Fernrohr um den Hals und einen Hut, von dessen Krempe wie ein Brautschleier ein Mückennetz rund um ihren Kopf hängt. Dicht hinter ihr geht der vermeintliche Schwabe, gleiches Outfit, allerdings in Beigetönen. Statt des Fernrohrs baumelt eine kleine Videokamera an einem Lederband an seinem Hals, und er hält einen langen Stab mit einem Wimpel in seiner Rechten. Der Wanderführer. Er schreitet um den Teich herum und mustert die beiden vorwurfsvoll. Dörte und Wolfram hören weitere Stimmen. Die dazugehörige Reisegruppe folgt den beiden wie die Schar Entenküken ihrer Mutter. Alles Frauen in rustikaler Wanderkleidung.

»Das ist aber kein offizieller Badeplatz«, stellt der Beigeträger tadelnd fest. »Die finden Sie ein Stück weiter den Weg entlang.« Er dreht sich um und zeigt diffus mit der Hand in eine Richtung, aus der die Gruppe vermutlich gekommen ist. »Dies hier ist Naturschutzgebiet.«

»Danke.« Dörte nickt ihm freundlich zu, bemüht, bei ihrem Wassertreten nicht zu weit mit ihrem Oberkörper aus der Wasseroberfläche zu ragen und gleichzeitig Haltung zu bewahren. »Das wussten wir nicht. Wir hatten uns verirrt.«

»Sie stören die Brutpflege der Moorente. Das sind sehr seltene Tiere. Sie sind sehr wählerisch bei der Partnersuche.« Der Wanderführer räuspert sich vernehmlich und wippt von den Zehen auf die Ferse und zurück. Dörte wirft den Enten einen verständnisvollen Blick zu.

»Die Herrschaften sind nackt«, stellt die Dame in Khaki sehr sachlich fest. »Ich sehe hier nur Schuhe liegen. Wo ist Ihre Kleidung?« Sie schaut sich suchend um. Jemand in der Reisegruppe kichert. Dörte kann an ihren Gesichtern ihre Gedanken ablesen.

»Leider gibt es damit ein Problem.« Wolfram schwimmt in die Nähe des Ufers, richtet sich auf, das Wasser bedeckt seinen Körper bis knapp unter dem Bachnabel. Trotz seiner fast sechzig kann er sich immer noch sehen lassen, findet Dörte und spürt sogar ein wenig Stolz, als sie die interessierten Blicke des weiblichen

Teils der Gruppe bemerkt. Das muss sie ihm nachher unbedingt erzählen.

»Sie sind leider vom Wind ins Wasser geweht worden und untergangen«, erklärt er und macht einen Schritt nach vorne, was die Wassergrenze eine weitere Handbreit sinken lässt. In der Gruppe macht sich erwartungsvolle Unruhe breit.

Der Wanderführer greift in eine der zahlreichen Taschen seiner Hose und nimmt etwas heraus. Es ist klein und blau. Er hält es in Richtung seiner Begleiterin. Sie tastet ihre eigenen Taschen ab, nickt kurz, als sie findet, was sie sucht, und zieht ein gleich aussehendes kleines Bündel hervor.

»Transparente Regenumhänge. Das ist leider alles, was wir Ihnen geben können.« Er legt sein kleines Päckchen am Ufer ab. Die Frau tut es ihm gleich. »Sie sind blau«, ergänzt sie schnell.

»Wenn Sie dem Weg in der Richtung folgen, aus der wir gekommen sind, stoßen Sie nach ungefähr zehn Minuten auf den Parkplatz. Dort steht ein deutsches Wohnmobil. Ich vermute, das ist Ihres.« Der Wanderführer wendet sich zum Gehen, weist der Reisegruppe den Weg und dreht sich noch einmal zu den beiden um. »Auf dem Parkplatz dürfen Sie aber nicht übernachten. Dies ist ein …«

»… Naturschutzgebiet«, beendet Wolfram den Satz. »Danke.«

Er watet weiter auf das Ufer zu und schiebt dabei eine kleine Bugwelle vor sich her. Der Wanderführer scheucht seine Gruppe vorwärts.

Erst als auch die letzte Wanderin außer Sichtweite ist, kommt Dörte ans Ufer. Wolfram reicht ihr die Hand, hilft ihr aus dem Wasser. Gleichzeitig bücken sie sich nach den Umhängen, werfen sie über und ziehen ihre Schuhe an. Schweigend stehen sie sich gegenüber, mustern einander. In Dörtes Mundwinkel zuckt es. Ihre Kiefer spannen sich an. Sie spürt es, versucht noch einen Augenblick, das Lachen zu unterdrücken. Immerhin haben Sie sich vor wenigen Minuten noch bis aufs Messer gestritten. Das Wort Trennung ist gefallen. Aber über den Anblick, den sie beide jetzt bieten, nackt, nass, in Wanderschuhen und mit blau transparenten Einmalregenumhängen bemäntelt, kann sie nicht anders als lachen. Es bricht aus ihr heraus, laut und befreiend. Ansteckend. Sie stehen am Rand des Teiches, krümmen sich und brauchen einige Minuten, bis sie sich wieder beruhigen können.

Dörte reicht Wolfram die Hand. Mit der anderen zeigt sie auf die beiden Enten, die nun wieder friedlich nebeneinander herpaddeln.

»Was die Viecher schaffen …« Sie beendet den Satz nicht. Das ist nicht der erste Streit, der sie bis an die Grenzen gebracht hat. Aber zum ersten Mal ist das Wort »Trennung« gefallen, und sie hat darüber nachgedacht, wie ein Leben ohne Wolfram aussehen würde. Dörte weiß, dass das weder der letzte Streit noch der letzte Gedanke an Scheidung gewesen sein wird. Aber sie weiß auch, dass sie bereit ist, das in Kauf zu nehmen. Weil ihre Ehe das wert ist. Ihre Beziehung hat es verdient, dass sie durchhalten. Weil ein Leben ohneeinander nicht zwingend ein besseres ist. Nur ein anderes.

»Entschuldige«, sagte sie. Mehr nicht.

»Entschuldige«, antwortet er. Mehr nicht. Mehr ist auch nicht nötig, nach vierundzwanzig Jahren, zehn Monaten und achtzehn Tagen gemeinsamen Lebens. Wolfram ergreift Dörtes Hand und gemeinsam gehen sie den Weg entlang, der sie wieder zu ihrem Wohnmobil und ihrer Rücken schonenden Matratze bringen wird.

Das Geheimnis einer dauerhaften und glücklichen Ehe lässt sich in wenigen Worten zusammenfassen: Respekt, Vertrauen, Humor, Gemeinsamkeiten und etwas, das man in früheren Zeiten als Durchhaltevermögen bezeichnet hätte.

EWALD ARENZ

Vorsorgeuntersuchung

Mein Arzt sah mich zweifelnd an. Ich habe das nicht so gern, wenn ich weitgehend unbekleidet bin, aber schließlich ist er mein Arzt und hat deswegen so eine Art Lizenz zum Betrachten. Ich versuchte, zweifelnd zurückzublicken, aber das funktioniert bei Ärzten extrem selten.

»Vegetarier? Wirklich?«, fragte er. Ich nickte wild. »Wie mein Bruder. Der isst nicht mal Weizen. Und energetisiert sein Wasser. Meine Schwester lebt sogar vegan. Wir ernähren uns alle supergesund.« Ich lachte hohl, aber anscheinend wenig überzeugend. Mein Arzt beachtete mich nicht. Er überprüfte meine Akte. Dann holte er ein schweres Buch aus dem Regal, das mir Angst machte. Er druckte Tabellen aus und verglich sie mit dem Buch und meiner Akte. Mir wurde inzwischen kalt, und ich baumelte ein wenig mit den Beinen in der Hoffnung, er würde mir erlauben, mich wieder anzuziehen. Als ich jedoch nach dem Hemd griff, machte er eine zerstreute, aber bestimmt verneinende Handbewegung. Schließlich sah er auf. »Trinken Sie gerne flüssige Butter?«, fragte er streng. »Anders kann ich mir Ihre Cholesterinwerte nicht erklären, wenn Sie Vegetarier sind.« Ich sah zu Boden. Mist. Die Schlagsahne. Ich mag Schlagsahne. Ich hatte gehofft, Schlagsahne gegen

Fleisch wäre irgendwie ein fairer Tausch. Mein Arzt aber rechnete ein wenig und teilte mir dann mit, dass mein biologisches Alter etwa elf Jahre über meinem tatsächlichen läge. Das erklärte zumindest, warum so viele Leute mich für den Vater meiner jüngsten Geschwister halten. »Sie müssen was machen!«, ermahnte er mich streng. Ich fragte ihn, ob wir damit beginnen könnten, dass ich mich wieder anzog, aber er wollte erst noch meine Schultern und meine Knie abhören. Als er sich erschüttert wieder aufrichtete, versuchte er den Befund mit einer Metapher zu erläutern: »Wenn Sie eine fünfzig Jahre alte Stones-Platte auflegen, dann hören Sie da vor lauter Krachen die Musik auch nicht mehr. Sie müssen was machen.« Ich hätte jetzt tatsächlich gerne etwas gemacht, nämlich ein bisschen geweint, aber Männer weinen beim Arzt nicht. Ich hätte sowieso keine Gelegenheit dazu gehabt, denn mir wurde befohlen, meine Fußspitzen mit den Fingerspitzen zu erreichen. Das tat ich, aber es war wieder falsch. »Sie sollten sich dazu nicht auf den Boden setzen müssen«, erklärte er müde, »versuchen Sie's mal stehend.« Er sah sich meine Bemühungen fünf Minuten schweigend an, dann fragte er, ob er mich filmen dürfte. Zur Unterstützung eines Vortrags, den er demnächst beim geriatrischen Kongress halten wollte. Ich fragte, ob ich mich dann wieder anziehen könnte, und so einigten wir uns zum beiderseitigen Vorteil. Trotzdem war ich sehr deprimiert, als mir von den Arzthelferinnen ein Stapel Rezepte und mehrere entsetzliche Broschüren zum Thema Alter ausgehändigt wurden. Als ich die Praxis verließ und zu meinem Auto ging, sah ich meinen Arzt resigniert an die Wand gelehnt eine Zigarette rauchen. Als er mich sah, ließ er sie schuldbewusst fallen. Erst wollte ich hämisch rufen:

Sie müssen was machen! Aber dann ging ich auf ihn zu und streckte meine Hand aus: »Wenn Sie aufhören zu rauchen, fange ich an zu joggen, ja?« Er zögerte kurz, aber dann schlug er ein. Und ich finde, dass wir beide seit dem letzten Jahr deutlich besser aussehen.

DIANA HILLEBRAND

Frau Joris räumt auf

Luise schob den Einkaufswagen geschickt durch die Regalreihen. Sie wusste genau, was ihr Mann gerne aß und dass er Blumenkohl verachtete. Einmal hatte sie versucht, ihm doch einen unterzujubeln, nur so zum Spaß und weil Kohl so gesund war. »Alle essen gerade Blumenkohl. Der ist richtig hip!« Ihre Freundin Renate kannte jeden Ernährungstrend. Sicherheitshalber hatte Luise die weißen Röschen ganz fein geraspelt und schmackhafte Gemüsebratlinge daraus gemacht. Dazu gab es Kräuterquark mit Petersilie und Schnittlauch vom eigenen Balkon. Ihre Kreation servierte sie ihrem Mann mit dem vertrauten Lächeln ihrer zweiunddreißig Ehejahre. Aber Elmar hatte es sofort gemerkt. »Willst du mich vergiften?«, hatte er gerufen, den Teller von sich geschoben und sie dabei so angesehen, wie er sie noch nie angesehen hatte. Und das nur wegen eines Blumenkohls. Die danach eilig bestellte Pizza hatten sie dann schweigend gegessen.

Ja, sie wussten viel voneinander. Eigentlich alles. Luise kannte Elmars Schuhgröße und seine Körpermaße und war sich sicher, dass er die letzten Jahre um etwa einen Zentimeter geschrumpft war. Sie selbst war sogar noch etwas kleiner geworden.

»Mal sehen, was von uns übrig bleibt. Vielleicht lösen wir uns am Ende einfach in Luft auf«, pflegte Elmar zu scherzen. Dann machte Luise sich extra groß, weil sie gerne alles genau so lassen wollte, wie es gerade war. Na ja, nicht alles. In einem Punkt kamen sie immer wieder ins Diskutieren, und zwar wenn es um Elmars Zimmer ging. Da gingen ihre Meinungen entschieden auseinander. Doch daran wollte sie jetzt nicht denken.

Entschlossen schob sie ihren Einkaufswagen durch die Pasta-Abteilung, griff automatisch nach einer Packung Spaghetti No. 5. Sie würde einfach eine Gorgonzolasoße zubereiten, etwas Salat, Walnüsse, und schon würde ihr Mann satt und glücklich sein. Nur nächste Woche, zu seinem Geburtstag, müsste sie sich dann etwas mehr einfallen lassen. Nach den vielen Jahren wurde es immer schwieriger, ein passendes Geschenk zu finden. Ein paarmal hatte sie versucht, die Schenkerei ganz aufzugeben. Doch Elmars Enttäuschung war nur schwer zu ertragen gewesen. Er erwartete etwas Persönliches, und Luise zermarterte sich bereits seit einigen Wochen ihr Gehirn nach einer originellen Idee.

»Können Sie mir bitte mal helfen? Ich glaube, Sie sind doch etwas größer als ich.«

Eine Frau mit Strohhut stand auf Zehenspitzen vor dem hohen Pastaregal und bemühte sich vergebens um eine Schachtel Cannelloni.

»Natürlich.« Luise reckte sich, konnte das Päckchen mit den Fingerspitzen greifen und überreichte es der Frau.

»Vielen Dank, was so ein paar Zentimeter ausmachen …«

Luise lächelte und nickte und zog weiter zur Käseabteilung. Nachdem sie alle Zutaten für das Mittagessen beisammenhatte, schob sie den Wagen zielstrebig in Richtung Kasse. Sie war schon spät dran, und Elmar aß gern pünktlich.

Doch dann sah sie sich noch mal kurz um und stutzte. Das Bild, das sich ihr bot, erinnerte sie spontan an das Gemälde »Junge Frau auf einer Blumenwiese« von Renoir, auch wenn jetzt eine eher moderne Interpretation angebracht war: »Ältere Frau auf einer Nudelwiese«. Luise sah die Frau mit dem Strohhut inmitten von mindestens dreißig Schachteln der italienischen Hartweizengrießvariante sitzen, die sie offensichtlich sortierte. Dabei war sie so versunken in ihrer Pasta-Wiese, dass sie Luise nicht bemerkte, die näher gekommen war.

»Kann ich Ihnen helfen?«, fragte Luise vorsichtig.

Die Frau sah auf und lachte. »Oh, ich kann mir schon denken, was Sie denken.«

Luise sagte nichts.

»Sie denken, die Alte hat nicht mehr alle Schachteln im Schrank, und irgendwie haben Sie sogar recht.« Sie amüsierte sich über ihren eigenen Witz, und Luise überlegte noch, ob sie es mit einer Verrückten oder einer Frohnatur zu tun hatte, als eine dritte Person hinzukam.

»Ich störe die Damen ja nur ungern, aber könnten Sie mir vielleicht verraten, was Sie hier machen?«

Der Supermarktmitarbeiter war wie aus dem Nichts aufgetaucht und hatte Luise direkt in das Bild von Renoir mit einbezogen. Schon wollte sie sich rechtfertigen, da erhob sich die Strohhutdame bereits aus ihrem Pasta-Gemälde, strich das Kleid glatt und antwortete mit selbstbewusster Stimme: »Ich räume auf.«

»Aha«, sagte der Supermarktmensch.

»Denn«, legte die Frau nach, »denn Sie haben in Ihrem Nudelregal überhaupt keine Ordnung.« Sie drehte sich um und wies auf das umfangreiche Sortiment. »Sehen Sie, das hat ja alles gar kein Gesicht.«

Der Mitarbeiter schüttelte verzweifelt den Kopf. »Gnädige Frau, es handelt sich hier um einen Supermarkt und nicht um eine Gemäldeausstellung. Wir ordnen die Ware so an, dass sie von den Kunden leicht gefunden wird und gut erreichbar ist.«

»Aber die Ware ist nicht gut erreichbar«, mischte sich Luise ein. »Die Nudeln stehen für eine durchschnittlich große Kundin eindeutig zu hoch.« Sie zögerte kurz, bevor sie weitersprach. »Ich bin ein bisschen größer als der Durchschnitt.«

Dafür erntete Luise ein blitzendes Lächeln der Strohhutdame.

Der Mitarbeiter seufzte. »Dann werden wir das bei der nächsten Warenbestückung beachten, aber jetzt darf ich Sie beide bitten, Ihren Einkauf fortzusetzen oder, noch besser, zügig zu beenden. Gehen Sie einfach, meine Leute räumen das hier auf.«

»Mpf«, tönte es unter dem Strohhut hervor. Dann verließ die Protagonistin ihr Gemälde. Sie stakste über all die Schachteln hinweg und ignorierte die von ihr zum Teil ausgeräumten Regale. »Ich wollte nur helfen.«

Luise grinste und schob ihren Wagen zur Kasse. Wann hatte sie sich beim Einkaufen schon mal derart amüsiert?

Draußen wartete die Frau bereits auf sie. »Darf ich Sie als Dank für Ihren Beistand auf einen Kaffee einladen?«

»Ach, das war nicht der Rede wert«, antwortete Luise. Jenseits der kalten Supermarktbeleuchtung kam ihr die Dame wieder sehr normal vor. »Sie müssen mich nicht einladen.«

»Doch, doch, das ist Ehrensache. Kommen Sie. Da drüben kenne ich ein nettes kleines Café.«

Luises Handy brummte. Sie ignorierte es und folgte der energischen Dame mit Hut.

Das Café war mit allerhand Retromöbeln ausgestattet und Luise stellte überrascht fest, dass die Dame sich hier ebenfalls perfekt ins Interieur einfügte. Den Strohhut behielt sie auf. Luises Handy brummte.

»Was darf ich Ihnen bestellen?«

»Ich nehme einen Cappuccino, danke.«

Luise sah kurz auf ihr Handy, kurz nach eins und zwei Anrufe von Elmar. Klar, der wartete auf sein Mittagessen. Schnell schrieb sie ihm eine Nachricht, dass sie aufgehalten worden sei und er sich doch ausnahmsweise schnell ein Brot machen solle.

Die Frau sah sie halb belustigt, halb mitleidig an.

»Entschuldigen Sie, ich musste nur meinem Mann … Mittagessen.«

»Ja, ja, da verstehen die Männer keinen Spaß.«

Der Kellner brachte zwei Tassen Kaffee und zwei Stück Käsekuchen.

Die Strohhutdame erhob sich, verschob die Tassen und Kuchenteller auf dem Tisch, sodass sie sich nun exakt gegenüberstanden. Dann positionierte sie die Vase mit den roten Nelken in die Mitte und schob die Zuckerdose daneben. Luise sah ihr erstaunt zu.

»Ich habe mir erlaubt, uns auch noch einen Kuchen zu bestellen. Sicher habe ich auf Sie gerade einen etwas – sagen wir mal – ungewöhnlichen Eindruck gemacht.«

Luise lächelte. »Was wollten Sie denn mit all den Nudeln?«, fragte sie.

»Ich wollte da endlich mal Ordnung reinbringen. Seit Jahren kaufe ich in dem Supermarkt ein, und der Anblick ist mir einfach unerträglich geworden.«

»Tatsächlich?«, meinte Luise.

Die Frau grinste. »Jetzt komme ich Ihnen wieder komisch vor, nicht wahr?«

Luise widersprach nicht, sondern trank einen großen Schluck Kaffee. Das Handy brummte.

»Aber sehen Sie, es ist quasi mein Job.« Mit diesen Worten – und nicht ohne Stolz – schob die Frau Luise eine elfenbeinfarbene Visitenkarte über den Tisch.

Josefine Joris räumt auf!
E-Mail: allesinordnung@joris.com

»Aber denken Sie nicht, dass ich eine Putzfrau bin. Ich räume nur auf. Nicht mehr und nicht weniger.«

»Ich hätte nicht gedacht, dass man so etwas zu seinem Beruf machen kann«, sprach Luise ihre Gedanken laut aus.

»Ach, es ist mehr eine Berufung und auch ein bisschen krankhaft fürchte ich. Ich muss die Dinge einfach in Ordnung bringen, alles schön machen. Ich kann nicht anders.« Sie lächelte. »Meine Mutter war begeistert davon. Sie hat mich schon als Kind ins Bügelzimmer geschickt, und wenn ich wieder rauskam, war alles tipptopp.«

»So jemanden könnte ich auch manchmal gebrauchen«, nuschelte Luise mit Kuchen im Mund. »Aber so viel Bügelwäsche habe ich eigentlich gar nicht.«

»Behalten Sie die Karte einfach, für alle Fälle.«

Das Handy brummte wieder.

»Ihr Mann?«, fragte Frau Joris.

»Ja. Mit einem Brot hält er nicht so lange durch. Ich denke, ich sollte mich langsam auf den Weg machen.«

Elmar wartete schon an der geöffneten Wohnungstür, als Luise zu Hause ankam.

»Sag mal, wo bleibst du denn so lange? Ich hab dich ein paarmal angerufen, aber du hast gar nicht reagiert.«

»Entschuldige, aber ich habe noch jemanden getroffen.«

Luise schob sich mit den Einkäufen durch die Tür. Elmar folgte ihr in die Küche.

»Ach, wen denn?«

»Das ist ein Geheimnis«, sagte Luise.

»So?«

»Na ja, du hast ja bald Geburtstag, oder?« Sie wunderte sich über ihre eigenen Worte. Doch genau in diesem Moment war ihr das perfekte Geschenk für Elmar eingefallen. Es war einfach genial. Das Schicksal hatte ihr Josefine Joris geschickt, und das konnte kein Zufall sein.

Wie von Elmar gewünscht, würde sein Geschenk sehr persönlich sein: Sie würde ihm Frau Joris samt ihren besonderen Fähigkeiten schenken!

»Willst du damit sagen, du hast jemanden im Supermarkt getroffen, der oder die etwas mit meinem Geburtstag zu tun hat?«

»Genauso ist es.« Luise überlegte, wie sie es wohl am besten anstellen sollte.

»Ich weiß nicht, ob ich mich darüber freue.«

»Das weiß ich auch nicht«, antwortete Luise und dachte, dass dieser Überraschungsmoment vielleicht die beste Strategie sei.

Die Vorbereitung war denkbar einfach. Wie nicht anders zu erwarten, genügte eine kurze E-Mail und Frau Joris war hingerissen von ihrer Idee.

»Oh, das klingt ja großartig. Zum Geburtstag wurde ich noch nie verschenkt. Soll ich aus einer Torte klettern?«

Luise versicherte, dass dies nicht nötig sein würde. Vielmehr solle sie an Elmars Geburtstag so gegen fünfzehn Uhr, mit allem, was sie für ihre Arbeit brauchte, zu ihnen kommen. Frau Joris sagte zu und versprach pünktlich zu sein.

Dann informierte Luise ihren Mann, dass er sich für den Nachmittag und Abend seines Geburtstags nichts vornehmen sollte, und sofort ging die Raterei los.

»Ah, jetzt weiß ich es«, triumphierte er. »Wir gehen ins Theater!«

Luise schüttelte den Kopf. »Ich versichere, du wirst das Haus nicht verlassen.«

»Dann schauen wir uns hier zu Hause einen tollen Film an und du zauberst ein paar Häppchen …«

»Nein.«

»Okay, du hast Freunde eingeladen und die kommen zum Essen?«

»Unsere Freunde kommen – wie immer – zum langen Frühstück«, antwortete Luise. Ihr gefiel das Rätselspiel. Oft hatte Elmar seine Geschenke im Vorfeld erraten. Doch diesmal hatte er nicht die geringste Chance.

Er runzelte die Stirn. »Hast du einen Koch eingeladen?«

»Sicher nicht.«

»Oder wir grillen?«

»Auch nicht.«

Elmar schüttelte den Kopf. »Dann weiß ich es wirklich nicht.«

»Lass dich überraschen«, gab Luise zurück. Doch ein kleiner Zweifel bahnte sich nun doch seinen Weg in ihr Herz. Denn wenn Elmar gewusst hätte, was sie vorhatte, wäre er alles andere als begeistert gewesen. Dabei war er ja selbst ein bisschen schuld. Hatte er nicht immer wieder geklagt, dass ihm das Zimmer langsam über den Kopf wachse? Und sie durfte nicht helfen, weil sie »nur alles noch mehr durcheinanderbringe«, hatte er gesagt. Luise war beleidigt gewesen und das war sie genau genommen bis heute. Na ja, man muss auch mal neue Wege gehen, dachte sie, und verscheuchte ihre Bedenken.

»Happy Birthday to you …«, sang Luise und stellte das Tablett mit zwei duftenden Tassen Kaffee auf Elmars Nachttisch ab.

Es war eine lieb gewonnene Tradition, dass sie an ihren jeweiligen Geburtstagen die erste Tasse Kaffee gemeinsam im Bett tranken. Nach seinem Geschenk fragte er nicht.

Etwas später am Morgen trafen die obligatorischen Frühstücksgäste ein. Es war gesellig und lustig, wie jedes Jahr, es wurde gelacht und die alten Geschichten hervorgekramt, auf die gemeinsamen Erlebnisse mit Elmar und auf das neue Lebensjahr angestoßen. Alles war wie immer, nur Luise war nicht so ganz bei der Sache. Immer wieder hatte sie die Uhr im Blick. Die Gäste gingen und ihre Aufregung kam.

Punkt fünfzehn Uhr klingelte es. Elmar und Luise saßen am Küchentisch, sahen sich in die so vertrauten Augen, und Luise schauspielerte ein Lächeln, denn inzwischen war sie sich nicht mehr sicher, ob ihre Idee wirklich so gut gewesen war. »Jetzt geht's los«, rief sie betont fröhlich. Elmar stand auf und öffnete.

»Tadaaaaaaaaa!« Frau Joris präsentierte sich mit ausgebreiteten Armen in der Haustür und strahlte. Sie trug wieder einen Strohhut, diesmal mit einer roten Schleife samt Rose, ein weißes Spitzenkleid und darüber einen Mantel. Luise dachte, dass Frau Joris wirklich ein Talent hatte, sich in Szene zu setzen. Sie sah nur etwas altmodisch aus. Dann begegnete sie Elmars entsetzten Blick. Frau Joris streckte ihm die Hand entgegen: »Guten Tag, mein Name ist Josefine Joris und ich räume auf!«

»Hä?«, fragte Elmar.

»Kommen Sie doch herein«, sagte Luise.

Frau Joris trat ein, legte ihren Mantel in der Garderobe ab und folgte in die Küche. Elmar stand da, hatte seine Stimme verloren. Doch Luise sprang ein. »Darf ich Ihnen zuerst etwas zu trinken anbieten. Wir haben auch noch Sekt.«

Josefine Joris winkte ab. »Auf gar keinen Fall vor der Arbeit. Am liebsten würde ich gleich loslegen!« Sie sah Elmar bedeutungsvoll an. »Wollen wir?«

Für Luise stand fest, es war Zeit für ein paar erklärende Worte. »Also, mein lieber, lieber Elmar …« Sie stockte, denn in ihrem Kopf wirbelte ein Sturm. Sie konnte kaum klar denken. Elmar starrte sie an und sie glaubte, seine Gedanken Wort für Wort lesen zu können: BIST DU WAHNSINNIG GEWORDEN? Und Luise konnte ihm in diesem Moment nur recht geben. Ihre Blicke verhakten sich regelrecht und beinahe hatten sie Josefine Joris vergessen.

Luise riss sich zusammen. »Also, lieber Elmar. Heute ist dein Geburtstag …«

»Hurra!«, rief Frau Joris.

»… und deshalb habe ich mir, wie gewünscht, etwas Besonderes für dich einfallen lassen und Frau Joris eingeladen.«

Frau Joris winkte fröhlich.

»Ich weiß aus eigener Erfahrung, dass sie eine wahre Meisterin im Aufräumen ist. Und …«

Elmar sog hörbar die Luft ein.

»… und weil du ja so oft geschimpft hast, dass du einfach keine Ordnung in dein Zimmer bekommst, wird dich die wunderbare, einzigartige Josefine Joris heute unterstützen.«

Jetzt war es raus. Luise atmete aus und lächelte ihren Mann unsicher an. Dessen Mimik wechselte von Überraschung zu Verärgerung bis hin zu einer seltsam anmutenden Erheiterung. Dann richtete Elmar sich betont freundlich an Frau Joris und reichte ihre seine Hand. »Gut, liebe Frau Joris, dann kommen Sie doch mal mit an den Ort des Geschehens.«

»Juhu, es geht endlich los!«, rief Frau Joris und folgte ihm schnellen Schrittes. Luise lief hinterher.

Als sie in der Zimmertür standen, bat Elmar den Gast mit einer einladenden Geste herein und knallte dann die Tür vor Luises Nase zu.

»Du musst leider draußen bleiben«, drangen seine Worte dumpf aus dem Zimmer, und Luise ahnte, sie hatte einen Fehler gemacht.

Dann wurde es still. Ein bisschen zu still, fand Luise. Unentschlossen war sie im Flur vor der geschlossenen Tür stehen geblieben. Elmar und sie – sie führten genau genommen eine Musterehe. Elmar war der ruhigere von ihnen. Gerade das hatte sich in den letzten Jahren so bewährt. Nur, so ruhig wie jetzt war Elmar normalerweise nicht, dachte Luise. Was machten die beiden da drinnen? Nach Aufräumen klang das jedenfalls nicht. Sie wollte schon die Hand heben und anklopfen, doch dann entschloss sie sich, in die Küche zu gehen. Sie räumte das Geschirr weg, stellte die Spülmaschine an, wischte den Küchentisch ab, schaltete das Radio ein, schaltete das Radio aus, schlich sich wieder vor Elmars Zimmertür und legte vorsichtig ein Ohr an die Tür. Sie kam sich äußerst unverschämt dabei vor. Leises Gemurmel, dann eindeutig Josefine Joris' Kichern. Luise lief es eiskalt über den Rücken. Flirtete ihr Mann etwa mit diesem wunderlichen Weib? Sie lauschte und hörte nichts. In all den zweiunddreißig Jahren ihrer Ehe hatte sie niemals das Gefühl gehabt, dass Elmar sie betrügen könnte. Er würde doch jetzt nicht auf seine alten Tage damit anfangen? Luise versuchte, nicht hysterisch zu werden. Josefine Joris war doch gar nicht sein Typ.

Sie ging ins Wohnzimmer, nahm ein Buch zur Hand und begann zu lesen. Sie würde Frau Joris einfach ihre Arbeit machen lassen. Doch sie konnte sich kaum auf den Roman konzentrieren. Immer wieder schweifte sie ab und sah in ihren Gedanken Elmar allein im Zimmer mit einer fremden Frau. Eine quälende Stunde verging, bis Luise sich erneut an die Zimmertür stellte und lauschte. Leises Gemurmel, bis Elmar laut lachte. Ich wusste gar nicht, dass Aufräumen so lustig ist, dachte Luise.

»Braucht ihr irgendetwas da drinnen?«, rief sie.

Da öffnete sich die Tür einen Spaltbreit und Elmar streckte den Kopf heraus. »Wir haben alles, danke«, sagte er und schloss die Tür wieder.

Im Wohnzimmer konnte Luise sich nun gar nicht mehr auf ihr Buch konzentrieren. Dieses Zimmer war seit Jahren ein Gesprächsthema zwischen Elmar und ihr. Dabei hatte es ganz harmlos angefangen. Zunächst hatte er nur seinen Computer in das ehemalige Gästezimmer gebracht. Nach und nach war immer mehr dazugekommen. Ein Drucker, eine Sammlung Dias, ausrangierte Kameras, Taschenrechner in verschiedenen Größen, Werkzeug, ein goldgerahmtes Gemälde seines Großvaters, das eine Gruppe Angler zeigte, ausgelatschte Schuhe, die sie nicht mehr sehen konnte, Angelruten, eine dunkle Cordjacke mit großen Flicken, eine ausgefranste Jeans und stapelweise Fachzeitungen und Bücher, die er nicht wegwerfen wollte. Bald führte nur noch ein schmaler Pfad durch das Zimmer. Den richtigen Weg durch das Chaos kannte nur Elmar allein.

»Wir haben sowieso keine Übernachtungsgäste mehr«, sagte er. Auch wenn er damit recht hatte, störte Luise die Unordnung gewaltig. Mehrmals bot sie ihre Hilfe an und riet ihrem Mann, sich von den alten Sachen zu trennen. »Sortier doch mal was aus!«

Aber Elmar winkte ab. »Ich brauche das alles. Es ist mein Leben.«

An der Stelle gerieten sie immer in Streit. Irgendwann verbot er ihr, das Zimmer zu betreten. Das war der aktuelle Stand. Und jetzt hatte er sich dort mit einer fremden Frau verschanzt, die sie ins Haus gebracht hatte.

Endlich tat sich etwas. Jetzt vernahm Luise die Geräusche, die sie von einer Aufräumaktion erwartete. Es wurde laut. Offenbar wurden Möbel gerückt. Sie hörte eine Bohrmaschine und Hammerschläge. Luise entspannte sich. Vielleicht bauten sie ein neues Regal. Doch nach weiteren zwei Stunden waren die Arbeiten immer noch im vollen Gange.

Sie klopfte. »Elmar, wollt ihr etwas trinken oder essen?«

So langsam tat ihr leid, was sie ihm an seinem Geburtstag zugemutet hatte. Da ging wieder die Tür auf und Elmar schaute heraus. Luise wunderte sich über die Schweißperlen auf seiner Stirn.

»Nein, wir sind gerade so schön dabei und brauchen nichts.« Dann schloss er die Tür wieder. Drinnen wurde gelacht. Natürlich.

Luise blieb draußen im dunklen Flur stehen und jeder glucksende Ton des Lachorchesters bohrte sich in ihr Herz. Wann war Elmar in ihrer Gegenwart das letzte Mal so gut gelaunt gewesen? Wütend verließ sie ihren Lauschposten. Es war einfach nicht auszuhalten.

Es wurde später Abend, bis Josefine Joris allein aus Elmars Zimmer kam. Ihr Hut war etwas verrutscht und sie sah ein bisschen derangiert aus, war aber bester Laune.

»Auftrag ausgeführt«, rief sie beschwingt. »Die Rechnung schicke ich Ihnen zu.« Frau Joris nahm sich ihren Mantel und verließ mit federnden Schritten die Wohnung.

Luise stand wie erstarrt im Flur und wusste nicht, was sie tun sollte.

»Luise!« Elmars Stimme klang dumpf zu ihr auf den Flur. Nun würden sie sich gleich streiten, und das hatte sie wirklich nicht gewollt. Schon gar nicht an seinem Geburtstag. Die ganze Geschichte war irgendwie völlig aus dem Ruder gelaufen. Luise wünschte sich, sie könnte die Zeit zurückdrehen.

Da öffnete sich die Zimmertür wie von Geisterhand und Elmar stand im Türrahmen.

»Heute …«, begann er, und Luise senkte den Kopf.

»Heute hast du mir eines der schönsten Geschenke meines Lebens gemacht, liebe Luise«, sagte er und lachte dazu. Dann trat er einen Schritt zurück und gab die Sicht auf das Zimmer frei.

Luise traute ihren Augen nicht. Vor ihr breitete sich ein raumgewordenes Kunstwerk aus! Anders konnte man es nicht beschreiben. Mitten an der Wand prangte das goldgerahmte Gemälde mit den Anglern von Elmars Großvater. Drum herum hatten Elmar und Frau Joris die Angelruten, die Jeans, die Jacke, die Kameras, eine Wolke aus Dias und all die lieb gewordenen Dinge so an der Wand arrangiert, dass sie selbst zum Kunstwerk wurden. Farben und Formen passten hervorragend zueinander und griffen das Thema der Angler auf. Unterhalb des Bildes befand sich Elmars Schreibtisch, der sich ebenfalls harmonisch in das Ensemble einfügte. Alle anderen Gegenstände, die Zeitungen und Bücher waren im Raum zu kleinen Inseln aufgebaut worden. Der längst vergessene blaue Teppich war wieder zum Vorschein gekommen und schimmerte auf dem Boden wie ein Fluss in der Abendsonne.

Dies alles wirkte so sortiert, so schön, so aufgeräumt, dass es Luise den Atem raubte.

Elmar nahm sie in den Arm und strahlte über das ganze Gesicht.

»Und weißt du, was das Beste ist? Wir haben nicht ein einziges Teil weggeworfen. Nicht ein einziges!«

WLADIMIR KAMINER

Portugiesische Fischsuppe

Als hätte jemand einen Tauchsieder in ein Aquarium gesteckt, dachte ich und löffelte die Fischsuppe weiter. Sie war bis zum Grund des Tellers voller überraschender Schätze und aller möglicher Gaben des Meeres, hauptsächlich aber Kabeljau oder auf gut Deutsch Stockfisch.

Meine portugiesischen Verleger Hugo und Diego hatten mich zu portugiesischem Fischeintopf Cataplana eingeladen. Ich hatte schon befürchtet, wir würden Pferdefleisch essen gehen, was mich nicht gewundert hätte, da der Verlag übersetzt »Das eiserne Pferd« hieß. Und Menschen essen schließlich alles. Ich hatte gesehen, wie vornehme Schweizer im Zürcher Restaurant Eisenhof Pferdefilet aßen, und in Albanien hatte man mich einmal zu einer Ziegenkopfmahlzeit eingeladen, da Albaner den Kopf für die größte Delikatesse halten. Mir als Ehrengast wollten die Albaner unbedingt die Augen der armen Ziege überlassen. Ich verzichtete höflich.

In Portugal war die Wahl des Essens aber, Gott sei Dank, auf eine Fischsuppe gefallen. Die Portion war sehr groß, rot, heiß und sämig. Das Gericht spiegelte die Hassliebe wider, die die Portugiesen seit jeher mit dem Ozean verbindet. Die Fixierung ihrer Küche auf Kabeljau war mir schon früher aufgefallen. Die großen getrockneten Fischkörper quellen in Wasser auf und werden anschließend gekocht. Das Ergebnis ist wie das Leben selbst: Sieht nicht toll aus, schmeckt aber okay.

In Portugal herrscht ein regelrechter Kabeljaukult. In früheren Zeiten hat dieser Fisch den portugiesischen Seefahrern ihre weiten Reisen ermöglicht, sie konnten sich mit seiner Hilfe viel weiter vom heimischen Ufer entfernen als die Konkurrenz. Damals, als unsere Erde noch eine Scheibe war, herrschte in Europa der Glaube, die wahren Schätze des Planeten würden sich am Rand dieser Scheibe befinden, gut bewacht von Drachen und Ungeheuern. Vor Drachen und Ungeheuern hatten die Portugiesen keine Angst. Vor Hunger schon. Um an den Rand der Scheibe zu gelangen, brauchte die Mannschaft jede Menge Proviant, schließlich musste sie monatelang auf hoher See ausharren. Mit getrocknetem Stockfisch hatten die Portugiesen eine perfekte Seemannsnahrung erfunden. Sie enthielt genug Eiweiß und Kalorien, um an den Rand der Scheibe zu gelangen, Amerika auf der anderen Seite der Scheibe zu entdecken und die Erde langsam in eine Kugel zu verwandeln. Mit einem Pferd als Nahrung oder einem Ziegenkopf hätten sie es nie bis Amerika geschafft. Deswegen wurden die Schweizer und Albaner nie eine Kolonialmacht, die Portugiesen aber schon – dem Kabeljau sei Dank.

»Essen die Portugiesen eigentlich Pferde?«, fragte ich Hugo und Diego.

»Nein«, meinten sie. »Portugiesen lieben Pferde, wir würden sie niemals essen.«

Der Name des Verlags – Cavalo de ferro, also »Das eiserne Pferd« – war als Anspielung auf die politische Situation in Europa gedacht, eine Mischung aus eisernem Vorhang und trojanischem Pferd.

»Die Geschichte Portugals ist genauso bunt und abenteuerlich wie die Ihrer Heimat, der Sowjetunion«, meinten die Verleger. »Deswegen glauben wir, dass Ihr Werk hier auf großes Interesse stoßen wird.«

Die Verleger hatten mein Buch über das bunte abenteuerliche Leben in der Sowjetunion übersetzt, eine lange Anekdote auf 200 Seiten, verpackt in unterschiedliche Geschichten. In der portugiesischen Ausgabe waren es dann nur noch 150 Seiten. Ich fragte mich, ob diese Sprache knapper war als die deutsche, aber in meiner Umgebung gab es niemanden, der das beantworten konnte. Auch sonst waren meine Kenntnisse über das Land gering. Ich wusste nur, dass die Portugiesen Stockfisch und Portwein mochten. Und sie schienen bestens über die Sowjetunion informiert zu sein: Auf dem Cover der portugiesischen Ausgabe war die berühmte monumentale Skulptur »Der Arbeiter und die Kolchosbäuerin« abgebildet, die in Moskau vor dem Eingang der *Ausstellung der Errungenschaften der Volkswirtschaft* stand und die Einheit der Arbeiter und Bauern symbolisieren sollte. Der portugiesische Coverkünstler hatte dieses Denkmal des Stalinismus jedoch in eine Karikatur verwandelt: Sein Arbeiter hatte statt eines Hammers eine Flasche Wodka in der Hand, während ihn eine dralle Kolchosbäuerin in leichtsinnigen schwarzen Strümpfen von hinten umarmte, in der rechten Hand eine Sichel, die sie so gefährlich schwang, als wollte sie damit jeden Moment ihrem Klassenfreund, dem Arbeiter, die Eier abschneiden. Ich gratulierte den Verlegern zu diesem einfallsreichen Umschlag und wünschte uns damit einen Riesenerfolg.

Die Promotionstour war sorgfältig geplant. Wir hatten zahlreiche Journalistenanfragen und aßen immer in einem Schloss zu Abend. Kein Wunder – halb Portugal schien aus Schlössern zu bestehen. Natürlich besitzt jedes Land in Europa Burgen und Schlösser, die von der Pracht vergangener Zeiten und den Vorzügen der Sklaverei erzählen. Ohne moderne Sklavenarbeit würden sie allerdings schnell verfallen, denn in der Regel sind sie sehr teuer in der Instandhaltung, dafür aber häufig Weltkulturerbe. Mit seinem Weltkulturerbe geht natürlich jedes Land anders um. Deutsche und Franzosen machen gerne aus jeder mittelalterlichen Burg ein Museum mit dazugehöriger Ausstellung. Der neugierige Gast kann dort die Hose, die Jacke und den Löffel des letzten Landesfürsten besichtigen. Die meisten von ihnen lebten äußerst sparsam und besaßen nicht viel Sehenswertes. Italiener und Spanier siedeln in den alten Schlössern gern Bürokraten an und benutzen diese Häuser als Regierungsgebäude, um darin die Vergangenheit mit der Gegenwart zusammenzuschweißen. Die Portugiesen sind einen eher pragmatischen Weg gegangen: Sie haben diese eindrucksvollen Gebäude in Hotels und Restaurants umgewandelt, in denen jeder Tourist preiswert eine Fischsuppe bekommen kann.

Auf meiner Schnellreise habe ich in mehreren solchen Schlössern übernachtet und lachte bei der Vorstellung, was der Deutsche zu diesem Prunk sagen würde. Was würde er denken, angesichts des Glanzes der Pousada Rainha Santa Isabel, einer Liebeserklärung aus weißem Stein, die König Diniz seiner Frau, der Königin Santa Isabel, in der Marmorstadt Estremoz bauen ließ, einfach so aus Spaß? Meine Güte, wird er wahrscheinlich denken, was für Verschwender diese Portugiesen schon immer waren. Alles für Frauen verprasst. Nur gerecht, dass sie von einer Finanzkrise in die nächste taumeln.

Doch Krisen sind den Portugiesen egal. Die Reichen Portugals hatten anscheinend noch nie besonders ausgeklügelte Finanzpläne, um ihr Geld vernünftig anzulegen. Sie verprassten ihre Reichtümer lieber und bauten für ihre Sippen, Pferde und Geliebten ein Schloss nach dem anderen. Ähnlich wie Austern in ihren Schalen lebten die reichen Portugiesen in ihren Pousadas wie in Schatztruhen mit Meeresblick, bis sie verarmten.

Die Welt hat die Portugiesen nie richtig verstanden. Sie sehen sich bis heute nicht als ehemalige Kolonialmacht, sondern als Weltmeister in sozialer Kommunikation. Sie wollten andere nicht beherrschen, sondern sich mit ihnen austauschen. Während die übrigen Kolonialmächte in die weite Welt ausschwärmten, um zu morden und zu rauben, transportierte der Portugiese eigentlich nur die humanitären Werte Europas in die Wildnis. Er wollte die Menschen auf den weit entfernten Kontinenten in den europäischen Entwicklungskontext einbringen. Im Sinne der Völkerverständigung brachte er Glasperlen zu den Schwarzen in Afrika, und die Schwarzen brachte er nach Amerika und Europa. Gleichzeitig bereicherte er die hiesige Genussmittelindustrie mit exotischen Neuigkeiten, als er Schokolade und Tabak nach Europa brachte, von denen die Europäer seitdem nicht lassen können.

Doch da die Welt die Portugiesen einfach nicht verstand, beschlossen sie irgendwann, gar nicht mehr auf große Fahrt zu gehen, sondern zu Hause zu bleiben. Denn was hatte die Welt schon, was Portugal nicht hätte? Guten Wein? Tolles Essen? Schöne Frauen? Alles da. Und dazu der weite Blick, den alle Menschen kennen, die am Wasser leben. All das gab es schon vor uns und wird es auch nach uns geben, wie das Rauschen des

Meeres, das Licht der Sterne und das Leid der Menschen, die sich von einer Krise in die nächste stürzen. Was bleibt uns anderes übrig, als Ruhe zu bewahren und das Leben zu genießen. So denken die Portugiesen.

Für mich war dieses Land die letzte Burg am Rande der Welt, ein letzter Kurort, die letzte Kneipe des alten Kontinents, wo man noch etwas Anständiges zu trinken bestellen und in Ruhe eine letzte Zigarette rauchen konnte. Dahinter kamen nur noch Tonnen von salzigem Wasser, gigantische Wellen mit gigantischen Kabeljaus darunter und ewig hungrigen Möwen drüber. Eine sich selbst genügende göttliche Harmonie, eine endlose Fischsuppe bis an den Horizont.

In Lissabon spielten alte rauchende Männer Karten im Park und hörten dabei Nachrichten aus kleinen Radioempfängern, die sie um den Hals trugen. Vor einer Apotheke saß eine vornehme ältere Dame auf einem Klappstuhl mit einer Blutdruckmanschette am Oberarm und rauchte. Am Ufer standen Touristen und schauten nachdenklich aufs Wasser.

»Das war's also«, dachten sie. »Wo sollen wir jetzt noch hinfahren?«

Alle rauchten hier wie die Schlote, als hätten sie nie gehört, dass Rauchen schädlich war. Junge Mädchen tranken irgendetwas mit Sprudel im Parkcafé, fette Tauben kackten faul auf die Denkmäler von mir unbekannten Helden. Meine Buchpräsentation fand natürlich in einem Schloss statt. Ich hielt eine kurze Begrüßungsrede.

»Ich möchte meinen Verlegern danken«, sagte ich. »Mein Buch ist hier in den richtigen Händen, ich habe auf das richtige Pferd gesetzt.« Dieses bescheidene Wortspiel sollte die trockene Atmosphäre im Saal entspannen. Die Übersetzerin Astrid schüttelte den Kopf und meinte, man könne im Portugiesischen nicht auf ein Pferd setzen. Worauf dann?, wunderte ich mich. Worauf soll der Portugiese setzen? Keiner wusste es.

Nach der Buchpräsentation war ein erstes Treffen mit Journalisten im Schlosspark geplant. Alle führenden Zeitungen, eine Radiostation sowie ein Fernsehsender hatten sich gemeldet. Die Journalisten bedrängten mich mit schwierigen Fragen.

»Lieben Sie portugiesische Musik?«

»Welchen portugiesischen Autor schätzen Sie besonders?«

»Was ist Ihre Meinung zum aktuellen Stand der portugiesischen Kultur?«

Oje, Schweigen ist nicht immer Gold, dachte ich, schon gar nicht bei einem Interview über die portugiesische Kultur. Ich hatte keine Ahnung von dem hiesigen Kulturleben.

»Die portugiesische Kultur«, sagte ich, »wird meiner Meinung nach sehr wenig exportiert. Die vielfältige portugiesische Literatur ist außerhalb des Landes kaum bekannt und liegt oft außerhalb des Blickwinkels der kulturinteressierten Europäer.«

In der Rauchpause schnappte ich meine Verleger Hugo und Diego.

»Jungs, sagt mir um Gottes willen, wer hier der größte Schriftsteller ist, erspart mir weitere Peinlichkeiten!«, bat ich sie.

»Na ja«, sagte der nachdenkliche Hugo. »Es gibt ziemlich viele, das hängt von den Vorlieben des einzelnen Lesers ab.«

»Saramago«, sagte der temperamentvolle Diego. »José Saramago ist der einzige Nobelpreisträger hier. Er hatte lange vor seinem Tod einen Streit mit der Regierung, weil sie ihn nicht zum Essen eingeladen hatte, dann ist er mit seiner Frau nach Spanien abgehauen und zuerst nach Mallorca, dann auf die Kanaren ausgewandert, wo er sich als professioneller Badegast betätigt hat. In Portugal gilt er trotzdem als der Größte.«

Ich bedankte mich und ging zu den Journalisten zurück. »In Europa weiß man leider wenig über portugiesische Literatur. Sogar José Saramago ist in Deutschland vielen kein Begriff«, eröffnete ich eine neue Runde.

»Ist nicht wahr!«, wunderten sich die Journalisten. Von da an leistete mir der portugiesische Nobelpreisträger noch in vielen Interviews einen guten Dienst.

Die drei Tage in Lissabon waren vom Verlag komplett durchgeplant worden. Nachmittags gab es immer eine Präsentation, danach Mittagessen-Fischsuppe im Schloss. Beim anschließenden Gespräch mit Journalisten zog ich stets die Saramago-Karte. José hat mich nie im Stich gelassen, das Schicksal hatte uns vereint. Für diese kurze Zeit wurde José Saramago wie ein Bruder für mich. Ich danke dir, mir unbekannter Dichter!

Spätabends, wenn der offizielle Teil des Programms zu Ende war, zog ich mit meinen neuen portugiesischen Freunden, unserer Dolmetscherin Astrid und einigen anderen Deutschen, die sich für Portugal als erstem Wohnsitz entschieden hatten, durch die nächtlichen Kneipen von Lissabon. Meine Begleiter versuchten immer wieder, mich über die neuste Geschichte Portugals aufzuklären, konnten sich aber selbst nicht einigen. Sie waren oft unterschiedlicher Meinung, beispielsweise bei der Frage, wer wann gegen wen geputscht hatte, ob es von Anfang an die Kommunisten waren oder ob die Putschisten erst später zu Kommunisten geworden waren. Manchmal nahmen sogar unbeteiligte Fußgänger an unseren heißen politischen Debatten teil.

Eines Abends wurden wir auf der Querstraße des Wartens – viele Straßen in Lissabon haben sehr poetische Namen – vor der Kantine des Wohlseins von einer jungen Frau angesprochen. Sie stellte sich uns auf Englisch als die berühmte portugiesische Dichterin Natália Correia vor. Ich entschuldigte mich, dass ich sie nicht kannte:

»Tut mir leid, ich kenne nur Saramago«, sagte ich.

»It doesn't matter«, meinte die Dichterin und bot mir einen selbst verfassten Gedichtband für zehn Euro an. Hugo und Diego kannten die Dame bereits. Sie erzählten mir, dass die echte Natália Correia bereits vor vielen Jahren gestorben war und die neue bloß verrückt sei. Das arme Mädchen bildete sich ein, der Geist der großen Feministin Natália Correia sei in ihr wieder zum Leben erwacht.

»Aber ihre Gedichte sind längst nicht so gut wie die von der wahren Natália Correia«, seufzte Diego.

Die neue Correia war mit seiner Meinung durchaus nicht einverstanden. Um sie zu trösten, kaufte ich ihr einen Gedichtband ab.

»You and I, we are friends!«, sagte die falsche Natália.

Ich fühlte mich einem Gespräch auf Englisch nicht gewachsen und sagte nur: »Yes, of course, we are friends, sister.«

Immerhin war sie die zweite portugiesische Schriftstellerin nach José Saramago, die ich innerhalb von zwei Tagen kennen- und schätzen gelernt hatte.

Jede Nacht entdeckte ich die Vielfalt der portugiesischen Literatur aufs Neue. Stets lernten wir so interessante Menschen kennen, dass ich schließlich fest davon überzeugt war, alle Portugiesen, die nachts durch die Stadt liefen, seien entweder Dichter, Denker oder Geschichtsgelehrte. In den nächtlichen Gesprächen mit diesen neuen Freunden bekam ich allerdings auch immer wieder das alte Märchen erzählt, was für eine besondere Kolonialmacht Portugal gewesen sei. Die Portugiesen verstanden sich gewissermaßen als die Guten in schlechten Zeiten. Immerhin hatten sie von allen Erfindungen der Menschheit im letzten Jahrtausend wohl die wichtigste gemacht: Sie hatten die Erde zur Kugel erklärt und damit alles durcheinandergebracht.

Die flache Erde endete bekanntlich in Indien, bis es der portugiesische Seefahrer Magellan eines Tages wagte, noch ein Stück weiter zu segeln. Magellan stieß auf die nach ihm benannte Meerenge, die vor Südamerika den Pazifischen mit dem Atlantischen Ozean verbindet. Er riskierte sein Leben, verlor es unterwegs und kehrte nie nach Europa zurück. Seine Belohnung bestand daher hauptsächlich aus seinem Nachruhm. Statt mit seiner Flotte über den Rand der Erde zu rutschen, entdeckte er, dass man auch auf der anderen Seite der Scheibe leben konnte. Und die Portugiesen begannen sofort mit dem Abtransport alles Werthaltigen. Sie transportierten die Bewohner Guineas nach Macau, fuhren Indianer nach Australien, brachten Afrikaner zum Arbeiten nach Brasilien und nahmen dafür die hübschen Brasilianerinnen mit nach Portugal, wo sie viele hübsche Kinder zusammen bekamen. Die Portugiesen fühlten sich dabei als Schöpfer einer neuen Welt.

Am liebsten hätten die Portugiesen auch Pinguine und Eisbären von den Polen geholt und nach Indien verfrachtet, wo sie in glücklicher Zweisamkeit leben sollten. Magellan persönlich leitete das Projekt. Mit einer großen Ladung Pinguine an Bord traf er ein damals berühmtes Ungeheuer am Kap Horn, das dort seit Ewigkeiten saß und keinen Seemann an sich vorbeiließ. Doch Magellan hatte vor nichts und niemandem Angst. Er versuchte, das Ungeheuer auf Englisch in ein Gespräch zu verwickeln.

»Hallo«, sagte er. »I am Magellan from Portugal and these are penguins. We are friends, lass uns vorbei!«

»Die Welt ist gut, so wie sie geschaffen wurde«, belehrte ihn das Ungeheuer. »Halt die Luft an, Magellan, mach mich nicht an! Bring alles an seinen Platz zurück!«

Magellan widersetzte sich, das Ungeheuer pustete einmal, und das Schiff kippte auf der Stelle um. So endete die Karriere eines der größten Seemänner aller Zeiten.

Kurz danach wurde die Weltmacht Portugal schon von anderen Weltmächten überholt. Zuerst von den Spaniern, dann von den Engländern, den Franzosen und den Holländern. Die Portugiesen hatten zwar die besseren Schiffe, aber ihre Feinde verfügten über die besseren Waffen.

Als Andenken an die geschichtsträchtige Begegnung am Kap Horn wurde ein Denkmal im Garten einer beliebten Lunchkneipe in Lissabon errichtet. Spätabends versammelten sich vor dem Denkmal Trinker und Kiffer, die dort ihre Geschäfte abwickelten. Aus dem Dunkeln blickte das Ungeheuer von seinem weißen Sockel auf das Treiben. Es sah aus wie ein aufgeregter Karl Marx, auf dessen Schoß ein kleiner frecher Zwerg stand, der einen unbekannten Seemann darstellte. Er hielt sich an dem Ungeheuer fest: We are friends!

Die Pinguine auf Magellans Schiff haben seinerzeit die Reise überlebt. Sie schwammen aus eigener Kraft zum Südpol zurück. Wie die Eisbären von allein wieder am Nordpol landeten, ist nicht überliefert. Vielleicht mithilfe der Spanier? Der Engländer? Oder der Franzosen? Vielleicht gar der Russen, die heute weltweit führend in der Eisbärenforschung sind? Aber diesem Geheimnis bin ich noch nicht auf die Schliche gekommen.

FRIEDA-ALICE KAHRO

Wir machen uns die Welt, wie sie uns gefällt

Es war einer dieser goldenen Spätsommertage im August. Wie immer am Samstag ließen mein Mann und ich es morgens langsam angehen und beschlossen erst beim späten Frühstück, den Tag für einen Ausflug in die Berge zu nutzen. Schon oft hatten wir festgestellt, dass es viel besser ist, sich im Gebirge entgegen den Massen zu bewegen. Wir lagen noch im Bett, wenn andere sich zu nachtschlafender Zeit auf den Weg machten, um mit den ersten Sonnenstrahlen möglichst schon auf dem Gipfel zu sein. Unzählige Male hatten wir erlebt, dass uns die Heerscharen der Frühaufsteher schon wieder entgegenkamen, wenn wir gerade erst losgewandert waren. Mitleidig ihr Blick, den wir ebenso mitleidig erwiderten. Denn wenn wir oben waren, herrschte dort die Ruhe nach dem Sturm, die wir mit stillem Wohlbehagen genossen.

Wir nahmen also den Zug Richtung Alpen um die frühe Mittagszeit, waren etwa um halb zwei am Ziel und marschierten gut gelaunt los. Wir gingen die Wanderroute das erste Mal und sie hatte es durchaus in sich. Der Abstieg würde in ein anderes Tal führen und uns im nächsten Ort an den Bahnhof bringen. Einer der Vorteile, wenn man mit dem Zug unterwegs war – man musste nicht zum Ausgangsort zurückkehren. Vor Einbruch der Dunkelheit wollten wir zurück sein.

So war der Plan.

Der Weg führte durch den Wald. Weiches Licht fiel durch die Bäume, zeigte kleinste Staubpartikel in der Luft und filigrane Spinnweben, das Moos federte unter unseren Füßen, angenehme Spätsommerwärme schmeichelte der Haut.

Je höher wir kamen, desto häufiger wurde uns ein Blick aus dem Wald gewährt: samtgrüne Wiesen durchsetzt mit grauem Gestein. Friedlich grasende Kühe, die sich unter Glockengeläut langsam über die Almwiese bewegten. Und dann war auch unser Ziel zu sehen: der Gipfel samt Gipfelkreuz und unmittelbar darunter die kleine Almhütte, in der wir einkehren wollten.

Wie so oft zog sich der letzte Teil der Wanderung in die Länge, es ging steil bergauf, und wir kamen ziemlich k.o. am Gipfel an. Aber wir wurden belohnt: Ein atemberaubendes Panorama. Tief ins Hochgebirge hinein. Blauer Himmel über uns. Was für eine Weite!

Als wir schließlich die wenigen Schritte zur Hütte gingen, war klar: Wieder einmal gehörten wir zu den letzten Wanderern für diesen Tag. Der Wirt räumte schon zusammen.

Viel hatte die Speisekarte nicht mehr zu bieten. Die junge Bedienung empfahl Apfelkuchen, von dem ich sogar ein zweites Stück essen musste. Dazu gab es frische Buttermilch. Wir genossen die Stimmung so sehr, dass wir völlig die Zeit vergaßen. Ein wenig erschrocken stellten wir nach einer ganzen Weile fest, dass es schon halb sechs war. Wir hatten ja noch den Abstieg vor uns. Hastig packten wir unsere Sachen zusammen und schulterten die Rucksäcke. Ein letzter Blick zurück. Schön war's gewesen.

Beschwingt und erfüllt gingen wir bergab. Nach einer Weile bot sich uns noch einmal ein wunderbarer Blick auf eine markante Bergsilhouette. War das dort drüben nicht der Berg, den wir erst im vergangenen Jahr bestiegen hatten? Wie hieß er noch gleich? Wir zückten unsere tolle Wanderkarte, um uns den Namen in Erinnerung zu rufen. Hm, nein, da hatten wir uns wohl getäuscht. Der Name auf der Karte kam uns irgendwie gar nicht bekannt vor. Na ja, nicht so wichtig, wir mussten weiter, wohl wissend, dass wir eine bestimmte Abzweigung nicht verpassen sollten.

An einer Stelle, ein gutes Stück weiter, waren wir ein wenig irritiert. Der Weg nahm nicht ganz den Verlauf, den unsere Karte nahelegte. Wir konnten uns zwar keinen Reim darauf machen, gingen aber forschen Schrittes erst einmal weiter. Andere Wanderer waren nicht mehr unterwegs, die wir hätten fragen können, aber es ging bergab, die Richtung würde schon stimmen. Ein Handy hatten wir zwar, das aber war damals noch nicht mit GPS, Karten und sonstigen notwendigen und überflüssigen Utensilien ausgestattet.

Nach einer Weile kamen mir neue Zweifel. Wir waren schon ziemlich lang unterwegs. Es war doch oben an der Hütte nur von »zweieinhalb Stunden« Gehzeit die Rede gewesen. Wir müssten eigentlich längst unten sein. Andererseits, gab mein Mann zu bedenken, sind wir ja auch immer wieder stehen geblieben, um die Aussicht zu genießen. Er hatte recht, das hatte uns bestimmt mehr Zeit gekostet als gedacht.

Schließlich kamen wir an die Abzweigung, an der sogar eine Wegmarkierung angebracht war. Prima. Nur, dass die Wegnummer nicht mit unserer Karte übereinstimmte. Aber das Schild war schon alt und ein wenig verrostet. Manchmal, überlegte mein Mann, werden die Wegenetze ja überarbeitet und erneuert. Dabei konnten sich auch Wegnummern ändern. Ich stimmte ihm zu. Und unsere Karte war relativ neu. Wir bestätigten uns gegenseitig in unserem Eindruck und gingen weiter.

Der Weg wurde schmaler und schmaler und endete schließlich in einem Trampelpfad. Das hatte man davon, wenn man sich abseits der Massen bewegte.

Als der Pfad schließlich ganz aufhörte, war klar: Irgendetwas stimmte hier nicht. Wir hatten uns verlaufen. Und zwar gründlich.

Wieder beugten wir uns über unsere Karte. Und wer von uns beiden dann den Impuls gab, wissen wir bis heute nicht mehr. Auf jeden Fall drehte mein Mann die Karte um hundertachtzig Grad. Erneut schauten wir auf unseren Ausgangspunkt am Gipfel. Ach so, aus der neuen Perspektive betrachtet stimmte dieser andere Weg plötzlich genau überein mit der Strecke, die wir gegangen waren. Ach so, hier waren wir abgebogen – genau wie die Karte es anzeigte. Ach so, dieses Tal unter uns war ein völlig anderes, als das, welches wir erreichen wollten. Es fiel uns wie Schuppen von den Augen. Stück für Stück rekonstruierten wir unsere Route.

Und mussten schließlich feststellen, dass wir oben an der Hütte, von Anfang an in die komplett falsche Richtung gegangen waren. Hundertachtzig Grad entgegengesetzt dazu, wie wir hätten gehen sollen. Und wir hatten es geschafft, unsere aufkeimenden Zweifel jedes Mal mit einigermaßen schlüssigen Erklärungen abzuwenden. Wir hatten uns gegenseitig sogar noch darin bestärkt. Kaum zu fassen. Vom Gipfel an hatten wir uns die Welt so gedreht, wie wir sie haben wollten.

Wie es ausging? Es dämmerte bereits, als wir zunächst querfeldein über steile Abhänge bergab liefen. Es galt, einiges an Höhenmetern wettzumachen. Jetzt bloß nicht umknicken. Jetzt bloß nicht noch einmal in die falsche Richtung gehen. Wir hatten grob unser Ziel vor Augen. Weit hinten im Tal stießen wir endlich auf einen Weg, der uns, so die vertrauenswürdige Beschilderung, in die Zivilisation zurückführen sollte. Es war inzwischen stockdunkel. Und es war ein langer Marsch zurück.

Den kleinen Bahnhof erreichten wir kurz nach elf. Verlassen und gelborange leuchtete er in der Nacht. Und es fuhr tatsächlich noch ein Zug. Der letzte. Eine gute Stunde später. Noch nie hatten wir so gerne auf die Bahn gewartet.

Für Georg – den allerbesten Wanderbegleiter der Welt. Wirklich wahr.

ASTRID RUPPERT

Doktor Lin

Als er vor mir steht, sind seine Augen direkt auf der Höhe meiner Augen. So etwas passiert mir selten. Ich bin nämlich klein. Meistens schaue ich zu den Menschen auf, mit denen ich spreche, manchmal tut mir hinterher der Nacken weh. Doch Doktor Lins Gesicht ist mir genau gegenüber. Ich fühle mich riesig.

Bitte, Sie kommen … Er dreht sich um, und ich folge seinem schmalen weißen Rücken durch den Flur in sein Büro. Auch sein Büro ist klein. Ich fühle mich irgendwie ungelenk und stoße mich an seinem Tisch, der fast den ganzen Raum einnimmt. Wir setzen uns hin. Ich bekomme den Besucherstuhl und er setzt sich mir gegenüber auf seinen Platz. Er blickt auf und schaut mich ernst und interessiert an.

Ich werde nervös. Er schaut mich an, ohne etwas zu sagen, und ich frage mich, ob ich jetzt das Gespräch eröffnen muss, oder ob das bei chinesischen Ärzten so üblich ist, dass man nur angeschaut wird. Dass man nicht gefragt wird, wo es denn fehlt oder was denn plagt oder irgendeine von diesen Formeln. Ich hätte Inge genauer fragen sollen, wie das eigentlich geht, bei chinesischen Ärzten. Jetzt sitze ich hier und weiß gar nicht, was ich machen soll. Doktor Lin ist sehr aufmerksam. Aber er schweigt immer noch. Hat er denn ewig Zeit? Ich sitze hier bestimmt schon zwei Minuten, das sind 120 Sekunden, und bestimmt wartet draußen auch schon der Nächste, und wir haben noch nicht einmal angefangen, und ich muss noch einkaufen, bevor der Gemüseladen um ein Uhr zumacht, und zur Post wollte ich doch auch noch, und jetzt sind mindestens schon drei Minuten um, und wir schweigen noch immer …

Wie geht es?, fragt er leise und unvermittelt mit einem aufmerksamen kleinen Lächeln.

Eine Frage! Plötzlich weiß ich keine Antwort. Was soll ich denn jetzt sagen? Gut, sage ich beinahe, weil man das ja meistens sagt, wenn man gefragt wird, wie es einem geht, wer will schon etwas anderes hören? Aber nein. Stimmt gar nicht. Sonst wäre ich doch nicht hier.

Ich bin müde, höre ich mich sagen. Meine Güte, was ist denn bloß in mich gefahren? Jetzt sitze ich hier minutenlang und schweige vor mich hin und dann, als ich endlich gefragt werde, da sage ich, dass ich müde bin. Müde!

Sehr müde, sagt er und nickt ernst. Er dehnt jedes einzelne Wort in eine gemütliche Länge.

Ich will noch hinzufügen, warum ich eigentlich glaube, zu ihm gekommen zu sein, die Allergien und der Rücken und was war es nicht gleich noch, es waren doch drei Sachen, drei, ich hätte mir vielleicht doch einen Zettel schreiben sollen, es fällt mir nicht ein. Doktor Lin schaut mich noch immer interessiert und still an, und ich beginne zu merken, wie müde ich tatsächlich bin. Himmel, bin ich müde. Ich beginne, in Müdigkeit zu versinken. Gerade wollte ich noch etwas sagen, aber ich bin viel zu müde.

Er nickt ernst und schaut meiner Müdigkeit eine ganze Weile zu. Davon werde ich so müde, dass ich nur noch ein ganz klein bisschen daran denke, dass nun bestimmt schon wieder mindestens drei Minuten vergangen sind. Oder vier.

Darf ich Puls fühlen, bitte? Er streckt einladend seinen Arm zu mir über den Tisch. Ich reiche ihm meine müde rechte Hand, die in seiner feingliedrigen Hand riesig und klobig aussieht. Er nimmt meine Hand, als wäre sie eine Gabe. Mit einem höflichen Nicken bedankt er sich dafür und tastet den Puls. Seine kühlen zarten Finger tanzen über mein Handgelenk. Er schaut dabei reglos auf die Wand gegenüber, als versuche er hinter das makellose Weiß der Wand zu schauen, durch die Steine hindurch und bis auf die andere Seite ins nächste Zimmer. Ab und zu blickt er prüfend zu mir und murmelt leise seine Feststellungen: Haut trocken.

Das stimmt. Ich nicke. Er kritzelt kleine, rätselhafte Zeichen auf ein Blatt.

Füße kalt.

Ich nicke wieder. Er registriert mein Nicken, aber eigentlich fragt er gar nicht, er erwartet keine Antwort, mein Nicken ist bloß eine Bestätigung für etwas, was ihm anscheinend schon längst sonnenklar ist.

Sind traurig.

Jetzt nickt er selbst.

Was mein Puls diesen kleinen Händen alles anvertraut. Ich bin müde und ich bin traurig. Und meine Füße sind kalt.

Wie ist der Schlaf? … ah, gut! Sehr gut!

Er freut sich richtig, dass ich gut schlafen kann. Er dehnt das »gut« so lange, dass ich mich fast darin ausruhen kann. Er lächelt zum ersten Mal, und ich lächele zurück. Ich schlafe gut! Ich bin plötzlich ganz stolz, gut schlafen zu können. Das kann anscheinend nicht jeder, sonst würde sich Doktor Lin bestimmt nicht so darüber freuen.

Sehr höflich bittet er mich um meine andere Hand. Mit der gleichen Konzentration fliegen seine Finger jetzt zart und sorgfältig über mein linkes Handgelenk. Er schaut mich prüfend an und kritzelt kleine Notizen auf das Blatt, das vor ihm liegt. Nach einer Weile gibt er mir vorsichtig meine Hand zurück.

Darf ich Sie akupunktieren, bitte?

Gerne! Gerne erfülle ich ihm diese Bitte. Ich fühle mich auserwählt und besonders. Ich habe fast vergessen, dass ich ja genau deshalb einen Termin gemacht habe. Inge war es, die gesagt hatte, ich solle mich doch mal akupunktieren lassen. Es täte so gut, wenn die Energien wieder sprudeln. Das klang gut, das mit den sprudelnden Energien. Das wollte ich auch. Deshalb hatte ich mich angemeldet bei Doktor Lin. Doch Anmeldung hin oder her, jetzt hat er mich erwählt. Er möchte genau mich genau jetzt akupunktieren. Freudig lächele ich ihn an. Ja!

Er erhebt sich und neigt kurz den Kopf: Bitte, Sie kommen … Wieder folge ich seinem schmalen weißen Rücken.

In einer kleinen Kabine, die von Stellwänden aus dunklem, verziertem Holz umgeben ist, halten wir an. Leise chinesische Musik rieselt von irgendwo auf uns herab. Es klingt falsch. So als wäre eines der Instrumente entsetzlich verstimmt. Irgendwo brennt ein Räucherstäbchen. Hoffentlich bin ich nicht allergisch dagegen.

Er betrachtet mich von oben bis unten und diktiert dann sehr bestimmt, was ich auszuziehen habe. Schuhe und Strümpfe. Er denkt eine Weile nach und beobachtet mich aufmerksam dabei, wie ich die Socken von den kalten Füßen ziehe. Plötzlich komme ich mir ganz komisch vor. Hat mich jemals jemand beim Sockenausziehen beobachtet? Kann man Socken auch ganz falsch ausziehen? Wer weiß, was ihm das nun wieder über mich verrät. Mein Puls war ja auch schon recht freigiebig mit Informationen. Er zeigt auf die Liege: Dahin, bitte.

Ich setze mich vorsichtig darauf und schaue ihn fragend an, ob ich mich hinlegen soll? Er schüttelt den Kopf und geht in die Knie, um zu prüfen, wie weit sich meine Hosenbeine nach oben krempeln lassen, er prüft vorsichtig die Dehnbarkeit des Pullovers am Hals und er prüft, wie hoch sich die Ärmel ziehen lassen. Dann nickt er bedächtig.

Nichts mehr ausziehen. Hinlegen, sagt er mit seinen gemütlichen Worten. Er dreht meine Schultern sanft zur Seite und bettet mich auf die Liege. Er klopft das Kissen unter meinem Kopf zurecht und korrigiert dessen Position dreimal, bis er ganz zufrieden ist. Dann schiebt er mir eine Rolle unter die Knie, legt meine Füße sorgfältig parallel in einen ganz bestimmten Abstand zueinander. Er zieht meine Arme an den Seiten lang und legt meine Hände flach auf die Liege. Ich fühle mich wie eine Puppe, deren Puppenmama erst zufrieden ist, wenn die Puppe genau so daliegt, wie die Puppenmama es sich in den Kopf gesetzt hat. Seltsames Spiel. Aber der ganze Besuch hier ist schon so seltsam, dass ich einfach mitspiele.

Dann tritt er einen Schritt zurück und betrachtet sein Werk. Schaut mich an mit seinen kleinen dunklen Augen. Vom Kopf zu den Füßen und wieder zurück. Er hat alle Zeit der Welt. Er hat so viel Zeit, dass ich schon wieder ganz unruhig werde. Die Post wird geschlossen sein, bis wir hier ausgespielt haben.

Gut liegen? Bequem?

Ich nicke. Zu heftig gerät mein Nicken, das Kissen verrutscht. Jetzt muss erst die Position des Kissens wieder korrigiert werden. Und das dauert. Er ist die Ruhe selbst, ist aufmerksam und konzentriert. Ich dagegen werde von Sekunde zu Sekunde nervöser.

Ganz ruhig, sagt er lächelnd.

Ruhig! Ja, aber wie denn um Himmels willen? Wie?

Nicht bewegen. Entspannen.

Ich liege still. Ganz und gar nicht entspannt. Ob das bei Inge auch so war? Und jetzt geht es ja erst richtig los, das mit den Nadeln und allem. Bang erkundige ich mich danach, wie viele Nadeln er denn nun in mich zu pieksen gedenke. Er wirft den Kopf in den Nacken und lacht so herzhaft, wie ich es ihm nie zugetraut hätte.

Weiß nicht, sagt er, nachdem er sich endlich wieder beruhigt hat. Zwei, zehn, zwanzig, ist nicht wichtig, wie viele. Doch, sage ich. Ich hab Angst. Es tut doch bestimmt weh …

Da wird er sofort ernst, stellt sich neben mich und legt behutsam seine Hand auf meinen Arm. Keine Angst. Tut nicht weh. Entspannen. Atmen. Entspannen. Atmen. So. Er schaut mich auffordernd an und atmet laut.

Na gut.

Er atmet mir vor. Ich atme ihm nach. Zum Glück sieht mich ja keiner. Er atmet ein. Ich atme ein. Er atmet aus. Ich atme aus. Er atmet tief ein. Ich atme tief ein. Und versuche entspannt zu liegen.

Wie lange das wohl jetzt noch dauert? Ich glaube, zur

Post schaffe ich es heute Vormittag echt nicht mehr und das Gemüse kann ich ja dann auch im Supermarkt kaufen. Eigentlich liege ich ganz bequem, stelle ich fest. Er hat das Kissen wirklich gemütlich hingelegt für mich. Eigentlich kann ich mich hier auch ein bisschen ausruhen. Ich muss jetzt ja sowieso hier liegen bleiben. Und von dem ganzen Atmen werde ich ganz schläfrig. Ich bin so müde.

Er betrachtet mich immer noch nachdenklich. Wie dieser kleine Mann mich anschaut. Ich beginne, mich wichtig zu fühlen. So viel Aufmerksamkeit hat mir ja noch nie jemand entgegengebracht. Was er bloß sieht?

Dann gibt es ein paar schnelle Nadelpiekser an den Füßen, am Bein hinauf, erst rechts dann links, am Bauch, und wieder betrachtet er mich aufmerksam und denkt nach, ich beginne mich durchsichtig zu fühlen. Weich und durchsichtig bis auf die Knochen. Dann piekst es in den Armen und den Händen und dann am Kopf und im Gesicht, er ist so flink, seine Hände fliegen um meinen Kopf, dann ist er zufrieden.

Er tritt einen Schritt zurück und betrachtet sein Werk. Lächelt ein kleines Lächeln, legt eine Hand auf meinen Arm.

Alles gut?

Alles gut.

Entspannen. Nicht bewegen. Atmen.

Ich nicke.

Falsch. Ganz falsch.

Nicht bewegen!

Ich versuche entschuldigend zu lächeln, ohne den Mund zu verziehen, weil irgendwo in der Nähe des Mundwinkels eine Nadel sitzt. Und ich soll mich ja nicht bewegen. Ich versuche, mit den Augen zu lächeln.

Augen zu, sagt er.

Brav mache ich die Augen zu. Er geht.

Es ist plötzlich leer in der Kabine. Ich liege und versuche zu entspannen, was fast unmöglich ist, weil es an allen Nadeleinstichen zieht und pocht, und es tut zwar nicht so weh wie ich gedacht hatte, aber angenehm ist es auch nicht.

Als er nach einer halben Ewigkeit wiederkommt, schaue ich erleichtert zu ihm auf. Er betrachtet mich wieder eine Weile und wieder ist es so, als ob er etwas sieht, was ich noch nicht einmal ahne. In mir steigt ein Gefühl auf, das ich lange nicht hatte. Ich fühle mich sehr klein. Viel kleiner als er. Und irgendwie behütet.

Dann beginnt er die Nadeln herauszuziehen und jeden Einstich sehr sorgfältig nachzutupfen. Er nimmt sich Zeit. Sehr viel Zeit. Nach einer kleinen Ewigkeit berührt er wieder meinen Arm.

Fertig. Jetzt liegen bleiben. Dann aufstehen. Langsam. Gut? Langsam! Er lächelt.

Gut. Ich bleibe liegen. Ich stehe langsam auf. Ich gehe langsam nach Hause und geradewegs ins Bett. Falle am helllichten Tag in einen sehr ruhigen, tiefen Schlaf, aus dem ich erst am späten Nachmittag aufwache. Die Post ist viel zu weit weg und das Gemüse habe ich total vergessen. Macht nichts.

Beim nächsten Mal erzähle ich ihm, wie müde ich war, und er lacht. Und ich freue mich, weil er sich freut, dass ich müde war. Am helllichten Tag einfach im Bett zu liegen. Und zu schlafen. Und einfach gar nichts zu tun. War das schön!

Ich lege mich still hin und denke nicht ans Einkaufen und wie die Zeit vergeht und was alles noch zu tun ist. Ich liege da und versuche, nur zu atmen. Inge hat gesagt, mach einfach deinen Kopf leer, denk an gar nichts, dann entspannst du von alleine. Die ist vielleicht lustig. Wie macht man das bloß, an gar nichts denken.

Wieder betrachtet er mich voller Konzentration und Sorgfalt, ich kenne das jetzt ja schon, atme brav und bewege mich nicht. Ich schließe die Augen und lasse ihn pieksen. Gehorche seinen Anweisungen. Atme ein und aus, zucke manchmal zusammen, weil es wehtut und höre ihn kichern. Er freut sich, weil er geahnt hatte, dass es an dieser Stelle piekst. Als er fertig ist, ist mein Körper punktweise in Aufruhr. Lauter kleine Turbulenzen wirbeln unter den Nadelstichen und breiten sich aus wie Wellen. Es ist nicht angenehm. Ich schlage die Augen auf und schaue ihn an, als er meinen Arm berührt. Aha, jetzt geht er gleich.

Er lächelt mich an. Füße kalt. Ich decke zu. Ruhig liegen. Entspannen. Sehr behutsam hüllt er zwei Decken um meine Füße, die Beine und den Bauch. Ganz vorsichtig macht er das, um keine Nadel zu berühren.

Nicht bewegen. Alles gut. Ich schließe die Augen. Die Decken sind weich. Ich fühle mich wie ein kleines Kind. So weich sind die Decken. Ich spüre eine Träne aus meinem Augenwinkel tropfen.

Eine Weile liegt seine Hand auf meinem Arm. Alles gut, sagt er leise. Das ist keine Frage. Alles gut. Das ist eine Einladung. Ich darf weinen. Ich darf ganz klein sein und weinen. Und genau das tue ich, fühle es fließen in mir von den Füßen in die Beine und von der Stirn in den Nacken, und mitten in den Bauch, aus dem Tränen bis in die Augen fließen, fühle die behutsamen Decken und ahne, alles kann gut sein. Alles gut.

Alles gut? Zu Hause gibt es diesmal keinen Schlaf am helllichten Tag. Zu Hause ist es diesmal wie immer.

Wie war dein Tag dabei schnell das Nudelwasser aufsetzen und die Tomaten waschen es ist schon sieben schaffst du es morgen zur Bank und wer besorgt das Geburtstagsgeschenk für Nicki wir müssen noch die Kinderfrau anrufen wegen Donnerstag Schätzlein jetzt nicht auch noch basteln es ist jetzt Abend geh doch schon mal in die Wanne. Doch. Weil heute Badewannentag ist und die Schuhe im Flur wegräumen na weil ich es sage warum lässt wieder jeder seine Taschen und Jacken einfach fallen ich kann doch nicht nur hinter euch herräumen das Wasser kocht hast du eigentlich mit der Steuer angefangen Termin war doch jetzt irgendwann oh Schätzlein mein Armes hast du dich am Waschbecken gestoßen komm ich puste ein bisschen nein nicht weinen gleich ist es schon vorbei ach Mist jetzt sind die Nudeln übergekocht kann mir mal jemand helfen ...

Nicht entspannen. Ganz und gar nicht. Nicht einfach müde sein. Nicht einfach sein. Nicht zugedeckt werden. Keine Tränen abgewischt bekommen. Nicht entspannen.

Ich gehe alle vier Tage zu Doktor Lin, und an den Tagen, an denen ich nicht zu ihm gehe, liege ich abends vor dem Einschlafen im Bett und denke an ihn. Er ist so klein und voller Güte. Ich will ihn fragen, woher er kommt, oder seit wann er hier ist, wie er es hier findet, und ihm von mir erzählen, alles Mögliche will ich ihm erzählen. Dass ich mir ein Buch über Akupunktur gekauft habe, in dem ich die Punkte suche, in die er piekst. Sie heißen Meer des Chi und Himmelsfenster oder einfach nur Niere 3 und ich will ihn fragen, warum. Aber ich habe Angst, dass er mich nicht versteht, wenn ich spreche. Wo er mich doch so gut versteht, wenn ich gar nichts sage.

Sind traurig. Doktor Lin hat eine Nadel in einen tief verborgenen Tränensee gepiekst. Träne für Träne tropft uralte salzige Traurigkeit aus mir heraus, und er tupft sie sorgfältig ab, mit weichen Tüchern, sagt, dass alles gut ist, und wärmt mir die Füße. Ich muss still liegen. Ich muss ausruhen. Ich muss atmen. Es ist wundervoll. Ich halte inne. Ich halte an. Mein Kopf hält an. Ist das Glück, frage ich mich?

Als ich zur siebten Sitzung komme, ist Doktor Lin verschwunden. Er sei nicht mehr da, aber ein anderer, sehr, sehr kompetenter Arzt wird mich jetzt weiter behan…

Nein. Ich sage nur Nein, ich will zu Doktor Lin. Wie ein kleines Kind wiederhole ich, dass ich nur zu Doktor Lin möchte. Er kann doch nicht weg sein. Das darf doch jetzt nicht wahr sein.

Doch kein Wunder geschieht.

Die bemühte Sprechstundenhilfe führt mich in eine Kabine, die kurz darauf ein großer Mann betritt. Ein Riese. Auch das noch. Er ist viel zu groß für den Arztkittel und für die kleine Kabine. Obwohl er laut spricht, viel zu laut, verstehe ich seinen Namen nicht. Ich starre auf seine schiefen Zähne. Was ich eigentlich habe, fragt er, was soll ich ihm sagen. Bin traurig? Kalte Füße? Haut trocken? Sehr müde? Aha, sagt er. Erschöpfung. Gut, gut, legen Sie sich hin. Erschöpfung findet er nicht interessant.

Können Sie mal Ihre Ärmel hochkrempeln, sagt er ungeduldig und setzt rasch ein paar Nadeln. Dann geht er. Er deckt mich nicht zu.

Was ist bloß geschehen, frage ich mich. Ich weiß genau, es muss etwas Dramatisches, Unvorhergesehenes geschehen sein. Doktor Lin hätte sich doch sonst verabschiedet. Vielleicht ist seine alte Mutter krank geworden und er musste sofort nach China? Oder seine Frau. Hat Doktor Lin eine Frau?

Ich gehe nach Hause. Doktor Lin ist fort. Aber vielleicht suche ich ihn ja, denke ich. Hier. Und in China. Ich werde in der Praxis nachfragen, woher er eigentlich kommt. Und dann mache ich mich auf den Weg und suche ihn. Ich suche ihn überall. Ich bin so müde.

Zu Hause mache ich mir eine Wärmflasche und lege sie ans Fußende des Bettes. Dann lege ich mich so hin, dass ich es ganz gemütlich habe. Ich klopfe mir das Kissen sorgfältig zurecht und kuschle mich in die Decke. Ich atme. Ich atme ein. Und ich atme aus. Ich werde schwer. Ich werde weich. Ich spüre einen Strom, der strömt. Meine Füße werden warm. Und vielleicht ist alles gut. Vielleicht muss ich gar nicht bis nach China.

JAN WEILER

Carla, die Witzpolizei

Meine Tochter ist sehr hartnäckig der Ansicht, dass ihr Vater nicht *woke* genug sei. Da ist was dran. Zum Beispiel habe ich nichts dagegen, wenn ein nicht behinderter Schauspieler Richard den Dritten als körperbehinderten Regenten darstellt. Die Aktivisten rufen dann laut, das sei »Crippling up«, weil nur Körperbehinderte Körperbehinderte spielen dürften. Und nur People of Color sollen ein Gedicht von einer schwarzen Autorin übersetzen dürfen. Das finde ich seltsam. Es ist ungefähr so, als fordere man, dass nur eine Bundeskanzlerin Bundeskanzlerin werden dürfe oder nur ein Mörder einen Mörder auf der Bühne spielen solle.

Ich bin der Auffassung, den Mörder soll doch bitte derjenige spielen, der das am besten kann. Beim Schauspielen geht es nun mal nicht in erster Linie darum, bestimmte Bevölkerungsgruppen bei der Besetzung zu berücksichtigen, sondern darum, sich die Charakteristika bestimmter Bevölkerungsgruppen anzueignen und sie glaubwürdig zu verkörpern.

Carla schimpft auch mit mir, weil ich ihrer Meinung nach nicht gegen Blackfacing eintrete. Das liegt aber nicht daran, dass ich es unproblematisch finde, sondern daran, dass ich etwas anderes darunter verstehe als sie. Wenn jemand sich das Gesicht schwarz anmalt, um in spöttischer Weise rassistische Klischees über Schwarze zum Besten zu geben, dann ist das Blackfacing. Wenn hingegen jemand sich das Gesicht schwarz anmalt, um auf der Bühne auszusehen wie der venezianische Feldherr Othello, dann ist das nicht Blackfacing, sondern notwendig. Othello ist nun einmal eine *person of color* und Emil Jannings und Anthony Hopkins nicht. Beide haben den Othello gespielt, und ich glaube kaum, dass es der Figur geschadet hat.

Außerdem bin ich der Meinung, dass Carla und ihre Clique ein wenig heuchlerisch handeln, weil sie sich keineswegs für alle Minderheiten gleich stark einsetzen. Den Hochadel zum Beispiel kann man in ihren Augen gar nicht genug verscheißern, weil das schließlich alles privilegierte Leute seien, die keine Diskriminierungserfahrungen gemacht und damit auch nicht das Recht hätten, von Hänseleien ausgenommen zu werden.

Da ist was dran. Außerdem reagiert der Adel in der Regel recht gelassen, wenn er auf die Schippe genommen wird. Das ist irgendwie bei denen in den Genen. Ich amüsierte zum Beispiel mal eine Angehörige des Hochadels mit folgendem Witz: Unterhalten sich ein Pudel und ein Mops. Sagt der Pudel: »Ich bin adlig. Mein Name ist Gunther von der Löwenburg.« Sagt der Mops: »Ich bin auch adlig. Ich heiße Runter von der Couch.« Niemals wird man erleben, dass nun ein Adliger an die Zeitung schreibt und sich beschwert, weil Menschen mit Prädikat häufiger albernem Spott ausgesetzt sind als beispielsweise Chemielaboranten oder Tierpflegerinnen.

Ich finde ja, jeder hat ein Recht darauf, mal ein bisschen verspottet zu werden. Aber wenn ich so etwas äußere, bin ich ein alter weißer CIS-Mann, der nichts kapiert hat. Ich leide nicht unter diesem herben Vorwurf, denn es stimmt: Ich verstehe wirklich vieles nicht. Bitcoins zum Beispiel. Oder Baseball. Oder Hugo aus der Dose. Carla kommt manchmal zu Besuch, und wenn uns nichts Besseres einfällt, fangen wir an zu streiten.

Letzte Woche zum Beispiel. Wir setzten uns an den Tisch und erzählten, was uns so in der vergangenen Woche widerfahren ist. Ich habe meistens nur langweilige Sachen zu berichten. Der Papierladen mit der eingebauten Poststelle hat neue Betreiber. Offenbar Türken. Ich erzählte ihr von dem Gespräch, das ich mit ihnen führte. Ich habe dabei einen kleinen Scherz gemacht. Den fand sie krass ausländerfeindlich.

Da gab es Zoff. Ich finde nämlich, mein Witz war in Ordnung. Es ist nicht immer gleich alles ausländerfeindlich oder rassistisch, bloß weil es ein Stereotyp bedient. Natürlich hat sich die Gesellschaft dahingehend sensibilisiert, dass manche Dinge zum Glück nicht mehr gehen. Zum Beispiel folgender Dialog aus der Serie *Die Zwei* mit Roger Moore und Tony Curtis. Da bereitet der eine dem anderen einen Kaffee zu und fragt, ob er Zucker zu seinem Espresso wolle. Und der antwortet: »Das macht den Negerschweiß auch nicht besser.«

Anfang der Siebzigerjahre fand man das ulkig. Heute würde jeder Verantwortliche eines Fernsehsenders gefeuert, der so etwas durchgehen ließe. Und das wäre auch richtig so. Etwa zur selben Zeit, 1973, schlägt Rita ihrem Vater Alfred Tetzlaff in der ersten Folge von *Ein Herz und eine Seele* vor, man könne doch mal zur Abwechslung Pizza holen, was Ekel Alfred brüsk zurückweist mit dem Hinweis, er esse keine Mafiatorte. Diesen Witz kann man meines Erachtens heute noch bringen. Mafiatorte anstatt Pizza klingt lustig, und es diffamiert nicht ein ganzes Volk, sondern spielt bloß mit einem Klischee. Carla und ihr Freundeskreis können über so was gar nicht lachen. Sie nehmen es wirklich sehr genau. Mit allem. Es ist rasend anstrengend.

Neulich ordnete Carla an, ab sofort das Wort »Frau« nicht mehr zu verwenden. Der Begriff »Frau« sei bereits eine normative Zurücksetzung. Ich soll nur noch über »Person mit Uterus« und »Person ohne Uterus« schreiben. Das ist mir aber zu doof. Ich fragte Carla, ob ich nicht genauso gut »Person mit Glied« und »Person ohne Glied« sagen könnte, was ja auf dasselbe hinauslaufe. Aber das fand sie komischerweise diskriminierend.

Ich bot ihr eine Banane an und fragte, ob sie Lust auf eine Dschungelwurst habe. Anstatt über diesen astreinen Dad-Joke zu lachen, erklärte sie mir, dass der Begriff »Dschungelwurst« erstens Veganer diffamiere und zweitens die Banane als Hauptnahrungsmittel von Dschungelbewohnern lächerlich mache und damit zusätzlich alle Personen mit und ohne Uterus, die im Urwald lebten. Es sei ein typisches Beispiel für eine toxisch-kolonialistische Perspektive auf die frugale Situation in der Dritten Welt. Darauf muss man erst mal kommen.

Carla erzählte dann von einer Freundin, die unter *bodyshaming* litt, und ich sagte, dass sie ein zauberhaftes Geschöpf sei, etwas moppelig und sehr hübsch und interessant.

Darauf wurde ich belehrt, dass man »moppelig« nicht sagen dürfe, weil es abwertend sei. Ich finde das überhaupt nicht. Man kann das sehr hingebungsvoll formulieren, und außerdem kommt es auf den Kontext an. Aber bei *woken* Menschen gibt es keinen Kontext mehr.

Carla bestand darauf, dass man im Grunde überhaupt nichts über die moppelige Figur einer anderen Person sagen dürfe, weil es immer sein könne, dass sie darunter leide. Ich entgegnete, dass man dann auch nichts über schlanke Menschen sagen dürfe, weil man nicht wissen könne, ob ihnen das Dünnsein eventuell zu schaffen mache. Und man darf dann auch nicht sagen, dass jemand eine Brille trägt oder Schuhgröße 45 hat. Daraufhin beschimpfte mich Carla als CIS-Mann, der mal wieder gar nichts kapiert hat.

Dabei ist sie es, die bestimmte Sachverhalte vor lauter Aufmerksamkeit nicht versteht. Carla und ihre Freunde kennen zum Beispiel nicht den Unterschied zwischen einem Judenwitz und dem jüdischen Witz. Ersteres ist geschmacklos, das Zweite hinreißend. Um diese These zu unterstreichen, erzählte ich Carla folgenden Schwank: Zwei Rabbiner fahren mit dem Zug zu einem wichtigen Kongress von Haifa nach Tel Aviv. Der eine Rabbi hat seine Frau dabei, die schweigend neben ihm sitzt. Nach einer halben Stunde fragt sein Kollege: »Sag mir, warum hast du deine Frau mitgenommen?« Sagt der andere: »Ich habs einfach nicht geschafft, dem Menuwel einen Abschiedskuss zu geben.«

Ein Menuwel ist so etwas wie ein Scheusal. Jedenfalls ein erstklassiger Scherz. Fand Carla gar nicht. Erstens, weil man über Juden keine Witze mache. Und zweitens sei die Geschichte frauenfeindlich. Ich wehrte mich schwach und sagte, um das zu beurteilen, müsse man die Frau des Rabbis kennen. Aber Carla nahm ihre Jacke und ging.

Und was habe ich zu dem Mann in der Post gesagt, worüber sie sich so aufgeregt hat? Ich fragte ihn, was er vorher gemacht habe, und er sagte, dass er einen Dönerladen hatte. Darauf ich: »Gut, dann nehme ich zehn Briefmarken à achtzig Cent, ohne scharf mit viel Zwiebeln.« War das ausländerfeindlich? Oder einfach nur lustig? Keine Ahnung, aber die drei Jungs hinter der Theke haben sich kaputtgelacht. Ich finde, das zählt.

ULRIKE HERWIG

Blitzeblank

Blitzeblank mit Kristy Frank!
»Na? Wie findest du das?« Kristy sah ihren Mann Gareth erwartungsvoll an.

Der drehte die Visitenkarte mit dem schicken silbernen Schriftzug unschlüssig hin und her. »Ähm … Okay. Was hast du vor?«

Er hörte nie zu. Warum hörte er ihr nie zu? »Mein Reinigungsservice? Von dem ich dir schon seit Wochen erzähle? Ich mache mich selbstständig.«

»Ich dachte, du suchst dir einen neuen Job?«

Das hatte Kristy auch erst vorgehabt, nachdem der Supermarkt, bei dem sie angestellt gewesen war, wegen Übernahme durch eine andere Kette überraschend alle Mitarbeiter entlassen hatte. Aber dann war ihr klar geworden, dass sie keine Lust mehr hatte, täglich mit einem falschen Lächeln an irgendeiner Kasse zu sitzen und missgelaunten Leuten die Einkäufe übers Band zu ziehen. Sich mit rabattsüchtigen alten Schachteln wegen ein paar Pennys zu streiten oder genervte Blicke zu ernten, weil sie kein rasend schneller Roboter, sondern nur ein Mensch war. Sich ausgelaufenen Joghurt von den Fingern zu wischen und ihren Teamleiter um fünf Minuten mehr Pause anzubetteln. Nein, in Zukunft wollte sie für niemand anderen mehr arbeiten, sondern sich die

Zeit selbst einteilen und nicht mehr fremdbestimmt sein.

»Das wird mein neuer Job. Ich muss nicht mal etwas investieren, außer ein paar Putzmittel. Ich baue mir einen festen Kundenstamm auf und kann so viel oder so wenig arbeiten, wie ich will.«

»Aha. Und woher sollen die Leute wissen, dass es dich und deinen ... Putzservice gibt?«

»Weil ...« Warum nur hatte sie nicht Andy Bennington geheiratet? Der war in der Schule auch keine Leuchte gewesen, aber wenigstens wohlhabend und ihr völlig ergeben. »Weil ich genau *diese* Visitenkarten in alle Briefkästen der Umgebung stecken werde? Deshalb.« Sie nahm ihrem Mann das Kärtchen weg und beschloss, einen Teil des Geldes, das sie verdienen würde, auf einem geheimen Konto zu deponieren. Schaden konnte es nichts.

Zehn Tage nachdem sie die nähere Gegend mit ihren Silberkärtchen geflutet hatte, war allerdings immer noch niemand an ihren Diensten interessiert und langsam wurde Kristy nervös. Wollte denn keiner seinen Herd geputzt haben? Hatten die Leute schon alle einen Reinigungsservice oder waren sie nur zu geizig?

Gareth war natürlich der Meinung, sie sollte sich einfach wieder als Sklavin bei Tesco oder Waitrose verdingen, da wusste man, was man hatte, nämlich sein regelmäßiges Gehalt am Ende des Monats. Oder konnte sie denn nicht in einer Putzkolonne für Bürogebäude arbeiten, wenn sie unbedingt etwas sauber machen wollte?

»Ich verstehe das nicht«, beklagte sie sich bei ihrer Freundin Claire, als sie zusammen einen Kaffee tranken. »Warum meldet sich niemand? Meinst du, man traut mir nicht über den Weg?« Sie nahm einen Schluck ihres Cappuccinos. »Oder denken die Leute, dass ich nicht gut genug bin? Wenn ich eins prima kann, dann ist es effizient sauber machen. Wir mussten schon als Kinder mit anpacken, ich war immer für das Bad verantwortlich. Bei drei Brüdern kann mich nichts mehr schrecken, ehrlich.«

»Das ist es nicht.« Claire biss von ihrem Croissant ab. »Guck dich doch mal um, wo wir wohnen.«

»London. Stadtteil Hounslow.« Kristy verstand nicht, worauf ihre Freundin hinauswollte.

»Eben. Hier hat keiner extra Geld für einen Reinigungsservice übrig. Die meisten arbeiten nonstop, damit sie halbwegs ihre Miete zahlen können. Und wer arbeitslos ist, der hängt zu Hause rum und guckt Reality TV und hat erst recht kein Geld und wischt außerdem seine Chipskrümel selbst auf. Du musst ganz andere Gegenden anpeilen, Schätzchen. Hampstead, Chelsea, Notting Hill und so weiter. Da, wo die oberen Zehntausend leben. Wenn du dort erst einmal jemanden von deiner Wischakrobatik überzeugt hast, empfehlen sie dich weiter und schwuppdiwupp bist du die Putzfrau der Promis und Reichen und Schönen. Dann kannst du auch viel mehr verlangen.«

»Das stimmt.« Kristy nickte. Claire musste es wissen, denn sie arbeitete als Massagetherapeutin in einem edlen Fitnessklub in Richmond. Die reichen Klientinnen dort tauschten ununterbrochen Telefonnummern von Gärtnern, Nannys, Kosmetikerinnen und Lifestyle Coaches aus. Wie absolut großartig wäre es also, wenn sie in Zukunft einander auch Kristys Nummer diskret wie eine Partydroge in die Gucci-Taschen stecken würden? *Diese neue Reinigungskraft ist top,* würden sie sagen.

Absolut zuverlässig und gründlich. Mein Haus war noch nie so sauber, alle zehn Zimmer! Halt, lieber nicht ganz so viele Zimmer, wie sollte Kristy das alleine schaffen? Trotzdem ging ihr Atem jetzt schneller vor Aufregung und vor ihrem inneren Auge blitzten Chromarmaturen in riesigen Bädern, zischten teure Espressomaschinen in edlen Küchen, brummten Staubsauger über kostbare Teppiche. Und Pfundnoten regneten vom Himmel auf sie herunter, so viele, dass sie irgendwann auch in eine dieser schönen Gegenden ziehen konnte. Es gab nur ein Problem.

»Wie sollen die denn an meine Visitenkarten kommen? Bei dieser Art von Häusern dringst du nicht mal bis zum Briefkasten vor, da gibt es schmiedeeiserne Tore und Wachmänner. Oder die Auffahrten sind kilometerlang und überall lauern Security-Kameras.«

»Das kriegen wir hin.« Claire warf einen Blick auf ihr Handy. »Ich muss gleich los, in den Klub. Wie wäre es, wenn ich ein paar deiner Karten dort auslege? Und den Leuten von dir erzähle? Dann bist du nicht anonym, sondern kommst mit Empfehlung von mir.«

»Oh mein Gott, das würdest du tun?« Kristy fiel ihrer Freundin spontan um den Hals. »Wie soll ich dir das je danken?«

»Na, da fällt mir schon was ein.« Claire lachte. »Aber lass mal, ich helfe doch gerne. Und ich weiß, dass ich mich auf dich verlassen kann und dass du gut bist. Diese Leute sind so was von anspruchsvoll, das kannst du dir gar nicht vorstellen. Das würde ich nicht für jeden machen, nur für dich.« Sie umarmten einander noch einmal und Kristy bestand darauf, den Kaffee zu bezahlen, denn das war ja das Mindeste, was sie tun konnte. Claire nahm den letzten Packen der Visitenkarten an sich und versprach, kräftig die Werbetrommel zu rühren, und Kristy begab sich aufgeregt in den nächsten Supermarkt, um sich einen Grundstock an Putzmitteln zuzulegen. Alles Bio und vom Feinsten. Eine neue Ära brach an.

Nur zwei Tage später rief Claire an. »Du, ich habe jemanden für dich! Eine Frau aus dem Klub, ihre Putzfrau hat gekündigt und sie sucht jemand Neues. Ist das nicht toll?«

»Was echt?« Kristy quietschte fast vor Freude. »Sag an!«

»Ja, sie will es mal mit dir probieren. Sie war erst etwas zögerlich, aber ich habe ihr tausendmal versichert, dass du meine beste Freundin und absolut vertrauenswürdig und spitzenmäßig bist. Sie heißt Lydia, wohnt in Chiswick und kommt alle zwei Wochen zu mir zur Massage. Macht einen sehr gepflegten Eindruck, es gibt da bestimmt nicht viel Dreck. Wirkt echt nett und charmant.«

»Toll.« Kristy dachte insgeheim, dass sie auch nett und charmant wirken würde, wenn sie in Chiswick wohnen könnte und Mitglied in einem noblen Fitnessklub wäre und obendrein noch alle zwei Wochen eine Massage bekäme, aber das behielt sie für sich. Sie war einfach nur dankbar, dass sich endlich eine Tür in ein neues Leben für sie öffnete. Claire hatte einen guten Preis für sie vereinbart – sagenhafte zweihundert Pfund, wenn diese Lydia zufrieden war – und ratterte jetzt alle Instruktionen so schnell herunter, dass Kristy kaum hinterherkam. »Donnerstag, achtundzwanzigster März, Woodland Row 11, Schlüssel legt sie morgens unter den Fußabtreter vor dem Haus. Es ist nur ein kleines Cottage, sagt sie, nur sechs Zimmer, ihr eigentliches

Haus ist in Hampton. In Chiswick sind sie nur unter der Woche, weil ihr Mann an der Londoner Börse arbeitet.«

»Kleines Cottage«, stammelte Kristy, die an ihr lächerliches Reihenhaus in Hounslow mit den düsteren vier Zimmern dachte, zwei oben und zwei unten. Dann fing sie sich wieder. »Braucht sie dann auch noch jemanden für ihren Palast in Hampton? Ich hab noch ein paar Wochenenden frei.«

»Haha, genau so musst du das angehen. Also, wenn du es richtig anstellst, ist das dein goldenes Ticket, Süße. Bis bald!! Und berichte mir unbedingt, wie es gelaufen ist!«

»Auf jeden Fall.«

Woodland Row entpuppte sich als bezaubernde ruhige Allee voller blühender Kirschbäume und gepflegter Einfamilienhäuser, die alle so weit zurückgesetzt in ihren großen Gärten standen, dass man von der Straße aus unmöglich einen Blick ins Innere erhaschen konnte. Nirgendwo lärmten Bauarbeiter, kein Verkehr verpestete die Luft, niemand brüllte seinen Nachbarn an. In ihrem vierzehn Jahre alten Vauxhall fuhr Kristy langsam die Straße entlang und suchte nach dem »kleinen Cottage«. Sie hoffte, dass niemand der Anwohner die riesige Delle an ihrem Kotflügel bemerkte und sie für ein Mitglied einer Einbrecherbande hielt, das geeignete Häuser ausspähte. Sie musste die Delle unbedingt reparieren und stattdessen ein schickes Logo ihrer Reinigungsfirma auf die Türen drucken lassen. Ein Stück weiter musste das Haus laut GPS irgendwo sein. Sie hielt an und beugte sich vor. Da, Nummer 11. *Das* war das kleine Cottage? Dieses beeindruckende Anwesen im Tudorstil, an dessen Vorderseite sich Efeu malerisch entlangrankte? Kristy hatte eher etwas mit Holzbank und Rosenstrauch erwartet, mit Gummistiefeln vor der Tür und einem Gartenzwerg mit Bart. Claires Bemerkung darüber, wie anspruchsvoll all diese Leute waren, kam ihr wieder in den Sinn. Für die war das wahrscheinlich ein Cottage … Unfassbar. Leiser Neid breitete sich in ihr aus, einen Moment lang fühlte sie sich fast mutlos und von der niederschmetternden Tatsache überwältigt, dass sie nie ein solches Haus besitzen würde. Aber so durfte sie nicht denken. Sie würde zeigen, was in ihr steckte, und dieses Ding auf Hochglanz polieren. Diese Lydia sollte sich vom heutigen Tag an nach Kristy verzehren, nicht mehr ohne sie leben können. Und dann würde der Rubel rollen.

Kristy wuchtete zuerst ihren schweren Staubsauger aus dem Kofferraum und dann den großen Wischeimer voller Putzmittel, den Besen und Handbesen, Gummihandschuhe und diese blauen Überzüge für die Schuhe, wie bei der Spurensicherung. Sie hatte an alles gedacht. Der Schlüssel lag tatsächlich unter der Fußmatte, eine Alarmanlage gab es zwar, aber die war heute ausgeschaltet, weil sie irgendeinen Tick hatte und manchmal von alleine losging, so hatte man es ihr ausrichten lassen.

Mit einem Klick öffnete sich die Tür, als sie den Schlüssel umdrehte, und Kristy trat in das Haus. »Wow!« Beinahe wäre sie rückwärts wieder hinausgestolpert. War das ein Witz? Ein Test? Der Hausflur sah aus, als wäre eine Bombe hochgegangen. Überall lagen Klamotten und Schuhe herum, eine Topfpflanze war umgefallen und hatte ihre vertrocknete Erde auf den schicken schwarz-weißen Fliesen verteilt. Kristy runzelte die Stirn und stakste über das Chaos hinweg, um den Rest des Hauses zu checken. Grundgütiger … Kaffeetassen mit braunen Resten im Wohnzimmer auf dem Couchtisch, Krümel überall, ein BH auf dem Sessel, ein einzelner Turnschuh vor dem Fernseher, irgendwas roch muffig. Die Küche … Die Küche! Das ganze Geschirr vom Abendessen in der Spüle, ein orange-gelber Rest von irgendwas auf Tellern – vielleicht Käsemakkaroni? Vergammelte Blumen, saure Milch, die keiner in den Edelstahlkühlschrank zurückgestellt hatte.

»Boah!« Kristy schnappte nach Luft und riss die Fenster auf. Es gab keinen Zweifel, Lydia aus Chiswick war ein absolutes Ferkel. Und die arme Claire musste diese Person auch noch massieren! Das Elternschlafzimmer lauerte in finsterer Dunkelheit mit weiteren Überraschungen auf Kristy (noch mehr Klamotten überall, eine Schublade, aus der Unterwäsche quoll, halb leere Rotweingläser, Rotweinflecken auf der Kaschmirdecke).

Das Bad hätte mit seiner offenen Dusche aus Sandstein und den venezianischen Kacheln eine Wellnessoase sein können, wenn jemand wenigstens die Klospülung betätigt und all die offenen Spiegelschränke geschlossen hätte, und was war mit dem müffelnden Seifenwasser im Waschbecken? Warum hatte niemand den Stöpsel gezogen? Eins der Kinderzimmer wurde offenbar von einer neuen Spezies bewohnt, einem Hybrid aus Teenager und Menschenaffen, dem man zur Fütterung nur Pappteller mit Pizzaresten ins Gehege warf, und im Arbeitszimmer, von wem auch immer, lagen Papiere und Ordner auf dem Boden, als wären sie vom Himmel gefallen.

Nun, was immer bei diesen Leuten im Oberstübchen nicht in Ordnung war, Kristy musste da jetzt durch.

Wenn sie mit diesem Saustall hier fertig war, würden die Bewohner ihr Haus nicht mehr wiedererkennen. Sie wählte eine gute Playlist auf ihrem Handy, steckte sich die Kopfhörer in die Ohren und legte los.

Nach guten vier Stunden blitzte es überall, die Betten waren gemacht, es duftete nach frischem Reinigungsmittel (Bio!), mehrere Müllsäcke standen fest verschnürt vor der Tür. Kristy hatte die Zimmer der Kinder wieder bewohnbar gemacht und dabei Unaussprechliches vorgefunden, sie hatte den Rotweinfleck aus der Bettdecke und den Kalk von Jahrzehnten aus der Dusche entfernt, den Geschirrspüler zweimal durchlaufen lassen, klebrige Fußabrücke weggewischt, Krümel und Staub aufgesaugt, Kissen aufgeschüttelt, Schuhe sortiert, Klamotten auf Bügel gehängt oder wie bei der Armee zu exakten Stapeln zusammengelegt. Sie hatte sogar das Meerschweinchen, das sie in einem der Kinderzimmer vorgefunden hatte, mit frischem Wasser versorgt und seinen übel riechenden Stall sauber gemacht, schließlich konnte das arme Ding ja nichts für seine Besitzer. Jetzt stand sie am offenen Fenster und blickte in den wirklich malerischen Garten hinaus. Wie gut diese Leute es hatten und wie wenig sie es zu schätzen wussten. Im sauberen Zustand sah man erst mal, was das für ein Traumhaus war. Die herrlichen Erkerfenster, um die sich der Efeu rankte. Die hohen Decken und der Bechsteinflügel im Salon, die teuren und geschmackvollen Möbel. Kristy wäre sofort hier eingezogen und bei Gott, sie hätte dieses Haus nie so verwüstet. Sie hätte … Ihr Handy klingelte. Es war Claire.

»Hallo?«, meldete sich Kristy. »Süße, du kannst dir nicht vorstellen …«

»Es geht dir gut?«, japste Claire. »Oh Mann, bin ich froh. Es tut mir so leid, ich hab auch erst eben von Chucky erfahren, Lydia hatte es total vergessen, sorry!«

»Was? Wer?«, fragte Kristy, völlig aus dem Konzept gebracht.

»Ihr Pitbull. Sie hat gesagt, sie hat ihn in den Garten gesperrt, aber jetzt war sie sich nicht sicher, ob die Tür richtig zu war. Ist er noch im Garten?«

»Pitbull?«, fragte Kristy langsam. »Hier ist kein Pitbull.«

»Schläft er draußen? Obwohl, er muss dich gehört haben, hat er nicht gebellt? Er dreht immer komplett durch, wenn Fremde kommen«, sagte Lydia.

»Hier ist kein Pitbull.« Auf Kristys Kopfhaut setzte ein unangenehmes Kribbeln ein. »Hier ist nur ein Meerschweinchen.«

»Davon hat sie nichts gesagt. Das tut dir sicher auch nichts. Chucky hingegen … Also geh lieber nicht in den Garten, hörst du? Er lungert immer beim Sandkasten herum.«

»Hier ist auch kein Sandkasten«, krächzte Kristy, die in den Garten hinausstarrte, bis ihr die Augen tränten. Nichts als Rosen und Lavendel. Was zum Geier …?

»Doch, unter dem Klettergerüst, sie hat mir mal ein Foto gezeigt. Kristy? Kristy, bist du noch da?«

Kristy spürte, wie ihr der Schweiß ausbrach. Das konnte nicht sein. Verdammter Mist, das konnte nicht sein, wie war das möglich? Hier war kein Klettergerüst und kein Sandkasten und schon gar kein Pitbull, hier war nur … Sie taumelte regelrecht aus der Haustür hinaus und starrte zur Hausnummer hinauf, die in schicken goldenen Ziffern an der Hauswand angebracht war. Nummer 11. »Nein«, flüsterte sie. »Nein, das gibt es doch nicht!« Und dann schob sie mit dem Besen den Efeu beiseite, der den Rest der Hausnummer verdeckte. Nummer 110.

Richard Warner zog reflexartig den Bauch ein, als eine hübsche junge Blondine im Bikini an seiner Liege vorbeiwandelte, nicht dass die ihn auch nur eines Blickes gewürdigt hätte. Das Wetter in Mexiko war nicht zu toppen, die Aussicht aufs Meer fantastisch. Der Infinitypool plätscherte leise vor ihm, ein einziger Hotelgast schwamm darin emsig seine Bahnen. Richards lästige Zwillinge befanden sich Gott sei Dank in diesem Moment mit seiner Frau Lindsey im Kinderpool und gingen anderen Leuten auf die Nerven, sein Teenager Paul hockte reglos wie ein riesiges Insekt auf einer Liege im Schatten und starrte schon seit einer Stunde in sein Handy. So musste Urlaub sein, dachte Richard. Wohlverdiente Ruhe, Luxus und das Beste, was man für sein Geld kaufen konnte. Er wedelte mit seinem leeren Glas, damit der Kellner ihm eine neue Margherita brachte, und der verstand sofort und nickte zurück. Prima, wenn das Personal so spurte. Richard nahm sein Tablet und machte sich einen Spaß daraus, die E-Mails von der Arbeit zu checken. Ach, wie schön, was in dieser Woche alles an lästigen Meetings an ihm vorüberging. Er grinste und dann beschloss er aus einem Impuls heraus noch schnell die Kameras zu Hause zu überprüfen, man wusste ja nie, was für Kriminelle heutzutage in den besseren Vierteln herumschlichen. Die App für die Kameraverbindung öffnete sich und Richard runzelte die Stirn. Was zum …

»Paul?«, fragte er. »Kommst du mal?«

Sein Sohn reagierte nicht.

»Paul!«, rief er scharf. »Komm bitte mal her. Ist das hier Britney?«

»Hä?« Sein Sohn sah glasig hoch.

»Herrgott noch mal, bist du schwerhörig? Komm gefälligst mal her!«

»Was schreist du Paul denn so an?« Lindsey kam mit den Zwillingen vom Pool zurück, beide Jungs hatten sich schon wieder mit Eis bekleckert.

»Ich schreie ihn an, weil er nicht reagiert, es ist nämlich gerade jemand in unserem Haus!«

»Was?« Mit einem Satz war Lindsey neben ihm. »Tatsache. Wer ist das?«

»Du kennst sie also nicht? Das ist nicht Britney, die sich um das Meerschweinchen kümmern soll?« Richard hatte das blöde Vieh schon immer gehasst.

»Natürlich nicht, Britney ist fünfzehn Jahre alt. Die da ist Mitte dreißig und was *macht* die eigentlich?« Lindsey beugte sich blinzelnd vor.

»Die macht sauber«, kommentierte Paul, der sich nun auch endlich herbequemt hatte. Gemeinsam verfolgten sie jetzt auf dem Tablet, wie eine völlig fremde Frau die Kissen auf ihrer Couch aufschüttelte und dann anfing zu saugen. »Krass.«

»Ruf die Polizei an«, verlangte Lindsey. »Nein, halt, warte.« Siedend heiß war ihr eingefallen, in welchem Zustand sich das Haus bei ihrem überhasteten Aufbruch zum Flughafen befunden hatte. Weil Richard nämlich völlig verdöst hatte, den Flug noch mal zu checken, der plötzlich zwei Stunden früher ging, eine Unverschämtheit übrigens. Zur Krönung hatte Richards Aufschrei erst beim Frühstück wie ein Blitz in ihre morgendliche Idylle eingeschlagen und sie alle panisch aufgescheucht.

Was folgte, war unbeschreibliches Chaos, das schnellste Packen der Welt, quengelnde Kinder, ein fluchender Richard – wo waren die Pässe? Wer hatte sie zuletzt gesehen –, umgestoßenes Geschirr und keine Zeit, auch nur irgendetwas aufzuräumen. Das alles musste warten, wenn sie noch eine Chance haben wollten, ihren Flug zu erwischen. Niemand durfte daher das Haus so sehen, ihre verstreute Unterwäsche und die verdreckten Teller. Und hatte Richard überhaupt die Klospülung betätigt?

»Vielleicht irgendein Trend auf TikTok?«, mutmaßte Richard. »Als Mutprobe in ein Haus einbrechen und dann dort saugen? Hm, Paul?«

Paul verdrehte nur die Augen angesichts der Zumutung, seinen rückständigen Eltern mal wieder die virtuelle Welt erklären zu müssen.

»Jetzt lädt sie den Geschirrspüler voll«, kommentierte Josh, einer der Zwillinge.

»Wie schnell die das macht«, meinte Jacob, der andere. »Viel schneller als du, Mama.«

»Halt den Mund«, fuhr Lindsey ihren Sohn an, obwohl sie zugeben musste, dass er recht hatte. Diese Person arbeitete überaus zügig und gründlich, es war nicht zu fassen! »Unglaublich«, sagte sie. »Was es nicht alles gibt. Wie ist die überhaupt reingekommen?«

»Die muss den Schlüssel benutzt haben, der für Britney unter dem Abtreter lag.«

»Jetzt macht sie Betsy sauber, guckt mal.« Jacob deutete auf den Bildschirm, auf dem kurz ein aufgeschrecktes Meerschweinchen zu sehen war. »Die hat auch in letzter Zeit übelst gestunken.«

»Also soll ich jetzt die Polizei anrufen?«, wollte Richard wissen.

»Nein«, schnappte Lindsey. Sie wollte unbedingt sehen, was die Frau noch alles putzen würde.

»Vielleicht zieht sie sich ja noch aus«, meinte Paul. »Was denn?«, rechtfertigte er sich, als ihm seine Eltern entsetzte Blicke zuwarfen. »Nacktputzen gibt es wirklich. Irgendeinen Fetisch hat die jedenfalls, das ist doch nicht normal.«

»Was ist ein Fee-Fisch?«, erkundigte sich Josh.

»Scht«, herrschten seine Eltern ihn an und dann verfolgten sie gespannt, wie diese Frau das ganze Haus auf Hochglanz polierte, bis sie fertig war und zum Fenster hinausstarrte und telefonierte. Dann rannte sie plötzlich fluchtartig hinaus und kam nur kurz wieder, um ihren Staubsauger zu holen. Sie knallte die Tür hinter sich zu und war verschwunden. Stumm blickten die Warners auf das Kamerabild, unfähig, das Gesehene einzuordnen.

»Die Menschen«, erklärte Richard seiner Familie schließlich, »drehen heutzutage alle durch. Das nimmt die verrücktesten Formen an, das kann keiner mehr verstehen. Lasst es euch eine Warnung sein, das kommt von zu viel Social Media!«

»Genau«, murmelte Lindsey, aber insgeheim hatte sie eigentlich gehofft, die Frau würde auch noch die Fenster putzen, wenn sie schon mal dabei war.

MARLIES FERBER

Sir Toby schüttelt sich

Letzte Woche ist mir etwas aufgefallen: Unser Hund und mein Mann haben etwas gemeinsam. Mein Mann hasst es – wie wahrscheinlich die meisten Menschen –, Anweisungen zu bekommen. Er erteilt mir nie welche. Aber wie wir alle wissen, hat im häuslichen Zusammenleben derjenige verloren, der die schwächeren Nerven hat, was Unordnung und Dreck angeht. Denkt derjenige dann vielleicht auch noch gerade über die Gerechtigkeit bzw. Ungerechtigkeit der Aufgabenverteilung nach, kann es durchaus sein, dass ich meinen Mann doch darauf hinweise, dass er mit Staubsaugen an der Reihe ist. Was zuverlässig eine allergische Reaktion bei ihm auslöst.

Vor diesem Hintergrund fiel mir nun folgendes faszinierende Phänomen an unserem Hund auf: Wenn ich Sir Toby beim Spaziergang zu mir rufe, weil sich zum Beispiel ein Auto oder Radfahrer nähern, dann kommt er zwar, schüttelt sich aber auf halbem Weg erst einmal. Nicht immer, aber bei mindestens drei von fünf Malen. Eine kleine Zeitverzögerung, ein Abschütteln von Stress, bei der ich mir bislang nichts gedacht habe.

Letzte Woche gingen mein Mann und ich mit Sir Toby spazieren. Und was passierte, als mein Mann ihn zwischendurch zu sich rief? Nichts! Er kam einfach locker angetrabt. Kein Schütteln, nicht der geringste Gehorsams-Aufschub.

Da wurde mir schlagartig klar: Von MIR gerufen zu werden, das ist das Problem. Da muss er sich erst mal schütteln, Sir Toby, der feine Herr, nur MEIN Rufen setzt ihn unter Stress. Es ist schlicht unter seiner Würde, den Befehlen von Mom gleich und auf der Stelle Folge zu leisten. Doch wenn Dad ruft, gar kein Problem. So ist das also: Es gibt keinerlei Allergie gegen einen Befehl, wenn er von einem anderen Kerl kommt.

Was natürlich die Frage aufwirft, ob es andersherum genauso wäre: Wenn unser Hund reden könnte und meinen Mann um etwas bitten würde – sagen wir, nur so zum Spaß, Staub zu saugen – hätte mein Mann dann womöglich auch null Probleme damit?

Ha, welch geniale und einfache Lösung das wäre!

»Hey, Dude«, bellt Sir Toby meinem Mann matter-of-fact zu. »Du bist dran mit Staubsaugen!« Und der nickt nur matter-of-fact: »Geht klar, Bro!« Und macht sich mit fröhlicher Selbstverständlichkeit ans Werk. Ich wäre komplett raus aus der Nummer!

Dann fällt mir der Denkfehler auf: Würde Sir Toby meinen Mann realistischerweise von sich aus um so etwas wie Staubsaugen bitten? Never ever! Was Dreck angeht, hat er die dicksten Nerven von uns dreien. Nein, das wäre etwas, um das erst einmal ich Sir Toby bitten müsste. Und da beißt sich der Hund in den Schwanz. Nichts wäre gewonnen. Im Gegenteil, ich hätte es mit zwei sich schüttelnden Kerlen zu tun:

Ich: Sir Toby, sag ihm bitte mal, er soll staubsaugen.

Sir Toby (schüttelt sich)

Ich: Toby, du sagst jetzt, dass er staubsaugen soll!

Sir Toby (schüttelt sich, in bockigem Tonfall): Warum?

Ich: Es ist total dreckig, darum.

Sir Toby (legt fragend den Kopf schief)

Ich: Dreck ist das, was du hereinträgst, wenn du dich im Schlamm wälzt. Diese dunkelbraunen Klümpchen, die hier überall herumliegen.

Sir Toby (sieht mich weiter unbeeindruckt an)

Ich: Ja, ich weiß, dich stören sie nicht, aber mich. Und überhaupt, ich will darüber nicht diskutieren.

Sir Toby (wendet den Kopf, murmelt): Der Staubsauger ist laut.

Ich: Du sagst ihm jetzt Bescheid, und dann gehst du in ein anderes Zimmer, dann kriegst du es gar nicht mit! Und jetzt setz dich in Bewegung! Mach schon!

Sir Toby (schüttelt sich viermal, schlendert aufreizend langsam ins Wohnzimmer, setzt sich neben ihn aufs Sofa. Nach etwa zehn Minuten): Hey Bro, ich sag's ungern, aber sie hat es schon wieder getan.

Er (schüttelt sich): Eine Anweisung?

Sir Toby: Yep. Du sollst staubsaugen.

Er (schüttelt sich erneut, liest weiter)

Sir Toby: Ich weiß, Bro.

(Zehn Minuten später, Sir Toby kommt wieder zu mir): Er ist beschäftigt.

Ich: Aha.

Sir Toby (schaut auf seine Vorderpfoten): Ich würde es ja machen, aber …

Ich: Schon klar, keine Hände.

Sir Toby (bleibt in der Küche stehen)

Ich: Was ist?

Sir Toby (stupst mit der Nase an seinen leeren Napf)

Ich (triumphierend): Futter gibt's erst, wenn gestaubsaugt ist!

Sir Toby (schüttelt sich zweimal, geht zurück zu Dad,

setzt sich neben ihn aufs Sofa, legt ihm die Pfote auf den Arm): Bro, du musst staubsaugen.

Er (liest weiter)

Sir Toby (Hundeblick): Tu's für mich, Bro! Ich krieg sonst kein Futter …

Wäre das vielleicht doch die Lösung? Keiner widersteht Sir Tobys Hundeblick, das ist klar. Habe ich ihn damit? Ein zäh errungener, aber letztlich doch ein Triumph? Vor meinem inneren Auge sehe ich, wie mein Mann tatsächlich die Zeitung beiseitelegt und endlich aufsteht. Doch dann sehe ich, wie beschwingt er plötzlich wirkt. Und mir wird klar, dass etwas fehlt. Warum schüttelt er sich nicht? Im Gegenteil, er lächelt. Sir Toby tänzelt an seiner Seite, auch er wirkt nicht wie jemand, der gleich vor Staubsaugerlärm fliehen wird. Einträchtig ziehen die beiden Seite an Seite ab in die Küche und wenig später verschlingt Sir Toby genüsslich sein Futter.

RÉALTÁN NÍ LEANNÁIN

Die Mutter der Braut

Samstag

»Jetzt ist es nur noch eine Woche – sieben Tage. Aber verstehe ich Sie richtig, das Kleid ist noch nicht geliefert worden?«

»Da war ja der Feiertag, Mrs Uí Éigeartaigh, und da können wir …«

»Erzählen Sie mir nicht, was Sie können oder nicht können. Das Kleid hätte schon längst geliefert sein müssen, meine Tochter braucht es schließlich. So geht das nicht.«

Die junge Frau am anderen Ende der Leitung kämpfte mit den Tränen. »Das ist uns klar, gnädige Frau, aber wo hier doch der Feiertag war und in Frankreich gestreikt wurde, da …«

»Kein Wort mehr! Nicht ein Wort mehr. Wenn das Kleid nicht rechtzeitig da ist, bevor meine Tochter am nächsten Samstag zum Altar schreitet, dann werden Sie das bereuen, das sag ich Ihnen. Ich werde Sie verklagen. Ich warne Sie, mein Bruder ist Rechtsanwalt, und er würde den Fall nur zu gern übernehmen, wenn es so weit kommt.« Sie knallte das Telefon auf den Tisch.

»Mama, war das jetzt nicht ein bisschen übertrieben?«

»Übertrieben? Übertrieben, Breandán? Du hast offenbar keine Ahnung, wie viel Arbeit die Hochzeit deiner Schwester noch machen wird, mein Sohn.« »Offenbar«, murmelte Breandán. Er wandte sich am Esstisch wieder seiner Arbeit zu, wickelte rosa Bänder um aufgerolltes Papier und band sie zu Schleifen.

»Sinéad, hast du die Liste?«

»Welche der Listen, Mama?«

»Die Gästeliste. – Wer schon geantwortet hat, wer nicht, kommen die, die noch nicht geantwortet haben, trotzdem? Du musst bei allen nachfragen. Es bleiben uns nur noch fünf Tage und das Hotel will die endgültige Anzahl wissen.«

»Aber bei allen, die kommen, da wissen wir schon …« »Vielleicht wissen wir es, vielleicht auch nicht. Umstände ändern sich. Leute ändern ihre Pläne.«

Sinéad verdrehte die Augen und sah zu Breandán hinüber.

»Wie steht es mit dem Menü, Sinéad? Denk dran, die haben die Vorspeise geändert. Ist die auch für Veganer geeignet? Und der Preis? Und …«

Breandán schob sich die Hörstöpsel in die Ohren. Er hatte es ja eigentlich noch gut, wo er doch bloß die Bänder um die Texte für die Brautmesse wickeln sollte, dachte er. An diesem ziemlich grauen Tag im Juni lagen die langen Sommerferien vor ihm. Zu Hause. Ohne Arbeit. Ohne irgendeine Ausrede, das Haus verlassen zu müssen. Und dann die Vorbereitungen für die Hochzeit seiner Schwester, die von seiner Mutter mit Argusaugen überwacht wurden.

Sonntag

»Dreh mal eine Runde mit dem Staubsauger durch das Wohnzimmer, Breandán. Sinéad, wirf die Zeitungen ins Altpapier. Wer hat die Bänder auf dem Tisch liegen lassen? Breandán, räum sie weg.«

Bríd drehte sich um und lief die Treppe hinauf zu ihrem Mann. »Micheál! Beeil dich, oder wir kommen zu spät zum Flughafen. Seán landet um dreizehn Uhr fünfunddreißig.«

»Um fünf nach halb zwei, Mama?«

»Komm mir bloß nicht so, Breandán. Das muss ich jetzt wirklich nicht haben.«

Bei der Messe würden drei Geistliche anwesend sein. Doiminic, Bríds Vetter, Máirtín, der Onkel von Maic, dem Bräutigam. Und Seán, ein Freund aus alten Zeiten. Seán kam extra aus Jamaica. Er lebte seit vielen Jahren dort, inzwischen als Pfarrer. Er konnte doch die Hochzeit der kleinen Sinéad Uí Éigeartaigh nicht verpassen, der einzigen Tochter seines ältesten und besten Freundes.

Später an diesem Abend beendete Seán seine erste irische Mahlzeit seit seinem letzten Heimaturlaub vor drei Jahren. »Kartoffeln und Butter. Es gibt nichts Besseres. Wer immer irische Butter nach Jamaica exportiert, würde ein Vermögen machen«, sagte er.

»Trinkst du noch immer gern Whiskey, Seán?«, fragte Micheál mit einer Flasche Bush in der Hand.

Seán lächelte. »Natürlich, Micheál. Da nehm ich doch gern ein Gläschen.«

Die beiden Männer erhoben sich vom Esstisch und gingen mit Flasche und Gläsern ins Wohnzimmer, das schmutzige Geschirr ließen sie stehen.

Montag

An diesem Morgen goss es in Strömen. Bríd schaute sorgenvoll aus dem Fenster. Noch fünf Tage. Vielleicht würde bis dahin gutes Wetter sein. Aber der Regen machte ihr Sorgen. Wo sollten sie denn die Fotos machen, wenn es nass wäre? Sie machte sich eine Notiz in ihren Hochzeitsplaner – ein gebundenes Buch mit guten Ratschlägen, einem Countdownkalender und täglichen Aufgabenlisten. Sie musste das Hotel anrufen, um den »Plan B« zu überprüfen. Ganz oben auf der Liste für heute allerdings stand der Blumenladen.

»Hier spricht Bríd Uí Éigeartaigh. Bin ich bei *Blumen für Euch*? Es geht um die Hochzeit. Samstag, ja … Sinéad Uí Éigeartaigh und Maic Ó Muireagáin … ja, rosa … geändert?«

Breandán packte gerade das Geschirr vom gestrigen Abendessen und vom heutigen Frühstück in die Spülmaschine. Er seufzte.

»Wieso denn geändert? … ja, die eine rote Rose genau in die Mitte … ich habe Ihrer Kollegin doch schon erzählt, dass sie die Liebe der beiden zueinander symbolisiert, deshalb ist sie wichtig.«

Breandán hob den Blick zur Decke. Blumen überbrachten Botschaften? Wer hätte das gedacht.

»Was sagen Sie? Anemonen … ist mir doch so was von egal, ob die rosa sind.«

Sie suchte in einem dicken Hochglanzbuch auf der Anrichte. »Nix, *no way José* werden Sie Anemonen in den Strauß für meine Tochter stecken, gute Frau. Haben Sie denn gar keine Ahnung von Ihrem Beruf? Wissen Sie nicht, was die bedeuten?« Sie suchte eilig in ihrem Buch nach der richtigen Seite. »Verlassen werden! Sie stehen für Verlassen werden! Am Tag ihrer Hochzeit! Oh nein, so nicht. Eine Rose für ewige Liebe und eine lange, glückliche Ehe, das werden sie bekommen, und dazu rosa Kamelien für die geistige Liebe und rote Kamelien für … die andere Liebe.« Die Floristin schien den Moment, als Bríd Atem holte, zu nutzen und etwas zu erwidern. Breandán versuchte, sich aus der Küche zu schleichen, aber seine Mutter richtete ihren gekrümmten Finger auf ihn, ehe er entkommen konnte.

»Und die rosa und weißen Kamelien für die Bänke in der Kirche … ja … und Efeu. Vergessen sie ja den Efeu im Strauß und auf den Bänken nicht. Für die Treue … ja, wussten Sie das nicht?«

Sie beugte sich über ihr Buch, kritzelte Notizen und schüttelte dazu den Kopf. Breandán wartete, bis sie fertig war. Es würde ja doch keinen Unterschied machen, wenn er auf sein Zimmer ging. Es gab hier kein Versteck. Sie würde ihn auf jeden Fall finden.

»Floristinnen? Floristinnen, ich sag es dir!«, rief Bríd. »Also, Breandán, jetzt hab ich noch ein paar Aufgaben für dich. Die Diele und das Wohnzimmer müssen gesaugt werden, im Wohnzimmer ist Staubwischen angesagt und der Fußweg durch den Vorgarten muss gefegt werden. Danke.« An diesem Abend war abermals Pfarrer Seán aus Jamaica zu Gast. Bríd verschwand nach dem Essen, um weitere Hochzeitsvorbereitungen zu treffen. Ihr Mann und Pfarrer Seán setzten sich mit ein paar Glas Brandy vor den Fernseher, um ein Fußballspiel anzuschauen. Und waren nicht im Weg.

Dienstag

Vier Tage bis zur Trauung und das Kleid wurde geliefert. Drei Stunden, vier Tassen Tee und Kekse im Hochzeitssalon, Mutter und Tochter. Bríd würde erst gehen, wenn das Kleid oft genug anprobiert worden war und perfekt saß. Mittags ein schneller Imbiss, dann ein Anruf im Hotel, um das Engagement der Band zu bestätigen. Noch ein Anruf bei der Mietwagenfirma, eine weiße Limousine, natürlich. Und ein letzter Anruf beim Fotografen, um alles für die gewünschten Fotos abzusprechen.

Nachmittags legte Bríd sich ein Stündchen hin. Am Abend würden die Priester zum Essen kommen, alle drei. Es würde spät werden. Alle drei liebten gutes Essen und Trinken. »Wie lange bist du jetzt schon in Jamaica, Seán?«

»Fast zwanzig Jahre.«

»Und du kommst nur ab und zu mal zurück?«

»Genau. Eine Frau hat mir vor vielen Jahren hier das Herz gebrochen, und da blieben mir nur die Kirche und die Mission.«

Alle lachten, nur Bríd nicht. Sie räumte den Tisch ab, brachte das schmutzige Geschirr in die Küche, und überließ die Männer ihrer Flasche Brandy.

Mittwoch

Noch drei Tage. Der Anzug für den Brautvater musste noch abgeholt werden und der für Breandán ebenso. Sie suchten zur Anprobe die Verleihfirma auf. Micheál nahm sich einen halben Tag frei. Das war nur gut, so viel, wie er am Vorabend zusammen mit den Priestern getrunken hatte. Micheál trank sonst nicht sehr viel, schon gar nicht Whiskey oder Brandy. Aber spät am Abend hatten die drei Gottesmänner ein Lied auf jedes County in Irland gesungen und darauf angestoßen. Auf alle zweiunddreißig.

Bríd ging früh zu Bett, sie war zum Umfallen müde, und als sie am nächsten Morgen aufwachte, stand bei der Tür eine nette kleine Sammlung von leeren Flaschen und wartete darauf, zum Altglascontainer gebracht zu werden. Seán war immer schon ein ordentlicher Trinker gewesen.

Bríd und Sinéad schauten beim Juwelier vorbei und holten den Verlobungsring, der dort aufpoliert worden war. Und die Halsketten für die beiden Brautjungfern und die Uhren für die beiden Begleiter des Bräutigams, und die Ringe natürlich. In alle war das Datum eingraviert.

»Ihr habt in eure Ringe nichts gravieren lassen, Mama, oder?«, fragte Sinéad.

»Nein, Liebes. Wir haben damals nicht solchen Aufwand mit den Hochzeiten getrieben.«

»Aber Onkel Cathal und Tante Áine haben das Datum in ihren.«

»Ja, denen hat so was immer schon gefallen. Dein Vater und ich haben diesen Unsinn nie so ernst genommen.«

»Oh.«

An diesem Abend ging Sinéad mit ihren Freundinnen aus. Die drei Priester und Micheál aßen in einem indischen Restaurant. Breandán holte vom Imbiss Fish and Chips und Bríd ging zu Bett und hatte Kopfschmerzen.

Donnerstag

Noch zwei Tage. Die Braut begab sich in den Schönheitssalon, um sich einen braunen Teint aufsprühen zu lassen.

»Ich treff mich mit den anderen Mädels im Salon, Ma. Danach gehen wir dann Mittagessen. Ich werde wunderschön sonnenbraun sein, wenn ich wieder zur Tür hereinkomme. Wuuuuunderschön für den großen Tag.«

»Ich weiß ja nicht, Sinéad. Du bist doch schön so, wie du bist.«

»Ach, Mama, sei doch nicht so altmodisch. Spray oder Sonnenbett, was wäre dir lieber?«

Sinéad ging zum Schönheitssalon. Bríd ging die Liste in ihrem Planer durch. Autos. Luftschlangen für den Wagen der Braut. Ein Kissen für die Ringe. Den Text der Trauungszeremonie auf dickem Büttenpapier – Breandán hatte es aufgerollt wie Pergament. War die Druckerei schon bezahlt worden? Sie musste nachsehen. Briefumschläge – Geld für die Priester, die Kapelle, die Messdiener, die Reinigung der Kirche, die Harfenspielerin und den Sänger.

Ehe sie sich's versah, war es Zeit zum Abendessen und sie hatte den ganzen Tag noch nichts zu sich genommen. Sie war allein im Haus und erwartete auch niemanden zum Essen. Sie ließ sich etwas aus dem Chinarestaurant bringen und setzte sich zum Essen allein ins Esszimmer. Sie ließ das Geschirr auf dem Tisch stehen.

Immerhin waren ihr Hut und ihr Kleid fertig. Das graue Seidenkleid hatte sie bei McElhinney's im County Meath gekauft. Diese Boutique hatten die Damen aus dem Golfclub empfohlen. Eine Stunde Fahrt hin, eine Stunde zurück. Aber es hatte sich gelohnt. Und ihr Hut, schon vor einem Jahr bei Philip Treacy bestellt. Seit sechs Monaten hatte der Hut auf dem Kleiderschrank schweigend auf den großen Tag gewartet. An diesem Abend ging sie nach dem Essen nach oben, wie an jedem Abend seit einer Woche, und nahm den Hut aus der Schachtel. Setzte ihn auf. Starrte ihr Spiegelbild an. Dachte an ihre eigene Hochzeit vor so vielen Jahren. Es war eine schlichte Trauung gewesen, um acht Uhr morgens in der Kathedrale und danach Frühstück im *Ostán an Europa*. Niemand war dabei gewesen, nur Micheál und sie und ihre Freunde Nóirín und Alasdar Mac Nia, die Trauzeugen. Niemand aus beiden Familien war gekommen. Sie wischte sich eine Träne von der Wange. Und legte den Hut zurück, für den großen Tag, und fuhr ganz kurz mit der Hand darüber, ehe sie den Deckel wieder auf die Schachtel legte.

Freitag

Die kleinen Aufmerksamkeiten für die Gäste mussten besorgt werden. Sie hatten für die Frauen Blumen bestellt – rosa Chrysanthemen als Zeichen der Freundschaft und der offenen Herzen. Die würden am Tag der Hochzeit an das Restaurant geliefert werden, und das Personal würde sie auf die Tische verteilen. Aber für die Männer hatten sie noch nichts.

»Ein paar kleine Whiskeyflaschen wären doch genau richtig, oder?«, meinte Sinéad.

»Aber nicht alle trinken, und wenn doch, dann mögen nicht alle Whiskey.«

»Aber auch nicht jede Frau mag Blumen, Mama, und

doch haben wir Blumen für die Frauen. Das ist doch bloß eine Geste.«

»Stimmt«, sagte Bríd nachdenklich, »aber …« Breandán und Micheál entschieden sich voller Enthusiasmus für kleine Geschenke aus der Kneipe, ein großer brauner Karton landete in Breandáns Armen. Auf der Seite stand Jameson. Bríd musterte den Karton.

Sie sah die beiden Männer an, die sanft vor sich hindümpelten, wie zwei Boote im Hafen. Stolz auf ihre Initiative.

»Na gut. Bringt sie raus und bindet jeder Flasche eine Schleife um den Hals. So. Vorsichtig mit der Schere, Breandán. Und schneide die Bänder nicht zu kurz. So, habe ich gesagt, Hübsch und ordentlich. Nein, so.«

Kurz darauf wurden die beiden Männer weggeschickt. Sineád und Bríd banden die Schleifen um die Flaschen. Das ging schneller und ohne Blutvergießen.

Samstag

Am Morgen des großen Tages wurden bei einem ausgiebigen Frühstück Frisuren gelegt und Make-up aufgetragen. Es gab Cava und Kaffee, Würstchen und Bratkartoffelkringel. Friseurin und Kosmetikerin gingen. Dann kam die Floristin und brachte den Strauß aus rosa Blumen, durchwoben von Efeuranken, mit der einen roten Rose in der Mitte.

Die Autos fuhren vor. Bríd weinte ein bisschen, dann setzten sie und die Brautjungfern sich in den ersten Wagen. Braut und Brautvater sollten ihnen folgen. Der große Tag war endlich da.

Breandán stand im Vorraum der Kapelle, er trug einen Smoking und eine rosa Halsbinde. Er führte die Gäste zur richtigen Seite der Kapelle und reichte allen eine Rolle aus weißem Pergament mit goldenem Rand, jede mit einer rosa Schleife umwunden. Bríd blieb im Vorraum stehen, um ein paar Worte mit Eibhlín zu wechseln, der Mutter des Bräutigams. »Wir sollten hineingehen, ehe die Braut eintrifft«, sagte Eibhlín lachend. Und dabei starrte sie natürlich den Hut der anderen Frau an.

»Ich komm gleich nach, Eibhlín. Ich muss nur kurz …« Sie schaute hinüber zu einer diskreten Tür in einer Ecke. Die Toilette.

»Ach ja, natürlich. Wir sehen uns drinnen«, sagte Eibhlín.

In der kleinen Kammer setzte sich Bríd. Ein paar Sekunden Ruhe und Frieden und dann wäre sie allem gewachsen. Vielleicht würde auch das Dröhnen in ihrem Kopf aufhören.

»Beeil dich, Mama. Sie sind schon fast da! Papa und Sinéad sind mit ihrer Limousine gerade in die Straße eingebogen«, rief Breandán. Bríd stürzte aus der Toilette, trocknete sich die Hände ab, warf im Spiegel einen kurzen Blick auf Hut, Haare und Make-up. Breandán war schon auf seinen Platz oben beim Altar zurückgekehrt. Die weiße Limousine fuhr vor. Bríd schritt durch den Mittelgang. Dabei schaute sie nach rechts und nach links. Inzwischen hatten sich alle gesetzt und warteten auf die Braut. Bríd lief weiter und winkte Bekannten zu. Der große Tag. Endlich.

Rosa Blüten auf dem Altar und am Anfang jeder Bankreihe. Und Efeu und Bänder. Maic stand geduldig am Altar, zusammen mit seinen beiden Freunden. Er hatte den Gästen noch den Rücken gekehrt und wartete auf seine Braut.

Hinter sich hörte Bríd lautes Kichern von den Blumenmädchen, die darauf warteten, ihre Rosenblätter vor der Braut auf den Boden rieseln lassen zu können. Bríd verzog verärgert den Mund. Nach der Trauung würde sie die Kinder zurechtweisen. Großer Gott, die wurden jetzt wirklich laut. Dann verstummte das Lachen abrupt. Sicher hatte irgendwer ihnen klargemacht, dass sie sich in der Kirche zu benehmen hatten. Gut. Bríd ging bedächtig weiter. Sie sollte jetzt ihren Platz einnehmen, aber man durfte schließlich nichts überstürzen.

Die wichtigsten Gäste saßen ganz vorn und Bríd ging langsamer, damit alle einen Blick auf ihren Hut werfen konnten. Der Chef ihres Mannes und seine Frau. Bríd lächelte und nickte den beiden zu. Die Damen vom Golfclub. Vielleicht würde sie doch noch zum Captain ernannt werden. Sie hob die Hand und strich über die Federn an ihrem Hut. Der Gemeinderat, Réamaí Mag Uidhir. Ein nützlicher Mann. Und seine Frau natürlich.

Sie hörte Gemurmel, als sie weiter zu ihrem Platz ging. Bestimmt sprach man über ihren Hut. Sie erreichte ihre Bank. Ihr Bruder Joe saß mit seiner Frau Beiti in der Reihe hinter ihr. Sie nickte ihnen verstohlen zu. Ihre Schwester Emma war an diesem Morgen mit ihrem Mann Prionsias aus Galway gekommen. Maics Eltern saßen auf der gegenüberliegenden Seite. Bríd spürte die Blicke der beiden. Sie überlegten sicher, wie viel Geld sie für den Hut ausgegeben hatte.

Die Harfnerin fing an zu spielen. Mendelssohn. *Ein Sommernachtstraum*. Braut und Brautvater waren eingetroffen und schritten jetzt zum Altar. Bríd seufzte erleichtert auf. Endlich. Alle in der Kapelle erhoben sich. In der Bank hinter ihr beugte sich ihr Sohn zu ihr vor.

»Mama«, flüsterte er. »Du hast dir den Rock in die Strumpfhose gesteckt!«

DIETMAR BITTRICH

Wenn der Asphalt Blasen wirft

Wir sind absolut gegen den Klimawandel. Und gegen alle Maßnahmen, die ihn beschleunigen. Trotzdem ist es uns manchmal zu kalt. Immer noch. Und zu nass. Kann es sein, dass wir trotz wärmster Monate seit Beginn der Zeitrechnung immer noch in einem Land leben, in dem es neun Monate im Jahr regnet? Und in den restlichen drei Monaten herrscht Bodenfrost?

Ja, vorläufig ist es noch so. Deshalb kommen wir an einem kalten dunklen Abend im Spätherbst auf eine verhängnisvolle Idee. In einem Anfall von Wut und Verzweiflung buchen wir eine Sommerreise in den Süden.

Vielleicht hat jeder von uns diese Idee schon gehabt, wenn auch nur einmal im Leben. Rom im Juli, ich erinnere mich. Alle Jalousien heruntergelassen, die Restaurants geschlossen, die Einheimischen komplett im Exil im Norden. Der Urlaub bestand aus Verdampfen bei lebendigem Leib und aus Warten, dass er vorübergeht. Sie kennen das? Vermutlich waren Sie nicht im August in Madrid oder Athen, sonst wären Sie nicht mehr in der Lage, diese Zeilen zu entziffern.

Aber Sie haben mal eine südliche Insel aufgesucht. Die Landschaft war staubig, die Vegetation verdorrt, der Asphalt warf Blasen. Sie dachten, am Meer müsse es auszuhalten sein. War es Kreta, Sardinien? Das Land lag gelähmt, die Vögel schwiegen, nur Zikaden waren zu hören. Ich erinnere mich, wie Sie mit krebsrotem Gesicht vorüberwankten, in Richtung Meer. Wie Sie dann schreiend über glühende Steine stakten und in die lauwarme Brühe plumpsten. Doch, schön. Respekt! Ich war derjenige, der mit nassem Tuch auf dem Haupt im Schatten saß. Sie verzeihen, dass ich mich nicht aufraffen konnte, Ihnen das Leben zu retten. Ich war in meiner Mattigkeit gerade noch in der Lage, nach Schlangen und Skorpionen Ausschau zu halten, den einzigen Lebewesen, die sich bei solchen Temperaturen freiwillig ein paar Zentimeter bewegen.

Immerhin habe ich Sie am folgenden Tag noch halbwegs lebendig in der Kathedrale sitzen gesehen. Sie haben in einem bebilderten frommen Heftchen geblättert. Ja, auch ich habe den kühlen Segen der Kirche gesucht. Allerdings bin ich nicht so weit gegangen wie Sie, die Arme bis zum Ellbogen ins Weihwasserbecken zu tauchen. Schweigen wir davon.

Wohin sollen wir auch, wenn im Hotelzimmer die Hitze steht und die schattigen Museen geschlossen haben? Zur eigentlichen Urlaubsattraktion werden unversehens die klimatisierten Bankgebäude. Wenn sie dichtmachen, bleiben noch die Supermärkte, in denen das Obst auf Eis liegt. Ich habe in meiner Not schon so manche Truhe voller tiefgefrorener Fische umgegraben. Richtig herrlich, aber in dörflichen Gegenden rar, sind klimaversiegelte Einkaufszentren. Dort bekommen wir eine Gänsehaut. Die Angestellten tragen leichte Wolljacken. Künstliche Polarwinde durchfegen die Hallen. Das tut gut. Nur so können wir es schaffen, unseren Hitzekoller mit einer langwierigen Erkältung zu kombinieren.

Einen derartigen Eispalast zu verlassen, ist dann die grausamste Mutprobe. Jenseits der automatischen Glastüren prallen wir gegen eine Wand aus Glut. Auf dem Parkplatz spiegeln die Autos. Hatten wir nicht unseren Wagen im Schatten geparkt? Mittlerweile steht er im Fokus der Sonne. Es riecht nach verflüssigten Reifen. Die Autotür ist nur mit spitzesten Fingern zu öffnen. Wer sich hinsetzt, riskiert Verbrennungen an der Unterseite der Oberschenkel. Das Lenkrad befindet sich knapp vor dem Schmelzpunkt. Wer hat den Schokoriegel auf dem Rücksitz liegen lassen? Lassen wir das. Die Kinder quengeln ohnehin nur noch. Sie wollen Eis, können aber nicht so schnell schlecken, wie es schmilzt. Hat jemand Durst? In der Flasche siedet das Wasser.

Und, bitte, wer hat behauptet, Hitze sei erotisierend? Na gut, wir erinnern uns an den ersten Abend, als bei offenem Fenster warme Luft die Haut streichelte. Eine verwehte Fata Morgana. Mittlerweile ist die körpereigene Hormonproduktion vollständig verdorrt. Seit einer Woche sind wir nicht mehr aufs Klo gegangen. Unnötig. Alles verdunstet durch die Poren und hinterlässt lediglich salzige Kristalle auf der Haut. Übrigens auch am Haaransatz. Von der Gehirnmasse muss jetzt eine Art Pulver übrig sein, wie die körnige Basis einer Gemüsebrühe. Auch nach langem Duschen wird das Gehirn nie mehr seine frühere Größe erreichen.

Die verbliebenen Einheimischen, ausschließlich gebissfreie Hundertjährige, beobachten durch halb geschlossene Fensterläden, wie wir uns durch die Gassen schleppen. Ja, ja, wir sind die Doofen. Und warum sind wir hergekommen? Wo es doch in unserem Land so schön kühl ist! Da regnet es neun Monate im Jahr. Ach, wie herrlich!

BEATE MAXIAN

Bassena-Tratsch

Hilde war die Erste, die es sah. Sie hatte gerade Petersilie aus der Bassena gezupft. Vor vier Jahren hatte die Zweiundsiebzigjährige die längst stillgelegte, allgemein zugängliche Wasserstelle für die Hausbewohner zu einem Gemüsebeet umfunktioniert. Jetzt stand sie auf dem offenen Zugangsbalkon ihrer Pawlatschen-Wohnung. Auf dem gegenüberliegenden schmiedeeisernen Geländer, der umlaufenden Balkonzugänge zu den Wohnungen, hing ein Teppich. Im Innenhof räumten drei Männer Möbel und Kisten aus einem Transporter. Hildes Blick blieb einen Moment bei den neuen Fenstern unterhalb des Dachs hängen. Dann eilte sie, mit der Petersilie in der Hand, an ihrer offen stehenden Wohnungstür vorbei und klingelte zwei Türen weiter Sturm.

»Hilde«, rief Auguste, als sie die Tür öffnete. »Was machst den für einen Bahöl. Willst mich umbringen? Bei dem Lärm kriegt man ja einen Herzkasperl?«

»Geh Gusti, du bist rüstiger als manche Sechzigjährige«, erwiderte Hilde. »Außerdem wollt ich, dass du zur Tür kommst.«

»Ich wär auch g'kommen, wenn du nur einmal ang'läutet hättest.« Auguste verschränkte mürrisch die Arme. »Ich bin zwar zweiundachtzig, aber no ned derrisch.«

»Aber langsamer. Und jetzt komm endlich.« Hilde zerrte Auguste zur Balkonbrüstung. »Da schau. Wie's ausschaut, zieht oben wer ein.« Sie stach mit dem Finger Richtung Dachgeschosswohnung. Das war die einzige Wohnung, die im Haus freistand. Und in den letzten vier Monaten war sie renoviert worden. Für das Luxusappartement war extra ein Lift im Miethaus eingebaut worden.

Auguste starrte in den Pawlatschen-Hof und presste die Hand auf die Brust.

»Jessas, mich trifft der Schlag. Da zieht doch tatsächlich wer ein und ich weiß nix davon.« Sie war die älteste Mieterin in dem Frühgründerzeithaus auf der Ottakringer Straße nahe dem gleichnamigen Platz. Seit fünfzig Jahren bewohnten sie und ihr Mann Fritz die Drei-Zimmer-Wohnung im ersten Stock. Vierzig Jahre lang war sie Hausmeisterin im Haus gewesen. Als sie dann in Pension gegangen war, hatte die Hausverwaltung die Putz- und Instandhaltungsdienste an eine externe Firma übergeben. Nicht dass es Auguste von Gesetzes wegen zustand, über alles und jeden im Haus Bescheid zu wissen. Aber moralisch gesehen hatte sie ein Anrecht darauf. Da waren sich alle im Haus einig.

»Was ist los?« Fritz, Augustes Mann, tauchte in kurzer Hose und Rippenunterhemd in der Wohnungstür auf.

»Nix«, gab Auguste zurück. »Es zieht nur wer Neues ins Haus.«

»Na, dann habt's ja wieder viel zum Tratschen«, brummte er und verschwand wieder.

In dem Moment sahen sie Josefa durch die Hofeinfahrt spazieren. Sie schleppte zwei volle Einkaufstaschen. Ihr Mann hatte sich vor wenigen Tagen das Bein gebrochen und lag im Krankenhaus. Als sie den Transporter und die Männer realisierte, hielt sie kurz inne. Sie ignorierte wie immer den Lift, wandte sich stattdessen der Außentreppe zu, die zum Innenhofbalkon führte, wo ihre Freundinnen standen. Sie würde nicht aufhören, zu Fuß zu den offenen Wohnungszugängen, den sogenannten Pawlatschen, hochzugehen. Nur weil jetzt offenbar moderne Zeiten im Haus anbrachen.

»Servus, Pepi«, begrüßten Auguste und Hilde ihre Wohnungsnachbarin wie aus einem Mund, als die Sechzigjährige zu ihnen gestoßen war.

»Hast schon g'sehen?«, fragte Hilde überflüssigerweise. »Es zieht wer ein.«

»Ich hoff, anständige Leut'«, merkte Auguste an.

»Na geh, jetzt sei halt nicht gleich so negativ, Gusti«, erwiderte Josefa. »Vielleicht ist's ja eine nette Familie mit Kindern.«

»Na, des fehlert mir noch, dass a Haufen Bankert durchs Haus fetzt und einen Wirbel macht«, knurrte Auguste. Sie mochte keine Kinder und machte daraus auch kein Geheimnis.

Vielleicht lag es daran, weil sie und Fritz keine bekommen hatten. Josefa hatte Hilde mal verraten, dass sie froh war, dass ihre Töchter endlich erwachsen waren und ihr eigenes Leben lebten. Früher hatte sie ihre Mädchen stets ermahnt, so leise wie möglich über den Pawlatschen-Gang zu gehen, um nicht Augustes Missfallen zu riskieren.

Josefa setzte die Einkaufstaschen ab und fuhr sich mit dem Handrücken über die schweißnasse Stirn. Es war viel zu heiß diesen Juli. Josefa stellte sich zu Hilde und Auguste an die Balkonbrüstung. Gemeinsam schauten sie nach unten in den Hof. Die Männer hatten mittlerweile die ersten Kisten nach oben in die Dachgeschosswohnung gebracht und packten soeben drei weitere Umzugskartons auf eine Sackkarre.

»Was machen wir jetzt?«, fragte Josefa nach einer Weile. »Wie sollen wir die neuen Mieter begrüßen? Vielleicht mit einem Geschenk?«

»So weit kommt's noch.« Auguste schüttelte unmissverständlich ihr graues Haupt. »Die sollen sich erst mal ordentlich bei uns vorstellen, wie sich das g'hört.«

Die Tür der Wohnung, die neben Augustes lag, öffnete sich. Ruth Huber trat heraus. Die überzeugte Singlefrau war mit ihren fünfundfünfzig Jahren das Küken in der Bassena-Runde. »Was gibt's denn zum Schauen?« Ruth trat neben die anderen an das Balkongeländer. »Oha, da haben's offenbar die Wohnung unterm Dach vermietet.«

In Augustes Augen blitzte es auf. »Ruth, du bist doch Detektivin. Find für uns mal raus, wer da ins Haus kommt.«

Ruth schüttelte ablehnend den Kopf. »Ich bin Hausdetektivin im Supermarkt. Ich fang Gfrastsackln, die Chips und Bier fladern. Aber ich kundschaft' doch keine fremden Leut' aus.«

»Und was machst dann um …«, Hilde sah demonstrativ auf ihre Armbanduhr, »… drei Uhr nachmittags daheim?«

»Ich hab Urlaub.« Ruth sah zu Auguste. »Ruf doch die Hausverwaltung an.«

»Die berufen sich doch immer aufn Datenschutz, wennst was wissen willst«, antwortete Hilde an Augustes Stelle. Sie wusste, wovon sie sprach. Nachdem sie sich drei Mal wegen eines kaputten Fensters in ihrer Wohnung beschwert hatte und nichts passiert war, hatte sie die Telefonnummer des Geschäftsführers verlangt und, mit Verweis auf den Datenschutz, nicht bekommen. »Die haben der Gusti doch nicht einmal g'sagt, dass wer einzieht.«

»Datenschutz, so ein Blödsinn«, grantelte nun auch Auguste. »Wie willst denn heutzutag noch an Informationen kommen? Die Trafik, wo ich früher meine Zeitungen g'kauft hab und man zusätzlich alles erfahren hat, was im Grätzel passiert, gibt's ja schon lang nicht mehr.«

»Ja, die gute alte Zeit, da haben d' Leut' halt noch miteinander g'redet«, pflichtete ihr Hilde bei. »Heut schaun s' ja allerweil nur mehr deppert auf ihr Handy.«

Die Männer waren mit ihrer Arbeit fertig, schlossen die Türen des Transporters, stiegen in den Wagen und fuhren ab.

»Glaubt's ihr, kommen s' noch mal zurück?«, fragte Josefa.

»Woher, sollen wir das wissen?«, erwiderte Hilde.

»Na, egal.« Josefa griff nach den Einkaufstaschen. »Ich bring das erst mal in meine Wohnung.«

Am nächsten Morgen trafen sich die Frauen schon um halb zehn vor der Bassena. Sie hatten sich abgesprochen und Stühle mitgenommen, weil das Stehen mit der Zeit anstrengend wurde. Ruth brachte noch einen kleinen Tisch, Milch und Zucker mit. Hilde kam mit Kaffee in einer Thermoskanne und Tassen. Josefa steuerte einen selbst gebackenen Kuchen bei und Auguste Gläser und eine große Karaffe Wasser. Der Wetterbericht hatte Rekordtemperaturen von dreiunddreißig Grad angesagt. Sie setzten sich nahe an das Balkongeländer, sodass sie durch das schmiedeeiserne Geländer den Innenhof im Blick hatten, wo der Transporter bereits parkte. Hilde schenkte Kaffee in die Tassen und schob sie ihren Freundinnen hin. Es war Josefa, die herausgefunden hatte, an wen die Dachgeschosswohnung vermietet worden war.

»Gestern Abend bin ich noch mal raus«, begann sie ihre Schilderung und nippte an der Kaffeetasse. »Da hab ich a fremde Frau g'sehen, die in den Lift steigen wollt. Na, da bin ich aber schnell hin und hab s' angesprochen. Grüß Sie, hab' ich g'sagt.« Josefa stellte die Tasse ab und stemmte die Hände in die Hüften, als wäre sie empört. »Sie wohnen aber nicht in unserem Haus.«

Gespannt sahen die anderen Josefa an.

»Nein, hat die Frau g'sagt. Ich zieh gerade ein.« Josefa nahm wieder die Tasse in die Hand. »›Mit Ihrer Familie?‹, hab ich dann gleich g'fragt, weil die Gusti und wir ja Bescheid wissen müssen. Und stellt's euch vor …«, sie machte eine kurze Pause und ließ dann die Bombe platzen, »… die zieht ganz allein in die Wohnung.«

Die anderen starrten sie einen Moment mit offenen Mündern an. Nur Ruth kaute weiter ihren Kuchen.

»Was macht die allein in der großen Wohnung? Die hat doch sicher hundertfünfzig Quadratmeter.« Hilde hatte als Erste die Sprache wiedergefunden. »Zimmer, Kuchl, Kabinett, das reicht für einen allein.« Sie sprach aus Erfahrung. Nach dem Tod ihres Alfreds vor fünfzehn Jahren war sie direkt in die kleine Wohnung im Pawlatschen-Haus gezogen. Die große Bleibe im achtzehnten Bezirk hatte sie ihrem Sohn und seiner Familie überlassen. Jammerschade um die große Altbauwohnung. Aber dafür hatte sie jetzt Freundinnen, mit denen sie sich täglich zum Tratschen traf.

»Und wie heißt's?«, fragte Auguste, ohne auf Hildes Einwand einzugehen.

»Das hab ich s' nimmer fragen können, weil der Aufzug kommen ist«, erwiderte Josefa.

»Na, bumm«, sagte in dem Moment Ruth und zeigte durch das Geländer hindurch. »Auf jeden Fall muss sie eine Musikerin sein.«

Im Innenhof hievten die Männer soeben ein Pianino aus dem Wagen.

»Na, geh, das wird lustig«, stieß Hilde empört aus.

»Geklimper den ganzen Tag«, murrte Auguste.

»Sicher nur am Abend«, meinte Josefa. »Tagsüber arbeitet die bestimmt in irgendeinem gläsernen Palast, wo man die Melange aus Porzellantassen trinkt und alle fesch an'zogen sind.«

Die anderen runzelten fragend die Stirn.

»Die schaut total elegant aus, sag ich euch«, fuhr Josefa erklärend fort. »Die ist sicher was Besseres.«

»Willst damit sagen, wir sind nicht elegant?«, fragte Auguste mit drohendem Unterton und fuhr sich mit den Händen über ihre geblümte Kittelschürze.

»Da schaut's, da kommt's ja«, flüsterte Josefa in dem Moment, sichtbar froh, um eine Antwort herumzukommen.

Die Frauen wandten ihre Köpfe zum Hofdurchgang, wo eine geschätzte Endzwanzigerin mit langen blonden Haaren im Designerkostüm auf die Männer zuging.

»Na, servus, ist die fesch«, entfuhr es Ruth leise. »Die ist sicher a Fotomodell.«

»Die passt doch gar nicht zu uns«, meinte Hilde.

»Sag ich doch«, mischte sich Josefa wieder ein. »Total elegant.«

»Die passt viel mehr nach Döbling oder Hiezting«, erwähnte Hilde zwei Wiener Nobelbezirke. »Was macht die in unserm Haus?«

In dem Moment wandte sich die neue Mieterin den Frauen zu und winkte freundlich nach oben. »Grüß Sie.«

»Grüß Sie«, erwiderten die Angesprochenen mechanisch mit falschem Lächeln. Nur Auguste blieb stumm und ernst.

Zu ihrem Schreck machte die Fremde Anstalten, die Außenstiegen zu ihnen hochzusteigen.

»Die kommt«, flüsterte Hilde.

»Benehmt euch«, ermahnte Josefa die anderen und erntete dafür einen bösen Blick von Auguste.

Die Fremde kam mit einem breiten Lächeln auf den zartrosa geschminkten Lippen auf sie zu, streckte ihnen die Hand entgegen.

»Guten Morgen, die Damen. Mein Name ist Elisa Novotny. Ich zieh hier ein.«

»So, so. Einziehen tun S'«, erwiderte Auguste.

»Willkommen in unserem ... Ihrem Haus«, setzte Josefa nach und bot ihr ein Stück Gugelhupf an. Die Neue schüttelte den Kopf. Auguste rollte mit den Augen, was so viel bedeutete wie: Die achtet sicher auf ihre Figur. Demonstrativ nahm sie ein Stück.

Hilde schüttelte der Frau die Hand. »Freut uns, dass wieder mal junges Blut einzieht. Aber haben S' Ihnen nicht im Haus geirrt?«

»Nein.« Elisa schüttelte den Kopf. »Wie kommen S' auf die Idee?«

»Na, so eine fesche und elegante Frau wie Sie findet man hier nicht oft«, sagte Hilde.

Elisa lachte. »Nein, ich bin hier schon richtig. Meinem Vater gehört das Haus.«

»Aber das Haus gehört doch dem Leopold Imrak«, widersprach Auguste überrascht. Auch die anderen Frauen wirkten erstaunt.

»Das ist mein Großvater mütterlicherseits. Er hat das Haus vor zwei Wochen meinen Eltern überschrieben.«

»Da schau her.« Auguste war deutlich anzusehen, dass es ihr missfiel, schon wieder nicht informiert worden zu sein.

»Wenn ich so weit eingerichtet bin, dann wird's eine Hausversammlung geben, dann stell ich mich hochoffiziell vor. Außerdem sollten Sie noch diese Woche einen Brief von der Hausverwaltung erhalten, in dem der Besitzerwechsel bekannt gegeben wird«, sagte Elisa.

»Das hätten die längst tun können«, maulte Auguste.

»Es ist ein wenig chaotisch zugegangen in den vergangenen Tagen«, erwiderte Elisa bedauernd. »Die Briefe nehme ich gleich morgen mit und werfe sie in Ihre Postkästen. Ich arbeite nämlich bei der Hausverwaltung. Mein Vater und ich haben übrigens einiges vor mit dem alten Kasten.«

Die Frauen tauschten missbilligende Blicke aus. Alter Kasten, die Bezeichnung für ihr schönes Pawlatschen-Haus empörte sie.

»So. Was denn?«, stieß Josefa schließlich hervor.

»Erstes wollen wir den Innenhof begrünen. Dann müssen Sie nicht mehr auf Ihren eigenen Stühlen am Zugangsbalkon sitzen, sondern können sich im Hof treffen und auf Gartenbänken zwischen Grünpflanzen Platz nehmen. Außerdem tun wir damit etwas für das Klima.« Jetzt strahlte die Frau übers ganze Gesicht.

Die vier Frauen lächelten misstrauisch.

»Aber mehr dann bei der Versammlung.« Elisa warf einen Blick in den Hof, wo die Männer soeben Tragegurte um das Pianino legten. »Jetzt muss ich erst mal dafür sorgen, dass alle meine Möbel in meiner Wohnung am richtigen Platz landen. Pfiat Ihnen.« Sie winkte noch mal und lief gleich darauf die Treppen wieder in den Hof hinunter.

Die Frauen blieben sitzen und beobachteten erst mal schweigend das Schauspiel.

»Na, des hama braucht«, knurrte Auguste, als Elisa und die Männer im Haus verschwunden waren. »Die Tochter des Hausbesitzers im Haus und an grünen Innenhof. Auf Gartenbänken sitzen«, äffte sie die junge Frau nach. »Mir passt es gut auf meinem Stuhl vor der Bassena.«

»Das stinkt nach Ärger«, meinte Hilde leise.

Ruth schnupperte. »Na, das ist der Hopfen, den du riechst.«

Je nach Wetterlage roch es in dem Haus nach Bier, wegen der Ottakringer Brauerei, die unweit entfernt lag. Oder nach Schokolade. Aufgrund der nahe liegenden Manner-Schnitten-Fabrik im Nebenbezirk.

»Wenn die aus dem Pawlatschen-Hof eine Grünfläche machen, dann bauen sie sicher bald das ganze Haus um. Das heißt, sie erhöhen die Mieten, dann können wir einpacken und ausziehen«, lamentierte Josefa, ohne auf die Bemerkung zu reagieren.

»Sie hat doch nur von der Begrünung des Innenhofes gesprochen«, versuchte Ruth zu beruhigen. »Und das Klima erwähnt. Das Thema ist doch grad in aller Munde. Sie und ihre Eltern bekommen sicher irgendeine EU-Förderung, wenn sie den Hof bepflanzen. Damit wird's uns Mieter nix kosten.«

Auguste blickte sie streng an. »Na sicher, weil die von der EU genau bei uns in Ottakring, einem Arbeiterbezirk, mit dem Klimaschutz anfangen. Träum weiter, du armes Tschopperl.« Sie sah die Frauen reihum an. »Wisst s', was ich denk?«

Allgemeines Kopfschütteln.

»Die machen aus unserem schönen Pawlatschen-Haus ein modernes Mietshaus, wo keiner den andern mehr kennt«, war Auguste überzeugt. »Aber das eine sag ich euch, dann nimm ich den 71er zum Zentralfriedhof.«

»Na, geh, Gusti, versündig dich nicht.« Josefa machte auf der Stelle drei Kreuzzeichen. »Nur, weil die Hausverwaltung Grünzeug im Innenhof aufstellt, brauchst du nicht gleich sterben.«

»Ich frag mich nur, was wird dann aus unserm guten alten Bassena-Tratsch«, sinnierte Hilde. Dass man damit gemeinhin Klatsch auf niedrigstem Niveau bezeichnete, ignorierten die Frauen geflissentlich. Ihrem Empfinden nach waren ihre Gespräche von hohem Wert. »Denn die Bassena werden s' sicher aus der Mauer reißen«, zeichnete Hilde ein düsteres Bild.

»Nix wird passieren«, versicherte Auguste. »Dafür werden wir schon sorgen.«

Hilde getraute sich nicht nachfragen, denn es klang wie eine Drohung.

»Außerdem verstellt uns das Grünzeug sicher die Aussicht«, stimmte Josefa mit ein.

»Was heißt Aussicht?« Ruth zeigte auf den Hof. »Da unten ist doch nix, außer grauer Beton.«

»Aussicht ist Aussicht«, behauptete Josefa nachdrücklich. »Egal, was du siehst.«

Die Hausversammlung fand drei Wochen später am Samstagnachmittag statt. Mittlerweile hatten alle Parteien einen Brief von der Hausverwaltung erhalten, in dem der Besitzerwechsel und die geplanten Neuerungen angesprochen wurden. Man hatte Stühle im Innenhof aufgestellt und Sonnenschirme, weil die Sonne um drei Uhr nachmittags erbarmungslos in den Hof schien. Auguste, Hilde, Josefa und Ruth saßen nebeneinander in der ersten Reihe. Fritz stand oben am Balkongerüst. Er wollte die Möglichkeit haben, zu verschwinden, sobald ihn die Versammlung langweilte. Die anderen Mieter hatten sich Plätze hinter den vier Damen gesucht. Josefas Mann hatte in der hintersten Reihe Platz genommen, das eingegipste Bein weit von sich gestreckt. Elisa begrüßte die Anwesenden und begann mit ihrem Vortrag. Sie sah wieder sehr elegant aus in ihrem hellgrauen Hosenanzug. Zu Beginn erklärte sie, dass sie sowohl die Hauseigentümer, ihre Eltern, als auch die Hausverwaltung vertrat.

»Ich freu mich, dass wir vollständig sind«, begann sie und stellte unmittelbar das Projekt Innenhofbegrünung vor. Auf einem Tisch stand ein Beamer, der Bilder auf eine weiße Leinwand projizierte.

Auguste starrte mit stoischer Miene auf die Projektpläne. »Na, dann schaun ma mal«, murmelte sie skeptisch.

Hilde drehte sich um. In den Gesichtern der anderen Mieter erkannte sie Begeisterung. Sie wandte sich wieder um und beugte sich zu ihrer Sitznachbarin. »Hearst, Gusti, die hinter uns haben alle Sternderl in die Augen«, flüsterte sie.

»Das depperte Grinsen wird ihnen schon noch vergehen, sobald sie hören, was sie das kosten wird«, raunte Auguste.

»Eh«, pflichtete ihr Josefa bei. »Aber irgendwie schaut das gut aus. Vor allem das angedachte Eck mit Blumen für die Bienen und Hummeln. Stell dir den Fleck mit Glockenblumen, Kapuzinerkresse und Lavendel vor.«

»Schon«, pflichtete ihr Auguste bei. »Auf dem Papier schaut das gut aus. Aber in Wahrheit hockt dir das Insektenzeug dann auch auf der Wurstsemmel und der Torte. Verstehst?«

Ruth, die neben Josefa saß, beugte sich vor. »Insekten sind wichtig für die Natur, Gusti.«

»Aber am End schluckst so ein Viecherl, das sticht dir in den Hals und aus ist's«, gab Auguste zurück.

In dem Moment beendete Elisa die Vorstellung des Begrünungsprojektes. Sie hatte fünfzehn Minuten geredet, nun forderte sie die Bewohner und Bewohnerinnen auf, ihr Fragen zu stellen.

Augenblicklich ragten drei Hände in die Höhe.

»Was kostet uns Mieter das ganze Brimborium?«, schoss Auguste vor, ohne die Hand zu heben.

»Nichts, liebe Frau Pospischil.« Elisa hatte ihr strahlendes Lächeln aufgesetzt. Offenbar wusste sie, dass sie Auguste im Boot brauchte, um die anderen zu überzeugen. »Wir finanzieren die Begrünung über die Förderung zum Klimaschutz der Stadt Wien. Das gebe ich Ihnen allen gerne schriftlich.«

»Aber die Bassena bleibt«, mengte sich Hilde ein.

»Selbstverständlich«, versprach Elisa. »Die Bassena bleibt.«

»Und das kostet uns Mieter nichts«, hakte Auguste noch mal skeptisch nach.

»Keinen Cent, und die Mieten werden auch nicht erhöht«, nahm Elisa ihr die nächste Frage vorweg.

Es war still im Innenhof. Alle Augen waren auf Auguste gerichtet. Die breitete nach einer Weile salbungsvoll die Arme aus, wie ein Pfarrer, der seine Schäflein segnete. »Na, dann. Wenn's nix kostet, soll's uns recht sein.«

Elisa atmete sichtbar erleichtert durch. »Wenn S' wollen können S' auch gerne ein Hochbeet aufstellen und zukünftig dort Petersilie anbauen.«

Hilde schüttelte den Kopf. »Nein, danke, der bleibt in der Bassena.«

Die Abstimmung über das Projekt fiel eindeutig aus. Es gab nur Zustimmungen, keine Gegenstimmen, keine Enthaltungen. Danach wurde Kaffee und Kuchen auf Kosten der Hausverwaltung verteilt. Fritz und Josefas Mann verschwanden. Bassena-Tratsch bei Kuchen und Kaffee war nichts für Männer.

»So eine sympathische Frau«, schwärmte Auguste. »Wir haben ja gleich g'sehen, dass die etwas Besonderes ist.«

»Genau«, pflichtete ihr Josefa bei.

»Wir sind halt Menschenkennerinnen«, meinte Helga.

Ruth nickte mit vollem Mund.

Nachdem sich die Gesellschaft aufgelöst hatte, stiegen auch die vier Frauen die Stufen zu ihrem Zugangsbalkon hinauf.

»Morgen um neun, Frühstück vor der Bassena?«, fragte Auguste, und die Frauen nickten einhellig.

MALOU WILKE

Paula will einen Husky

»Aber du hast mir doch einen Hund versprochen, wenn Ferien sind! Und jetzt haben wir Ferien!«

Ich konnte die Entrüstung hören, die sich in der Stimme meiner 12-jährigen Tochter Bahn brach. Wenn man sie nicht in diesem frühen Stadium besänftigte, hatte man noch stundenlang etwas davon. Und in diesem Fall: mit Recht. Ich hatte in der Tat ein leichtfertiges Versprechen abgegeben. Aber ich war ja auch grundsätzlich bereit, alles für mein Kind zu tun.

»Die Ferien haben doch gerade erst angefangen.« Ich schaltete den Geschirrspüler ein und wandte mich zu ihr um. »Gestern, oder?«

»Aber sie dauern nur sechs Wochen! Ich will doch noch genügend Zeit haben mit ihm!«

»Du weißt aber schon, dass die Verantwortung für einen Hund nach den Ferien nicht einfach endet?«

»Mama!« Entrüstung – da war sie wieder, aber immerhin ohne Anlauf. »Du nimmst mich nicht ernst.«

»Oh doch.« Ich unterdrückte einen Seufzer und hielt kurz die Luft an. »Ich habe dir versprochen, dass ich mich darum kümmere, wenn ich auch Urlaub habe, Paula – also jetzt.«

»Du hast nie Zeit für die Dinge, die mir wichtig sind!«

Vor einem Jahr noch wäre sie nun beleidigt in ihr

Zimmer gerannt. Inzwischen aber hatte sie gelernt, Dinge auszudiskutieren.

Sie zog ihr Handy hervor, wischte und tippte kurz auf das Display und hielt es mir dann hin. Es war ein Bild von einem flauschigen, schneeweißen, blauäugigen, zuckersüßen ... Huskywelpen. Ich starrte darauf und hielt erneut den Atem an. Ich hatte schließlich auch dazugelernt.

»Das ist ein Husky«, sagte ich neutral.

Paula strahlte. »Das sind die schönsten Hunde der Welt, Mama!«

»Mit Sicherheit, Schatz. Lass mich mal kurz recherchieren, ja?«

Ich wusste nicht, wie lange meine Tochter schon sicher war, dass sie einen Husky haben wollte – vermutlich so an die drei Stunden. Aber ich war mir absolut sicher, dass *ich* keinen Husky wollte. Das hatte vor allem damit zu tun, dass wir – seitdem Paulas Vater, mein Ex-Ehemann, uns verlassen hatte – in einer Dreizimmerwohnung im vierten Stock eines Berliner Hinterhauses lebten. Ich wusste zwar nicht viel über Hunde, schon gar nicht über Schlittenhunde, aber mir war bewusst, dass sie viel Auslauf, Beschäftigung und Platz benötigten und viel Arbeit machten. Über die ersten drei Dinge verfügte ich leider nicht; von Letzterem hatte ich eigentlich schon genug. Aber ich sah nicht unbedingt, wie ein Husky mir beim Kochen, Putzen, Hausaufgabenbetreuen, Wäschewaschen, Bügeln, Einkaufen, Papierkram erledigen oder bei meiner 40-Stunden-Woche als Sachbearbeiterin bei einer Krankenversicherung behilflich sein konnte. Im Grunde genommen, ging es mir durch den Kopf, wollte ich einen Hund, der mir nicht *mehr*, sondern *weniger* Arbeit machte. Also eigentlich gar keinen

Hund. Nicht grundsätzlich nicht! Nur eben nicht gerade genau jetzt, diesen Monat. Dieses Jahr. Oder nächstes. Vielleicht noch so lange nicht, bis Paula aus der Schule und flügge war; das erschien mir realistisch.

Aber ich hatte ihr versprochen, mich um diesen größten aller ihrer Wünsche zu kümmern. Warum konnte nicht mal jemand das schlechte Gewissen bei getrennten Eltern abstellen, die beim besten Willen keinen Ersatz für eine intakte Familie herbeizaubern konnten? Man sah doch, in was für Situationen einen das brachte!

Ich klappte meinen Laptop auf und Paula legte mir sofort von hinten die Arme auf die Schultern. Ich spürte ihren warmen Atem an meinem Ohr, ihre Nähe, die früher so selbstverständlich gewesen war, als man sie noch auf den Arm nehmen konnte. Ehe sie anfing, die Teenagerjahre anzusteuern.

»Schaust du nach, wo man einen kaufen kann?«, fragte sie hoffnungsvoll.

»Hmm …«, brummte ich vage.

Google warf mir sofort seitenweise Links und Fotos von Huskywelpen auf den Bildschirm, die alle zu lächeln schienen und die liebsten Wesen im Universum sein mussten.

Wenig später sah mich Paula mit düsterer Miene und einer tiefen Falte zwischen ihren Augenbrauen an. »Echt jetzt, Mama?«

»Echt jetzt, Tochter.« Ich drehte mich zu ihr. »Mit fünfzehnhundert bis achtzehnhundert Euro bist du dabei. Paula, das ist zu teuer. Wir können uns keinen Husky leisten.«

Sie senkte den Blick, die Falte verschwand, ihr Kinn bebte kaum merklich. Ich kannte das, ich wusste genau, wenn sich die Enttäuschung ihren Weg bahnte durch mein wunderbares Scheidungskind. Ich setzte mich neben sie auf den Boden.

Vor meinem geistigen Auge tauchte ein Wellensittich auf.

»Schatz, lass mir mal ein bisschen Zeit«, bat ich. »Fünf Minuten Recherche sind kein Grund, dass wir aufgeben in Sachen Haustier.«

Ich fand, dass ich das Wort *Haustier* strategisch sehr gut und unauffällig platziert hatte. Da war jede Menge Luft nach unten drin.

Paula stand auf, schluckte und nickte tapfer. »Ist schon okay. Es ist nur …«, sie atmete tief ein und aus, um ihre Emotionen in den Griff zu bekommen, bevor die Tränen kämen, »ich hätte so, so, so gerne einen Hund!« Und sie lief in ihr Zimmer.

Mein imaginärer Wellensittich mutierte zum Kaninchen. Ich setzte mich seufzend wieder an meinen Laptop. Diesmal tippte ich die Worte *Huskywelpe* und dazu *günstig kaufen* ein. Einen Versuch war es wert.

Die ersten drei Links führten mich zu eBay. Der vierte war ein Link zu einer überregionalen deutschen Zeitung und nüchtern betitelt: *49 Huskywelpen aus illegaler Züchtung gerettet.* Das Bild daneben zeigte, wie auch bei meinen vorherigen Suchergebnissen, flauschige kleine Hunde – nur dass diese von Menschen in den Uniformen einer Tierschutzorganisation auf den Armen gehalten wurden.

Ich starrte eine Weile aus dem Fenster in den Hinterhof, über den die langsam wandernde Sonne Abendschatten warf. Die alte Nachbarin von gegenüber hatte ihr Kissen ins offene Fenster gelegt, die Arme darauf platziert und schaute interessiert zu, wer über den Hof ging.

Schließlich stand ich auf, nahm mein Handy und klickte auf die Nummer, die unter den kürzlich angerufenen immer ganz oben stand. Meine beste Freundin Regina und ich arbeiteten seit vier Jahren im selben Büro und hatten beide mit unseren Ehen keinen guten Griff getan. Aus meiner war eine wunderbare Tochter hervorgegangen; Regina waren zwei oder drei Hunde geblieben, zweifellos nicht minder wunderbar. Das hatte uns sehr schnell, dauerhaft und belastbar miteinander verbunden.

Sie ging sofort dran. »Erster Tag Urlaub und du vermisst mich schon?«

Ich lachte. »Und wie!«

»Dann hast du also ein Problem?«

»Ein Problem würde ich es nicht nennen. Eher ein Dilemma?«

»Ich liebe Dilemmas! Erzähl!«

»Paula will einen Husky.«

»Das ist kein Dilemma – das ist eine Katastrophe.«

»So schlimm?«

»Nicht, wenn du auch einen willst und wüsstest, worauf du dich einlässt.«

»Worauf würde ich mich denn einlassen?«

»Chaos. Große Persönlichkeiten. Große Klasse. Nichts für Anfänger.« Regina konnte sehr präzise sein.

»Ah.« Ich schwieg ratlos. »Wie kriege ich also den Husky wieder aus Paulas Kopf?«

Regina schwieg einen Moment. Wahrscheinlich überlegte sie, ob sie wirklich mit mir Greenhorn über Hunde sprechen wollte. Sie wollte. »Ist dir schon mal der Gedanke gekommen, dass der perfekte Hund immer gerade der ist, der einem gegenübersitzt und einen anschaut?«

»Wie meinst du das?«

»Paula ist zwölf. Wenn es kein Husky ist, dann ist es eben kein Husky! Aber zum Beispiel –«

»Ein Kaninchen!«, warf ich ein.

Sie lachte. »Nein, das wollte ich damit nicht sagen.«

»Eine andere Hunderasse …?«

»Entweder das, oder generell eine andere Art von Hund.«

»Und wo kriegen wir so einen Hund her?«

»Na, aus dem Tierheim! Meine drei Banausen sind alle aus dem Heim. Da gibt es die unterschiedlichsten Hunde, die alle sehnsüchtig auf so ein Zuhause wie eures warten. Ich bin sicher, da findet ihr einen, der besser zu euch und zu eurer Situation passt.«

»Wie machst du das nur, dass du mich immer wieder aufbaust?«

Sie grinste in den Hörer, da war ich mir sicher. »Viel Glück!«

Als ich Paula am nächsten Morgen einen Ausflug vorschlug, hielt ihre Begeisterung sich erst mal in Grenzen. Dann zeigte ich ihr das Display meines Handys, und ihre Augen weiteten sich.

»Wir fahren ins Tierheim?«

Regina hatte recht gehabt: Den perfekten Hund gab es vielleicht erst noch zu entdecken. Sie hatte mir ein kleines, familiär geführtes Tierheim genannt, bei dem ich unseren Besuch gestern Abend noch angekündigt hatte.

Als wir vor den Toren Berlins aus der S-Bahn stiegen, war schon die warme Sommerluft vom Gebell aus zahllosen Hundekehlen erfüllt.

»Ganz schön laut hier«, murmelte ich.

Meine Tochter rollte tadelnd mit den Augen. »Aber Menschen, die sich unterhalten, sind leise, oder was?«

Da hatte sie einen Punkt.

Wir marschierten zum Besucherbüro, wo uns eine hagere Frau in einem Overall empfing. Dass sie Ludmilla Claassen hieß, verriet ein silberner Anstecker an ihrer Brusttasche. »Na, dann kommen Se mal rin!«

Sie hatte ganz offenbar meine E-Mail gelesen und sich an diesem für sie zweifellos gut beschäftigten Morgen schon Gedanken gemacht.

»Sie wollen also einen, der nicht mehr überall hinpinkelt, ja?«

Am liebsten wäre ich im Boden versunken. Ich würde Paula nachher unbedingt beweisen müssen, dass ich das so niemals geschrieben hatte. Für den Moment warf Paula mir aber erst mal einen Blick zu, der eindeutig sagte: *Oh Gott, Mama, du bist so was von peinlich!*

Ich schüttelte kaum merklich den Kopf.

Augenrollend wandte sie sich von mir ab, um die alles entscheidende Frage zu stellen: »Haben Sie hier auch Huskys?«

Ludmilla Claassen sah mein Kind aufmerksam an. Sie schien Paulas Alter, ihre hochfliegenden Träume und die Härte der Realität des Teenagerdaseins sofort richtig einzuschätzen. Auf ihrem Gesicht erschien ein Lächeln, das meine Tochter sicherlich als freundlich und aufrichtig erkannte. Ich sah in ihm jedoch auch die Sanftheit einer Frau, die längst keine Illusionen mehr und dennoch Geduld mit den Menschen hatte.

»Wir können ja mal nachsehen«, sagte sie. »Was ich aber mit Sicherheit weiß, ist, dass wir hier ausschließlich ganz wunderbare Hunde haben. Bist du gewappnet für eine schwere Entscheidung?«

Paulas Augen waren groß geworden. Und mir wurde klar, dass wir beide nicht im Geringsten bereit waren für das, was uns erwartete.

Denn Ludmilla Claassen hatte nicht übertrieben: Sie waren alle ausnahmslos entzückend. Während wir durch einen Gang schlenderten, in dem uns links und rechts aus geräumigen Zwingern die unterschiedlichsten Fellnasen anschauten, wurde Paula immer langsamer, bis sie schließlich inmitten des Gebells stehen blieb. Ratlos sah sie mich an. Mein Blick ging nicht weniger überfordert zu der Frau im Overall. Die nickte.

»Lass dir Zeit«, sagte sie an Paula gewandt. »Lass dich von deinem Herzen leiten.«

Paula nickte, und ich spürte ihre Erleichterung über diese Hilfestellung. Ludmilla Claassen wusste, was sie tat, und sie tat es offenbar gerne.

Langsam ging Paula weiter und blieb schließlich erneut stehen.

In einem der Zwinger hatte sich ein schwarz-weißes, zartes Hündchen von der Größe eines Yorkshire-Terriers auf seine Hinterbeine gestellt. Mit den Vorderpfoten hielt er sich am Gitter fest und sah uns entgegen. Der Blick seiner schwarzen Augen ließ Paula nicht los, bis sie vor ihm stand, und für einen Moment schien es fast, als habe er ihre Schritte zu sich gelenkt. Still sah er sie an aus einem weißen Gesichtchen mit schwarzer Zeichnung und schmaler Schnauze. Seine Ohren waren im Vergleich zum Körper riesig, mit lustigen schwarzen Fellbüscheln an den Spitzen wie ein Luchs in Taschenausgabe. Ich schätzte, er wog nicht mehr als vier Kilo. Ein handlicher kleiner Mischling.

»Ach, du hast Pixi gefunden!« Ludmilla Claassen trat an den Zwinger, an dem Paula sich hingekniet hatte und ihre Finger auf die kleinen weißen Pfoten am Gitter legte. Pixie sah meiner Tochter tief in die Augen.

»Pixie … wie die Fee aus Peter Pan?«, fragte ich.

»Nein, Pixi ohne E – er ist ein Junge, vermutlich knapp zwei Jahre alt. Definitiv Jack Russell und Papillon und wer weiß, was noch. Aus schlechter Haltung hierhergekommen, aber ein ganz Lieber und sehr schlau.«

»Den, Mama.« Paula war aufgestanden. Beinah rechnete ich damit, leuchtende Sternchen in ihren Augen zu sehen. »Pixi-ohne-E ist es.«

Ich atmete tief ein und aus, denn ich war mir der Größe des Moments durchaus bewusst: Gerade entschied sich etwas, das Konsequenzen für die nächsten zehn, zwölf Jahre unseres Lebens haben würde. Dann nickte ich.

Fünf Minuten später saßen wir in Ludmilla Claassens Büro und Paula war den Tränen nahe. Wir hatten beide nicht mit der deutschen Bürokratie gerechnet.

Ich räusperte mich, um die Kontrolle über meine Stimme und die Deutungshoheit über mein Leben zurückzugewinnen. »Ich kann keinen Hund adoptieren, weil ich alleinerziehend bin?«

Frau Claassen hob beschwichtigend die Hände. »Nein, das ist nicht, was ich meine.« Sie sah mich geduldig an. »Meine Aufgabe hier ist das Wohl der Tiere«, fuhr sie fort. »Dazu gehört, dass ich eine Familie für jeden von ihnen finden will. Und Sie sind die Familie, der ich Pixi geben möchte. Ich kann sehen, dass er es gut haben wird bei Ihnen. Aber Sie sind voll berufstätig, und Paula ist bis drei Uhr in der Schule. Dafür müssen wir eine Lösung finden. Können Sie öfter mal von zu Hause arbeiten? Oder einen Hund auch mit ins Büro nehmen? Haben Sie jemanden, der Pixi tagsüber betreuen könnte? Nachbarn, Freunde vielleicht?«

Paula sah von der Frau im Overall zu mir. In ihrem Blick lag das innige Bedürfnis eines jeden Kindes, zu erfahren, dass die eigenen Eltern zaubern können. Nun weiß selbstverständlich jeder, dass alle Mütter und Väter in ihrem Alltag größere Zauberkünstler sind, als David Copperfield es je war. Aber es ist doch eine viel einfachere Übung, wenn das junge Publikum von den Tricks im Ärmel nichts mitbekommt.

Meine Gedanken flogen rasch zurück zu meinem Gespräch mit Regina am Vorabend. Ich war mir sicher, dass sie mir schon einmal erzählt hatte, wer sich um ihre drei Hunde kümmerte, wenn sie bei der Arbeit war. Wenn Regina eine Lösung gefunden hatte, dann würde doch auch ich eine finden können, um meine Tochter nicht zu enttäuschen. Für einen Rückzieher war es sowieso zu spät.

»Ich müsste ein paar Anrufe machen …«, sagte ich.

Paula sank auf ihrem Stuhl in sich zusammen. Mutter entzaubert. Holt David Copperfield her.

»Wissen Sie was?« Ludmilla Claassen sah zwischen uns beiden hin und her. »Warum nehmen Sie Pixi nicht einfach für eine Woche als Pflegehund auf? Das gibt Ihnen Zeit, nachzudenken und den Alltag zu testen. Was meinen Sie? Sie haben doch Urlaub, sagten Sie? Hatten Sie vor, wegzufahren?«

Ich schüttelte den Kopf. Dass Wegfahren in meiner momentanen Situation keine Option war, wollte ich ungern ausführen.

»Na, das würde ja dann wunderbar passen«, sagte Frau Claassen.

Paula hielt es kaum auf ihrem Stuhl. »Mama? Können wir? Mama, bitte?«

Ich zögerte. Im Blick von Ludmilla Claassens Augen konnte ich sehen, dass ihr das Drama völlig klar war, das es möglicherweise zu umschiffen galt am Ende einer solchen Pflegehundwoche. Offenbar vertraute sie mir und meinen Fähigkeiten mehr als ich selbst.

Ich nickte, und Paula fiel mir völlig unerwartet um den Hals.

Als wir mit unserer neuen Errungenschaft durch den ruhigen Vorort zur Bushaltestelle liefen, Paula mit der Leine in der Hand und ich mit einer Tasche über der Schulter, die Pixis wenige Habseligkeiten enthielt, warf sie mir einen Seitenblick zu.

»Sag mal, Mama, kann das sein, dass du gerade was komplett Neues lernst, wovon du vorher keinen Schimmer hattest?«

»Das kann sein, mein Schatz.«

Pixi stolzierte flott vor uns her, hoch erhobenen Hauptes, den buschigen Schwanz wie ein Segel im Wind. Es war jetzt schon klar, dachte ich, wer in der nächsten Woche in dieser Familie den Ton angab.

»Mach dir keine Sorgen«, sagte Paula cool. »Ich helfe dir dabei, Mama.«

Zu Hause angekommen, legte ich Pixis Kissen im Flur ab und eine Viertelstunde später zerrte er es durch die Wohnung an einen anderen Platz im Wohnzimmer. Nachdem Paula ihm Gute Nacht gesagt hatte und zu Bett gegangen war, folgten seine dunklen, geheimnisvollen Augen mir auf Schritt und Tritt, bis Ruhe einkehrte in unserer Wohnung. Im Halbschlaf dann hörte ich kleine Krallen sanft über das alte Parkett klickern:

tapp-tapp-tapp. Ich schlug die Decke zurück, stand auf und schlich barfuß ins Wohnzimmer. Das Hundekörbchen war leer. Pixi lag auf dem Fußende von Paulas Bett mit dem Kopf auf den Beinen meiner mit einem glücklichen Lächeln eingeschlafenen Tochter. Im Dunkel des Zimmers, durch dessen Gardinen der Lichtschein einer Straßenlaterne fiel, glänzten seine Augen wie sanfte Monde einer fernen Galaxie, die über die Schlafenden wachen.

Seit jenem Tag, als Paula einen Huskywelpen wollte, sind sieben Jahre vergangen. Es brauchte nicht einmal viel Überzeugungsarbeit bei meinen Kollegen und unserer Chefin, als ich bat, das Team um einen vierbeinigen Mitarbeiter erweitern zu dürfen. Pixi-ohne-E wurde mehrfach zum Bürohund des Monats gewählt, mit Foto am Schwarzen Brett. Während der Pandemie lag er wahlweise unter Paulas Seite unseres gemeinsamen Schreibtisches zu Hause oder unter meiner und genoss die langen Spaziergänge in einer vorübergehend ruhig gewordenen Stadt.

Paula findet, sie hat den perfekten Hund. Seit Kurzem studiert sie in der Nähe und holt ihn für die Ferien und jedes verlängerte Wochenende ab.

Er denkt noch lange nicht daran, in Rente zu gehen.

FELICITY WHITMORE

Herzensangelegenheiten

Ich bin Cynthia, dreizehneinhalb Jahre alt, und es ist mir streng verboten worden, mich jemals wieder in Herzensangelegenheiten einzumischen, was sehr ungerecht ist. Denn ich bin gut darin, richtig, richtig gut.

Ich bin unscheinbar und ich bin ein Mädchen. Nicht mehr so klein, dass mich die Erwachsenen süß finden und in die Wangen kneifen wollen, aber auch noch nicht so alt, dass ich bewundert und jungen Männern in den Blick fallen würde. Kurzum, ich bin unsichtbar, niemand nimmt mich ernst, niemand hält mich für eine Gefahr. Die besten Voraussetzungen also, hier ein Gespräch zu belauschen, dort einen kleinen Anstoß zu geben oder eine Nachricht umzuleiten.

Zumindest war das bis vor Kurzem so, bis ich beschlossen habe, mich von nun an um Herzensangelegenheiten zu kümmern. Natürlich mische ich mich nur bei Menschen ein, die ich gernhabe. Aber ich greife vor. Am besten beginne ich am Anfang und erzähle Ihnen, wie ich in diese Bredouille geraten bin, die meinen Vater so erzürnt hat, dass ich jetzt unter seiner persönlichen Aufsicht stehe.

Alles begann im letzten Sommer, im Juli des Jahres 1838, als ich mit meinem Terrier Diamond im Gras lag und auf Ratten, Eichhörnchen oder Kaninchen wartete. Plötzlich spitzte Diamond seine Ohren und es dauerte bestimmt noch eine Minute, bis auch ich die Stimmen hinter der Bergkuppe hörte. Ich machte dem Hund ein Zeichen, uns zwischen den Büschen zu verstecken, denn hochoffiziell saß ich in diesem Augenblick im Schulzimmer, um eine Küstenlandschaft zu malen und mich dabei tödlich zu langweilen. Meine Hauslehrerin Miss Goldwin hatte jedoch Migräne bekommen (es handelte sich wohl eher um einen Kopfschmerz namens John Stevens, den Obergärtner, mit dem sie bereits seit einigen Tagen diese ganz gewissen Blicke austauschte), sodass ich allein im Schulzimmer zurückblieb, um mich meiner Kunst zu widmen. Da die »Migräne« jetzt gerade am Flussufer beim Picknick weilte, konnten Diamond und ich unseren eigenen Beschäftigungen nachgehen.

Jetzt hechteten wir also ins Gebüsch, um zu beobachten, wer den Weg am Rande unseres Anwesens von Almondtree Park herunterkam, der die beiden etwa drei Meilen auseinanderliegenden Dörfer Kimbleton und Flinton verband, die beide meinem Vater gehören. So weit das Auge reicht und noch weiter, zählt das Land hier zum Besitz unserer Familie, und das schon seit Hunderten von Jahren.

Die Stimmen wurden lauter, verstehen konnte ich sie noch nicht. Während ich die Mücken, Fliegen und Bienen zu verscheuchen versuchte, die aufdringlich um unsere Köpfe herumsummten, tauchten zwei Hauben aus Stroh auf dem Bergkamm auf, beide mit wunderschönen Sommerblumen verziert. Nach und nach erschienen auch die Trägerinnen dieser Kopfbedeckungen in meinem Sichtfeld. Ich erkannte Mary Smith, die

Tochter des Windmühlenbetreibers von Kimbleton. Die andere junge Frau war Jane, die älteste von Ebenezer Dawsons Töchtern, die jeden Tag von Kimbleton nach Flinton und zurück läuft, um Botengänge für ihre Nachbarn zu erledigen. Dafür erhält sie ein paar Pence, bestenfalls mal einen Shilling. Nun wundern Sie sich vielleicht, warum ich als hochwohlgeborene Tochter des Duke of Woodhampton so genau über unsere Pächter Bescheid weiß. Nun, sagen wir einfach, ich bekomme eben eine Menge mit. Und ich interessiere mich für Menschen. Ja, ich studiere sie und versuche mir alles zu merken, bemühe mich, die absonderlichsten Verhaltensweisen zu verstehen und vor allem, jeden Menschen immer ernst zu nehmen.

Diamond und ich beobachteten nun also die beiden jungen Frauen, die stehen blieben, als sie ein paar Löwenmäulchen am Wegesrand entdeckten.

»Oh, schau nur.« Mary bückte sich zu den gelb leuchtenden Blüten hinunter und pflückte eine von ihnen ab. »Wenn er mich nur so sehen könnte.«

»Er würde durch dich hindurchsehen wie jedes Mal, wenn er dir begegnet. Der Earl of Bleenston würde dich nicht einmal wahrnehmen, wenn du ihm die Bettdecke aufschlägst.«

»Jane«, rief Mary entrüstet, doch dann kicherten beide Mädchen. »Immerhin bin ich die Einzige im Dorf, die schwimmen kann wie ein Fisch. Wenn er nur sehen würde, wie ich schwimmen kann.« Mary lachte aufgekratzt.

»Das ist allerdings wahr«, Jane stimmte in das Lachen ihrer Freundin ein. »Auch wenn ihn das vermutlich nicht allzu sehr beeindrucken würde.«

»Oh Jane«, Mary wurde wieder ernst. Das gepflückte

Löwenmäulchen hielt sie noch immer zwischen den Fingern. »Warum muss ich mich nur so unsterblich und unglücklich in den Earl verlieben. Es gibt so viele passendere Männer im Dorf, wie Paul und Albert, die beide Interesse an mir zeigen, und ich kann nur an den Earl denken.«

Mein Herz schlug vor Aufregung schneller und ich stieß Diamond an, der mir seinerseits ein wissendes Schnauben schenkte. Der Earl of Bleenston war eine ausgezeichnete Wahl. Nicht nur, weil es sich bei jenem Earl um meinen Lieblingsbruder Edmund handelte, sondern auch, weil er, vollkommen unwissend übrigens, bereits unzähligen jungen Damen den Kopf verdreht hat. Ich hielt inne, als mir auffiel, dass die arme Mary, die so schrecklich in meinen Bruder verliebt war, gar keine guten Aussichten bei ihm hatte. Denn mein Vater ist sehr streng und er achtet sehr darauf, mit wem wir uns abgeben. Mit mir und meiner älteren und kränklichen Schwester Margaret ist er nicht so streng wie mit meinen Brüdern.

Jetzt hat sich das natürlich geändert, er wacht wie ein Adler über mich. Ich darf auf keinen Fall mit den Kindern der Pächter spielen, was ich sehr schade finde, weil sie alle sehr nett und lustig sind. Aus diesem Grund ist Diamond mein bester Freund, denn es gibt hier keine anderen, von meinem Vater akzeptierten Kinder, mit denen ich meine Zeit verbringen könnte.

»Ich sage dir, du musst dir den Earl aus dem Kopf schlagen, der bringt dir nur Tränen. Er ist im heiratsfähigen Alter und wird ganz bestimmt seine Pflichten kennen. Er wird bald eine Baroness oder Lady zur Frau wählen. Und du solltest es auch so halten, bevor dich keiner mehr haben will.«

Das konnte ich mir nicht vorstellen, Mary ist nämlich eine bildhübsche Person. Mit blonden Haaren, die im Sommer ganz hell sind und im Licht der Sonne wie Gold schimmern. Und mit leuchtend grünen Augen. Bestimmt wäre auch Edmund hingerissen, wenn er Mary nur erst einmal zu Gesicht bekäme. Doch Jane hatte nicht ganz unrecht, Gentlemen wie meine Brüder beachteten Menschen aus den niederen Ständen nur dann, wenn sie sich nach den pünktlichen Pachteingängen erkundigten.

Mary seufzte und ich konnte die Verzweiflung auf dem hübschen, wenn auch sonnengebräunten, Gesicht sehen. »Ich werde nie einen anderen Mann lieben können, ich will keinen sonst heiraten.«

»Du bist verrückt«, Jane schüttelte den Kopf. »Pass bloß auf, dass dir dein Vater nicht eine Tracht Prügel versetzt, wenn er von diesen Spinnereien hört.«

»Davon wird er nie erfahren«, erklärte Mary und sah ihre Freundin drohend an.

»Von mir ganz bestimmt nicht«, beeilte sich Jane zu versichern und die weitere Konversation konnte ich dann nicht mehr verfolgen, weil die Frauen ihren Weg fortsetzten und sich ihre Worte im Sommerwind verloren.

Vermutlich hätte ich diesen Vorfall vergessen oder ihm zumindest keine weitere Bedeutung geschenkt, wenn ich nicht ein paar Tage später mit Diamond Verstecken gespielt und mich in der kleinen Kammer am Ende der Gemäldegalerie versteckt hätte. Mein Vater kam herein, um das Bild unseres Ahnherrn Sir David Bitterfeld zu bewundern, dem 1687 von Jacob II. der Titel des ersten Duke of Woodhampton verliehen worden war. Das tut unser Vater sehr gern und regelmäßig, nachdem er morgens seine Briefe beantwortet und mit dem Verwalter die Angelegenheiten besprochen hat. Jedenfalls war er an diesem Morgen nicht allein, sondern in der Gesellschaft seines guten Freundes, des Erzbischofs von Salesbury.

»Was liegt Ihnen denn auf der Seele, mein Freund?«, fragte der Bischof, noch bevor ich mich hätte bemerkbar machen können (was ich sowieso nicht getan hätte, weil ich viel zu neugierig bin).

»Ach, Exzellenz«, jammerte mein Vater in einer Tonlage, die einem schnell auf die Nerven schlagen kann. »Es ist Eddy. Er macht mich verrückt. Nie hat es einen wählerischeren Jungen gegeben. Ich habe ihm die schönsten Frauen des Landes vorstellen lassen, die Damen mit den größten Vermögen, den hervorragendsten Rufen und besten Vätern.«

»Und?«, fragte der Kirchenmann überflüssigerweise, wie ich fand, die Hände auf dem Rücken verschränkt.

»Nichts«, stieß mein Vater aus und verzog den Mund. Seine Augen wurden feucht. Er holte eins der Baumwolltücher aus der Tasche, presste es sich vor Augen und Nase und schluchzte hemmungslos hinein. »Ich wünsche mir doch nur, dass mein Sohn glücklich ist. Selbst wenn die Frau ihm nicht ebenbürtig wäre, er soll doch nur ein wenig Liebe finden. Eine Frau, die ihn verehrt, die ihm eine Zierde wäre. Ist das denn zu viel verlangt …« Der Rest ging in einem erneuten Schluchzer unter.

Es zerriss mir das Herz, meinen Vater so traurig zu sehen, und unwillkürlich musste ich an Mary denken. Eine Zierde war sie allemal und Liebe würde sie Eddy auf jeden Fall schenken können, so verrückt wie sie nach ihm war. Das schien mir nur allzu gut zusammenzupassen. Aber erst musste ich noch herausfinden, was mein Bruder darüber dachte. Kaum hatten die Männer die Kammer wieder verlassen, schlüpfte ich hinaus. Es war später Vormittag und meine Brüder vergnügten sich vermutlich beim Bogenschießen im Park.

Ich nahm eine der dunklen Dienstbotentreppen, die zur Tür in den Garten hinunterführte. Als ich den Ausgang fast erreicht hatte, hörte ich Stimmen. Eine Frau kicherte, eine tiefere Stimme sagte etwas. Ich bewegte mich leise, um besser verstehen zu können. Und tatsächlich konnte ich schnell die Stimme von Katherine, unserem ersten Hausmädchen ausmachen, die vor Vergnügen zu glucksen schien.

»Was hältst du davon, wenn ich dich heute Abend in deinem Zimmer besuche?«, hörte ich eine tiefere Stimme.

Ich zuckte zusammen, als mir klar wurde, dass es die von John Stevens, dem Obergärtner, war. Die arme Miss Goldwin! Sie war doch so verliebt in den Gärtner und der schäkerte mit Katherine herum.

»Du Lümmel!«, quiekte Katherine. »Das geht wirklich nicht … Ich schlafe doch nicht allein, Irmelda ist mit mir in der Kammer.« Es hörte sich jedoch selbst für mich nicht so an, als würde sie ihre Worte auch wirklich so meinen.

»Zu schade. Dann komm um zehn in das Gästezimmer für die Kammerdiener, das sich gleich neben dem Seiteneingang befindet. Weißt du, welches ich meine?«

»Ja«, wieder kicherte das Hausmädchen. »Natürlich, da schlafen die Diener der Hausgäste.«

»Und da momentan keine Gäste da sind, steht es leer. Also, kann ich mich auf dich verlassen? Sehen wir uns heute Abend?«

»Ich weiß nicht«, sagte Katherine und kicherte erneut. »Wenn wir verlobt wären …«

»Kate, wenn ich könnte, wie ich wollte, ich würde dir sofort einen Antrag machen, aber ich muss noch ein wenig sparen. Ich will meiner zukünftigen Braut doch etwas bieten.« Eine Weile war nur das laute Schmatzen von Küssen zu hören.

Ich schüttelte mich und schlüpfte in den Garten hinaus.

»Ich muss wieder an die Arbeit«, hörte ich Katherines Stimme noch hinter mir. »Heute Abend also im Gästezimmer für die Kammerdiener.«

In Gedanken versunken machte ich mich auf die Suche nach meinen Brüdern. Ich musste der armen Miss Goldwin die Augen öffnen. Sie war zwar manchmal sehr anstrengend und penetrant, wenn es um so schrecklich langweilige Dinge wie Handarbeiten, Zeichnen und Klavierspielen ging, alles in allem hatte ich sie jedoch in mein Herz geschlossen. Auch Katherine mochte ich gern. Es erschien mir grausam und gemein, dass John mit beiden herumspielte, als seien es Puppen, ohne Gefühle. Es wurde Zeit, dass sie voneinander erfuhren. Aber zuerst musste ich mich um die Herzensangelegenheiten meines Bruders, meines Vaters und die von Mary Smith kümmern.

Edmund und Andrew standen unter der alten Pinie. Die Zielscheiben standen etwa zweihundert Yard entfernt. Plötzlich wurde mir bewusst, dass ich einen Plan brauchte. Also kehrte ich noch einmal um und stieg hinauf ins Schulzimmer. Obwohl der Unterricht erst nach dem Mittagessen weitergehen sollte, fand ich Miss Goldwin hinter ihrem Schreibtisch vor.

»Cynthia«, sie sah erschrocken auf und verdeckte

einen Brief, den sie gerade verfasste. »Was machst du denn hier?«

»Mr Stevens schickt mich«, improvisierte ich schnell. »Ich soll Sie nach einer Nachricht für ihn fragen.«

Ich weiß, der Plan war kühn, aber so schnell, wie sie den Zettel zu verdecken versuchte, war mir der Verdacht gekommen, dass sie vielleicht gerade einen Liebesbrief an den Obergärtner verfasste.

Miss Goldwin errötete, schien mich dann jedoch als unbedenklich einzustufen. Sie hauchte mehr, als dass sie sagte: »In der Tat. Ich habe hier eine Notiz für ihn.«

Na bitte! Nur mit Mühe konnte ich einen Luftsprung unterdrücken.

Einen Moment lang zögerte sie, dann schrieb sie noch drei oder vier Worte, faltete das Schriftstück mehrmals zusammen und reichte es mir zögernd. »Aber nicht lesen.«

»Natürlich nicht«, versprach ich und bemühte mich um meinen unschuldigsten Gesichtsausdruck.

»Und sei pünktlich nach dem Mittagessen hier. Heute werden wir mit der Tischdecke weitermachen.«

»Ich kann es kaum erwarten«, rief ich und hüpfte die Treppe hinunter. In Wahrheit hasste ich kaum etwas mehr als Sticken, aber Miss Goldwin war der Meinung, dass eine junge Dame so etwas können musste.

Kaum hatte ich den sicheren Flur im Erdgeschoss erreicht, der zum Seitenausgang führte, genau an dem Zimmer vorbei, in dem sich heute Abend Katherine und der unersättliche John Stevens treffen wollten, blieb ich stehen und faltete den Brief auseinander.

Mein lieber John,

ich wandle wie auf Wolken, seit du mir unsere ewige Verbindung in Aussicht gestellt hast. Ach, wenn die Zeit doch nur schneller laufen würde, sodass du schon deine Summe zusammen hättest und wir endlich Verlobung feiern könnten! Doch so lange müssen wir uns noch gedulden.

Über deine Einladung, dich im Gärtnercottage zu besuchen, habe ich lange nachgedacht, aber ich kann es einfach nicht. Es ist von unserem allmächtigen Herrn nun einmal so vorgesehen, dass nur Eheleute beieinanderliegen sollten, und so müssen wir uns noch ein wenig gedulden. Doch sei versichert, dass ich auf dich warten und sämtliche Avancen anderer Herren abwehren werde. Du brauchst also weder auf Jack noch auf Peter eifersüchtig zu sein, denn du hast recht, auch ich habe bemerkt, dass beide Diener an mir Gefallen gefunden haben.

Mein Herz schlägt Tag und Nacht für dich, ich wage kaum zu hoffen, dass du auch nur halb so verliebt in mich bist. Ich werde für immer die Deine sein!

Ich ließ den Brief sinken und war nun noch überzeugter als zuvor, dass ich etwas unternehmen musste. Aber zuerst wollte ich meinem Bruder zu Hilfe kommen. Ich riss den letzten Absatz des Briefes fein säuberlich ab und stopfte den Rest in die Tasche meines Kleides.

»Das hier ist für dich abgegeben worden«, sagte ich wenige Minuten später zu Edmund, der gerade auf die Scheibe zielte.

Er schoss den Pfeil ab und wandte sich dann mir zu.

»Cynth«, sagte er nachdenklich, so als habe er erst überlegen müssen, wer das Mädchen vor ihm noch gleich war. »Was hast du da?«

Schulterzuckend reichte ich ihm den Zettel. Dann hockte ich mich in den Schatten der Pinie und gab vor, Gänseblümchen zu pflücken (von denen weit und breit keins zu sehen war).

»Was ist das?«, hörte ich Andrew fragen.

Edmund faltete das Blatt auseinander. »Das ist eine Art Liebesbrief«, stellte er dann erstaunt fest. Aus dem Augenwinkel verfolgte ich, wie er sein blondes mittellanges Haar zurückstrich. Edmunds Attraktivität kommt vermutlich auch daher, dass er sich seines eigenen guten Aussehens nicht bewusst ist.

»Was für ein Liebesbrief?«, fragte Andrew. »Von wem stammt er?«

»Ich weiß es nicht«, mein älterer Bruder ließ den Zettel sinken und sah nachdenklich in Richtung der Zielscheibe.

»Von wem möchtest du denn, dass er stammt?«, fragte Andrew und grinste.

»Darüber habe ich noch nicht nachgedacht«, Edmund steckte das Papier in die Tasche und griff nach seinem Bogen.

Beide schossen nacheinander auf die Scheibe und gingen Seite an Seite, um die Pfeile zu holen. Ich beobachtete, dass sie währenddessen kein Wort miteinander sprachen. Einen Moment lang dachte ich, dass das Gespräch über die Herzensangelegenheiten nun beendet und meine List mit dem Liebesbrief nicht aufgegangen sei. Schließlich hatte ich die Notiz einzig und allein besorgt, um mehr über Edmunds Gefühle herauszufinden.

Doch dann nahm Andrew das Gespräch wieder auf. »Du willst mir also erzählen, dass es keine Frau gibt, nach der du dich sehnst? Niemanden, dem dein Herz gehört?«

»Nein«, Edmund schüttelte den Kopf. »Ich bin nicht verliebt, wenn du das meinst.«

»Hm«, stieß Andrew aus. »Na schön, dann will ich dir das glauben. Bist du denn auf der Suche?«

»Eigentlich nicht«, Edmund nahm wieder den Bogen auf. »Vater sähe es natürlich gern, aber ich kann mir einfach nicht vorstellen, eines der Püppchen aus der Gesellschaft zu erwählen. Sie sind alle so austauschbar. Da ist nichts Interessantes an ihnen, das mich reizen würde. Ich suche nach der Frau, die mich herausfordert, die besondere Fähigkeiten besitzt.«

»Ach Eddy, nach so einer Frau suchen wir doch alle. Aber zugleich soll sie auch aus guter Familie stammen, unbescholten und gefügig sein. Du kannst nicht alles haben. Als einer der begehrtesten Junggesellen des Landes kannst du dir doch die schönste von allen aussuchen!«

Edmund zog den Zettel wieder aus der Tasche. »Ich möchte nur zu gern wissen, von wem der wohl stammt.«

»Hast du meinen Brief abgegeben?«, fragte Miss Goldwin, als ich nach dem Mittagessen wieder ins Schulzimmer kam.

Ich nickte. »Wie Sie es mir aufgetragen haben. Und ich soll Ihnen von Mr Stevens ausrichten, dass er Sie heute Abend um Viertel nach zehn im Gästezimmer für die Kammerdiener zu einer wichtigen Unterredung treffen will.«

Miss Goldwin sah mich erschrocken an und wurde

dann so rot wie ein kandierter Weihnachtsapfel. »Das hat er dir gesagt?«

Ich nickte und bemühte mich um einen besonders unschuldigen Gesichtsausdruck.

»Ja, also … nun … sehr gut«, sie räusperte sich und ich sah ihr an, wie es in ihr arbeitete. Und zugleich war ich absolut sicher, dass sie heute Abend um kurz nach zehn im Zimmer des Kammerdieners sein würde. Auch wenn sie zuvor noch einige Kämpfe mit sich selbst und ihrer Ehre auszufechten hatte.

Ich stickte also weiter und ließ noch eine Stunde Schönschreiben über mich ergehen. Dann entließ mich Miss Goldwin und ich hatte zwei Stunden des Nachmittags vor mir zu meiner eigenen Verwendung, bevor mich die Kinderfrau Miss Anderson zum Abendessen erwartete. Zu meinem großen Glück können sich Miss Goldwin und Miss Anderson nicht ausstehen und wechseln kein Wort miteinander. So können sie sich nicht absprechen und die eine geht meist davon aus, dass ich gerade unter der Betreuung der anderen stehe.

Ich verfasste mit meinen neu erworbenen Kenntnissen der Schönschrift eine Notiz und schlüpfte unbemerkt aus dem Haus.

Die Sonne stand schon über der Scheune, als ich mich auf den Weg zur Windmühle von Kimbleton machte. Die Kirchenglocken läuteten gerade sechs Mal, als ich das Dorf erreichte. Am Brunnen hatten sich fünf Frauen versammelt und unterhielten sich, zwei Hunde spielten mit einem Apfel und eine Gruppe Kinder, nicht viel jünger als ich selbst, war mit einem Reifen beschäftigt. Einen Moment lang sah ich ihnen, ein wenig neidisch, dabei zu, dann beeilte ich mich, meinen Plan zu verfolgen. Niemand sah zu mir, als ich vorüberging.

Ich verließ das Dorf auf der anderen Seite und lief den Hügel hinauf, auf dem die Windmühle stand. Ich zögerte. Denn nur ungern hätte ich die Eltern oder Geschwister von Mary eingeweiht. Ich war jedoch zu ungeduldig, um darauf zu warten, dass sie und ihre Freundin wieder nach Flinton liefen.

Bei der Windmühle angekommen, blieb ich eine Weile in sicherem Abstand stehen, bis zwei Frauen mit einem großen Korb herauskamen und sich daranmachten, Wäsche aufzuhängen. Bald flatterten die Tücher, Kleider, Hemden und Laken im Wind. Aus der Entfernung konnte ich nicht ausmachen, ob es sich bei einer von ihnen um Mary handelte. Ich gab also meine Deckung auf und entschied mich, auf meine Unauffälligkeit zu setzen. Erleichtert stellte ich fest, dass Mary tatsächlich eine der beiden war. Die andere musste ihre Mutter sein, die jetzt zu mir herübersah und lächelte.

»Hallo Liebes«, sagte sie und schien mich nicht als Tochter des Dukes zu erkennen. »Wo kommst du denn her?«

»Almondtree Park«, antwortete ich mit süßlicher Stimme und drehte meinen Oberkörper in gespielter Verlegenheit hin und her.

Mrs Smith nahm den leeren Korb. »Möchtest du eine Tasse Tee?«

Ich nickte erleichtert. Das Getränk konnte ich wirklich gut gebrauchen, vor allem aber gab es mir die Gelegenheit, mit Mary allein zu sprechen.

»Miss, ich komme im Auftrag meiner Schwester Lady Margaret«, begann ich also, sobald Mrs Smith in der Windmühle verschwunden war.

»Oh«, Mary sah mich mit neuem Interesse an. »Du … Verzeihung, Sie sind die jüngste Tochter des Dukes?

Verzeihung, My Lady, ich hatte Sie gar nicht erkannt.« Mary errötete und sah betreten zu Boden.

»Das ist nicht schlimm. Am besten ist es sowieso, wenn wir das für uns behalten.« Ich sah zur Tür des Gebäudes und hoffte, dass es Mrs Smith ein wenig Zeit kosten würde, den Tee einzuschenken. Leise sprach ich weiter. »Meine Schwester bittet Sie morgen um elf Uhr zu einem geheimen Treffen. Bitte sprechen Sie mit niemandem darüber. Diese Notiz hat sie mir für Sie mitgegeben.«

Ich reichte ihr den Zettel, auf dem ich die Wegbeschreibung zum Sommerhaus notiert hatte. »Bitte sprechen Sie mit niemandem darüber, das hat meine Schwester mir eingebläut.«

Mary sah mich irritiert an. »Aber wieso? Worum geht es denn? Was soll ich …«

»Anziehen? Etwas Hübsches, es lohnt sich«, sagte ich schnell. »Alles andere weiß ich leider auch nicht. Also, morgen um elf.«

»Meine Mutter wird fragen, wohin ich gehe.« Mary blickte hilflos auf den Zettel.

»Finden Sie eine Ausrede.« Ich zwinkerte ihr verschwörerisch zu.

In diesem Moment kam Mrs Smith mit dem Tee für mich aus der Windmühle und Mary stopfte den Zettel schnell in ihren Rocksaum.

An diesem Abend schlich ich mich aus meinem Schlafzimmer. Alles war still, mein Vater saß vermutlich mit den männlichen Gästen noch bei Zigarren und Portwein im Esszimmer, während die Damen, angeführt von meiner Mutter, im Salon weilten. Ich hatte mich schlafend gestellt und darauf gewartet, dass die Kinderfrau sich zurückzog. Jetzt musste ich mich den weniger schönen Momenten meiner Tätigkeit als Herzensinspekteurin widmen. Schließlich hatte ich die Falle für John Stevens aufgestellt, nun hoffte ich, dass er hineintappte. Natürlich war ich besorgt wegen Katherine und Miss Goldwin, aber selbst mit meiner geringen Lebenserfahrung war mir doch klar, dass es für beide besser wäre, ihre Liebeleien jetzt mit einem Schrecken zu beenden, als sich noch wochen- oder gar monatelang in Sehnsucht und Hoffnung zu ergehen. Und John Stevens musste das Handwerk gelegt werden. Nicht das Gärtnerhandwerk, er war ein sehr guter Obergärtner, Mr Stew, der Verwalter, würde ihn nicht so einfach ziehen lassen, er würde vermutlich eher darauf dringen, das Hausmädchen und die Lehrerin zu ersetzen. Auch aus diesem Grund wusste ich, dass ich handeln musste.

Ich schlich mich also durch das stille Haus hinunter in den Flur, der zum Seiteneingang führte. Es gab eine Nische, in der unser aller Mäntel hingen und meine Brüder Pfeil und Bogen aufbewahrten. Ich duckte mich hinter einen Korb mit Spazierstöcken und wartete ab.

Schon nach wenigen Minuten hörte ich die Seitentür aufgehen. Vorsichtig lugte ich in den Flur hinein und erkannte Johns große, kräftige Gestalt. Eine Weile später vernahm ich das Rascheln eines Kleides und die Schritte einer Frau. Einen Moment lang befürchtete ich, es könnte schon Miss Goldwin sein. Denn solange Katherine noch nicht bei John war, konnte Miss Goldwin die beiden nicht überraschen, und außerdem wäre es vermutlich für den Gärtner ein Leichtes, Miss Goldwin unter einem Vorwand zurück in ihr Zimmer zu schicken, noch bevor Katherine bei ihm war. Aber ich atmete auf, als ich das Hausmädchen vorbeihuschen sah.

Bald darauf war gedämpft das ausgelassene Kichern von Katherine zu hören, das bald in Laute überging, die ich nicht einzuordnen wusste. Ich hatte mich gerade daran gewöhnt, als ich erneut Schritte hörte. Sicherheitshalber spähte ich in den halbdunklen Gang. Ja, es war Miss Goldwin.

Ich hielt vor Anspannung den Atem an.

Die Schritte wurden langsamer, sie zögerte kurz. Vermutlich irritierten sie die seltsamen Laute ebenso wie mich. Doch dann konnte ich hören, wie sie an die Tür klopfte und diese dann öffnete. Bis in die Nische heraus war das erschrockene Aufkeuchen der beiden Erwischten zu vernehmen und auch der hysterische Schrei meiner Hauslehrerin.

»John? Mr Stevens?«, rief Miss Goldwin in demselben Ton, in dem sie auch mich zur Vernunft rief. »Was … ich …« Die Worte schienen ihr zu fehlen.

»John?«, hörte ich nun Katherines hohe Stimme. »Was hat das zu bedeuten?«

»Ich, also … Das ist nicht so, wie es aussieht.« Ich hörte das Quietschen der Bettfedern, als er aus dem Bett stieg.

»Du hast mir versprochen, mich zu heiraten«, sagte Miss Goldwin, die ihre Sprache wiedergefunden hatte, was mich nicht erstaunte, denn sie war grundsätzlich sehr wortgewaltig.

Katherine kreischte auf. »Du Schuft! Du hast gesagt, du heiratest mich! Du willst nur noch Geld sparen, um mir ein gutes Leben zu bieten.«

»Das hat er mir auch versprochen.« Miss Goldwin klang schon wieder viel gefasster, ich war stolz auf sie.

»Kate! Sarah!«

»Nennen Sie mich nicht Sarah!«, sagte Miss Goldwin mit ihrer strengsten Gouvernantenstimme.

»Und mich nicht Kate«, hörte ich Katherine ergänzen.

»Meine Liebe!« Ich konnte leider nicht sehen, wen von beiden er zu beschwichtigen versuchte.

»Raus!«, rief Miss Goldwin und jetzt sah ich, dass sie ein Kleiderbündel in den Garten hinauswarf.

»Moment mal«, empörte sich John Stevens. »Das kannst du nicht ...«

»Hast du nicht gehört, du Schuft!« Das war wieder Katherines Stimme. »Raus mit dir.«

Im nächsten Moment stolperte der nackte John Stevens auf den Flur. Glücklicherweise war es zu dämmrig, um Einzelheiten erkennen zu können.

In dieser Nach schlief ich besonders gut. Meine Rettung der beiden Angestellten war schon einmal nach Plan verlaufen, nun kam es noch auf meine Fähigkeiten als Kupplerin an. Um kurz vor elf am nächsten Morgen stürmte ich also ins Billardzimmer.

»Eddy!«

Mein Bruder sah von dem mit grünem Samt bezogenen Tisch auf.

»Was?«, Edmund legte seinen Queue auf den Tisch. »Wo ist Andrew?«

»Er hat mich gebeten, dich zum Sommerhaus zu bringen«, antwortete ich und bemühte mich, meiner Stimme einen entspannten Ton zu geben, was gar nicht so einfach war. Andrew saß auf einem der Aborte, zumindest nahm ich das an. Ich hatte ihm nämlich ein paar Tropfen Rizinusöl in seinen Morgenkaffee gegeben, was recht einfach war, da er als einziges Mitglied der Familie Kaffee statt Tee zum Frühstück trinkt.

Edmund folgte mir mit zusammengezogenen Augenbrauen in den Park hinaus. Ich musterte meinen Bruder so unauffällig wie möglich. Er hätte sich ruhig etwas mehr Mühe mit seiner Kleidung geben können, stellte ich fest. Aber da Mary ja bereits ihr Herz an ihn verloren hatte, kam es vermutlich nicht mehr so sehr darauf an. Wichtiger war, dass Mary meinen Rat beherzigt und ihr bestes Kleid angezogen hatte. Ich war also einigermaßen gespannt, als wir durch den Park zum Fluss hinunterliefen, wo das Sommerhaus auf einer Lichtung steht.

Mein Herz blieb vor Schreck stehen, als der Pavillon leer war. Keine Menschenseele war zu sehen.

»Andrew!«, rief mein Bruder laut, der noch immer davon ausgehen musste, dass ihn unser Bruder hier erwartete.

»Margaret!«, rief ich nach meiner Schwester (die seit Monaten bei unserer Tante auf der Isle of Wight residierte), nur zur Sicherheit, falls Miss Smith doch in der Nähe war und mich hörte.

Und tatsächlich. Zwischen den Bäumen tauchte ein heller Schein auf, feengleich, in ein weißes Sommerkleid mit rosafarbener Haube gekleidet.

Miss Smith starrte Edmund erschrocken an. Im nächsten Moment legte sich ein schmachtender Ausdruck auf ihr Gesicht, den ich nur zu gut von Miss Goldwin kannte.

Mein Bruder jedoch schien durch sie hindurchzusehen, genau wie Jane es ihrer armen Freundin Mary prophezeit hatte. Ich musste zu meinem letzten Zug ansetzen.

Es war nicht besonders schwierig, zum Flussufer zu gelangen, ohne dass die beiden es bemerkten. Dann strauchelte ich und sprang mit einem lauten und, wie ich hoffte, entsetzten Laut ins Wasser.

Ich muss hinzufügen, dass ich wirklich nicht schwimmen kann und das Wasser des East Lynn Rivers an dieser Stelle gut zwanzig Fuß tief sein kann. Mein Um-mich-Schlagen und Schreien waren also durchaus echt.

»Cynth!«, rief mein Bruder voller Panik in der Stimme. »Cynthia! Mein Gott!«

Wie ich es geplant hatte, dachte Mary Smith nicht lange nach, sondern riss sich die Haube vom Kopf und schlüpfte aus ihrem Oberkleid. Dann hechtete sie auch schon zu mir ins Wasser, keine Sekunde zu früh, denn allmählich fiel es mir wirklich schwer, mich an der Oberfläche zu halten.

Sie umfasste meine Schultern und brachte mich mit erstaunlich ruhigen, sicheren Bewegungen zum Ufer.

Edmund fasste mir, und dann auch Mary, sofort unter die Arme und half uns die Böschung hinauf.

»Mein Gott, Cynth«, wiederholte er und das Entsetzen stand ihm ins Gesicht geschrieben. »Was ist denn bloß passiert? Bist du ausgerutscht?«

Ich nickte atemlos und musste meine Erschöpfung nicht einmal spielen.

»Miss …?«, wandte er sich an Mary, brach aber ab, als er bemerkte, dass er nicht einmal den Namen der hübschen jungen Frau kannte.

»Smith«, stellte ich sie keuchend vor. »Miss Mary Smith, das ist mein Bruder Edmund Cotterell, Earl of Bleenston.« Ich ließ mich rücklings ins Gras fallen.

»Miss Smith, ich weiß nicht, wie ich Ihnen danken

kann«, mein Bruder betrachtete sie mit neuer Aufmerksamkeit. »Ich habe leider nie gelernt zu schwimmen. Wir alle nicht«, er machte eine Handbewegung in meine Richtung. »Wenn Sie nicht gewesen wären …«

Die völlig durchweichte Mary sah meinen Bruder mit brennenden Wangen an.

Als keiner der beiden Anstalten machte, weiterzusprechen, übernahm ich die weitere Verkupplung wieder. Ich hatte eigentlich angenommen, ab hier würden sie es allein schaffen, aber meine Dienste wurden wohl doch noch benötigt.

»Miss Smith«, sagte ich, inzwischen war ich schon wieder etwas besser bei Atem. »Vielleicht könnten Sie meinem Bruder und mir ja das Schwimmen beibringen.«

»Oh, das ist eine ausgezeichnete Idee«, sagte Edmund sofort, begeistert von dem Gedanken. »Das heißt, wenn es Ihnen nichts ausmacht. Immerhin ist es nicht schicklich, wenn wir beide allein und dann noch leicht bekleidet …«

»Ihre Schwester wäre ja dabei«, hauchte Mary, nicht weniger begeistert von meinem Vorschlag als Edmund.

Ich nickte zufrieden. »Dann wäre das geklärt. Miss Smith, wir sollten uns morgen um acht hier treffen, passt Ihnen das?«

Mary nickte heftig, ohne den Blick von meinem Bruder zu nehmen. Auch er konnte die Augen schwer von der nassen Mary abwenden.

»Und am besten wäre es wohl«, schob ich noch schnell hinterher, »wenn wir alle über das Vorgefallene schweigen würden, es braucht sich ja niemand im Nachhinein unnötige Sorgen zu machen. Und auch über unsere Schwimmstunden, es würde doch nur zu Gerede und Diskussionen mit unseren Familien kommen, nicht wahr?«

Beide stimmten mir zu, die Blicke ineinander versenkt.

Das also, und noch ein paar andere Herzensangelegenheiten, um die ich mich im letzten Jahr zu kümmern genötigt sah, haben dazu geführt, dass ich mich nun aus allem heraushalten soll. Mein Bruder und Mary Smith haben sich ineinander verliebt, was nicht zulässig war. Natürlich hatte ich im Vorfeld nicht ahnen können, was für einen Skandal diese Verbindung auslösen würde. Mein Vater drohte mit Enterbung. Der Titel und das gesamte Vermögen sollten an Andrew gehen. Ich war entsetzt, schließlich wollte ich nicht, dass Edmund durch meine Kuppelei sein Erbe verliert. Und Mary wäre eine so hübsche und liebenswürdige Duchesse.

Also musste ich erneut handeln, ich fühlte mich verantwortlich. Ich habe Andrew kurzerhand mit einer Dame verbandelt, die er seit Jahren schon regelmäßig in der Stadt besucht hat, und der er gern Geschenke machte. Aber diese Geschichte erzähle ich Ihnen lieber ein anderes Mal, denn das würde heute zu weit führen. Diese Verbindung jedenfalls brachte meinen Vater dazu, über all seine Kinder nachzudenken. Edmund wollte er wegen Mary enterben und Andrew wegen der leichten Dame (seine Worte, nicht meine), meine Schwester Margaret ist bei sehr labiler Gesundheit, blieb also nur noch ich als Erbin. Von diesem Gedanken hat er dann aber nach wenigen Sekunden wieder Abstand genommen und stattdessen beschlossen, dass die Dukes of Woodhampton eine fortschrittliche Familie sind, die sich dem Skandal einer nicht standesgemäßen Ehe stellen konnten. Ich kann Ihnen meine Erleichterung nicht mitteilen, als er erklärte, alles bleibe wie gehabt. Edmund ist also weiterhin der Earl of Bleenston und wird der nächste Duke of Woodhampton.

Heute haben wir die Hochzeit von Edmund und Mary gefeiert, leider sind nicht alle geladenen Gäste gekommen, einige waren zu erzürnt darüber, dass die Tochter eines Windmühlenbesitzers in den Adel einheiratet. Wenn Sie mich fragen, sind die einfach nur neidisch. Dafür waren sämtliche Pächter aus Kimbleton und Flinton da und alle haben sich hervorragend amüsiert, auch meine Eltern. Das hat sie aber nicht davon abgehalten, mir das Verbot auszusprechen, mich jemals wieder in Herzensangelegenheiten einzumischen. Dabei sind nicht nur Edmund und Mary unfassbar verliebt ineinander, auch Katherine und Miss Goldwin sind inzwischen sehr glücklich. Sie haben zwar nicht geheiratet (ich bin mir auch gar nicht so sicher, dass sie das überhaupt noch wollen, sie wirken sehr selig und erfüllt miteinander), sind aber allerbeste Freundinnen geworden.

Nur ich bin noch immer allein, aber es ist eben nicht so einfach, die Tochter eines Dukes zu sein. Dafür habe ich Diamond an meiner Seite, der ist auch ein Herzensbrecher und wir haben beide nicht vor, uns an das Verbot meiner Eltern zu halten. Schließlich gibt es da draußen noch so viele einsame Herzen, die wir zusammenführen müssen.

SIMONE BAUER

Allein unter Teenies

Ich kann zwar kein Polnisch, aber ich glaube, das Mädchen da drüben hat gerade auf mich gezeigt und zu ihrer Freundin gesagt: ›Was will denn die Vierzigjährige hier?‹«

Ich versuche nicht zu laut zu sprechen, aber laut genug, dass A. mich versteht. Warum, weiß ich auch nicht, wahrscheinlich kann mich der polnische Teenager sowieso nicht verstehen.

»Warum sollten sie über dich lästern, du bist doch süß!«, meint A. und grinst mich an. Sie kommt anscheinend nicht mit.

»Na ja, weil ich ganz klar die einzige Person hier bin, die kein Teenager ist! Außer dir, aber du bist mit Ende zwanzig wenigstens noch näher dran!«

Vorsichtig spähe ich noch mal über meine Schulter zu dem Mädchen mit beeindruckend bunter Zahnspange. Und dann stelle ich fest, dass ihre vermeintlich beste Freundin … doch wohl eher ihre Mutter ist. Was für eine Erleichterung!

»Gott sei Dank, ich bin doch nicht die Älteste!« Ich bin so erleichtert wie nach dem Erhalt meiner letzten Nebenkostenabrechnung. Hier, in dieser Flut aus pubertierenden Menschen mit Glitzersteinen in den Haaren, im Gesicht, an Miniröcken, Fingernägeln und Zähnen, hat noch eine andere Person einen Bausparvertrag! Sofern es den auch in anderen Ländern außer Deutschland gibt. Ich fühle mich unendlich alt mit meinen dreiunddreißig Jahren. Zumindest habe ich einen Glitzerstein auf meinem rechten Schneidezahn, seitdem diese Anfang der Nullerjahre das erste Mal in waren. Diese Tatsache beruhigt mich aber nicht wirklich, und ich überlege schon, ob ich angesichts des hier anwesenden Publikums wohl bereits in die Kategorie »Seniorenteller« gehöre.

Es ist der späte Nachmittag vor dem Konzert einer bekannten US-amerikanischen Sängerin. Sie darf beruflich Glitzer und ich meinen Laptop durch die Gegend tragen. Außerdem ist sie stolze zwölf Jahre jünger als ich … Finde ich ja immer etwas problematisch. Sie ist bei den Grammys aufgetreten und in einer bekannten Disney-Serie, war auf dem Cover der »Vogue« – und ich? Ich habe einen Bausparvertrag.

Aber A. mag diese Sängerin sehr, und so habe ich mit Abertausenden von Menschen – bestimmt alles Eltern der hier anwesenden Jugendlichen – online um Tickets gekämpft.

Besonders komisch wirkt die Szenerie mit den komplett in Glitter und Flitter gekleideten Teenagern, wenn man bedenkt, dass es bis eben noch in Strömen geregnet hat. Achtsam geglättetes Haar kraust sich angesichts der immer noch viel zu hohen Luftfeuchtigkeit. Rinnsale an Wasser spülen verlorene Perlen und Pailletten davon. Mit Wasser vollgesogene Turnschuhe machen saftige Geräusche beim Gehen.

Nun aber wird es von jetzt auf gleich warm und sonnig, sodass die Regentropfen auf meinen Leggings sofort trocknen und ich das Gefühl habe, in Flammen aufzugehen. In so einem Pulk zu stehen, die Nase voller Schweißgeruch, Vanilledeo und billigem Parfüm, hilft auch nicht wirklich.

Eigentlich hätte vor einer halben Stunde der Einlass beginnen sollen, trotzdem stehen wir immer noch, überflüssig eng zusammengedrückt, vor der Absperrung. Wie sehr hübsche Sardinen in einer sehr kleinen Büchse. Durch die vielen Glitzersteine sieht man uns sicherlich noch vom Weltall aus. Vor lauter Menschen erkennt man den richtigen Eingang gar nicht. Wir lassen uns also von den Leuten nach vorne pressen, irgendwo werden wir schon rauskommen. Immer wieder schnappe ich Gesprächsfetzen von Schülerinnen auf, die sich in schräger Handschrift Songzeilen mit Edding auf ihre neuen weißen Shirts geschrieben haben. Denken sie denn keine Sekunde darüber nach, dass sie diese Shirts jetzt nicht mehr waschen können? Dazu tragen sie knallpinke Nietenhalsbänder. Gelegentlich quetschen sich Neuankömmlinge durch die Menge. »Marcel, mein Bester!« – »Ich heiße Niklas.«

Ich war noch nie auf einem Teeniekonzert. Als Teenie war ich nämlich auf Punkkonzerten. Und für Nietenhalsbänder hatte ich kein Geld. Robbie Williams habe ich erst gesehen, als er uns seinen Hintern nach der ersten Reunion von Take That von der Bühne aus entgegenstreckte.

Auf den Konzerten, auf denen ich normalerweise bin, sind die Security-Guards furchterregend. Männer wie Frauen: groß und schwer, tätowiert, die Stimme, als hätten sie am Morgen mit den Nietenhalsbändern der Schülerinnen gegurgelt. Als wir nun aber die Stelle erreichen, an der unsere Taschen kontrolliert werden, erwarten uns junge Frauen in schwarzen Security-Uniformen. Und mit »junge Frauen« meine ich: deutlich jünger als ich. Nicht dass ich es vorgehabt hätte, aber wenn ich wollte, könnte ich sie ohne Zweifel überwältigen, und ich bin sicher zwei Köpfe kleiner als sie. Aber ich habe Respekt vor ihnen: Immerhin haben sie einen Weg gefunden, umsonst auf das Konzert ihres Lieblingsstars zu kommen und dabei auch noch Geld zu verdienen.

Alles, was sie dafür machen müssen, ist, aus den Taschen der Gäste herauszufischen, was nicht erlaubt ist: Getränke, Essen, Haustiere, Feuerwerkskörper und Digitalkameras. Die Taschen dürfen laut Vorschrift nicht größer als ein DIN-A4-Blatt sein. Vor mir ist ein Mädchen, dessen Vanilledeo eindeutig versagt hat, mit einem riesig großen Jutebeutel. Ich sehe, wie sie eine volle Wasserflasche reinsteckt. Vielleicht ist auch eine andere durchsichtige Flüssigkeit darin. Man weiß es nicht und wird es nie erfahren, denn die gleichaltrige Security-Dame lächelt sie an und lässt sie passieren. Ah, so ist das also!

Wir werden lediglich gefragt, ob wir etwas zum Sprühen dabeihaben. Haben wir nicht, und schon sind wir drinnen. Die Halle ist riesig und es müssen erst mal einige Stufen genommen werden, um im Stehplatzbereich anzukommen.

Ja, Stehplatz! Es ist vermutlich ziemlich genau zwölf Jahre her, dass ich nach meinen frühen Konzerterfahrungen beschlossen habe, nur noch Sitzplätze zu buchen. Aber der Preis für einen Sitzplatz für das heutige Konzert war drei Mal so hoch wie für einen Stehplatz, und so hat mein Bausparvertrag gebeuteltes Konto entschieden.

Hastig laufen wir die Stufen hinunter zum Innenbereich. Einige Girlies haben hier bereits bunte Kunstfedern gelassen. Jetzt bloß nicht ausrutschen – wenn ich mich vor versammelter Mannschaft auf die Nase legte, würde ich mich von dieser Peinlichkeit nie wieder erholen.

Schon nach der ersten halben Stunde, die wir im vorderen Stehbereich verbringen, betteln meine Füße und Beine nach Pferdesalbe. »Können wir uns bitte hinsetzen, ich kann schon nicht mehr stehen!« Damit sind wir nicht alleine. Und das, obwohl das junge Gemüse doch deutlich mehr Durchhaltevermögen zeigen müsste. Meine Eltern hätten jetzt sicher behauptet, in ihrem Alter hätten sie drei Tage lang durchgehend gestanden, an der Bushaltestelle zum Beispiel. Bald gibt es ein Sit-in von jungen Frauen, die alle laut schnalzend Kaugummi kauen, durch ihre Handys scrollen und sich im Minutentakt die Haare neu machen.

Da ich aber eine weitere halbe Stunde später jegliches Gefühl in den Beinen verloren habe – wie kann das denn sein? Ich bin doch nur auf dem Boden gesessen, wie früher auch?! –, schlage ich vor, etwas zu trinken zu holen. »Eine Weinschorle, bitte«, wünscht sich A., und ich frage mich, wie das zum heutigen Abend passen soll. Der Weg die Stufen hinauf riecht wie eine Mädchensportumkleide. Viel zu langsam tun meine Beine nicht mehr weh.

Am Getränkestand kann man nur mit EC-Karte zahlen, weshalb viele Mädchen, die vor mir anstehen, mit leeren Händen zurück zu ihren Plätzen beziehungsweise Eltern laufen. Vielleicht finden sie ja das Jutebeutelmädchen und bekommen von ihr einen Schluck ab?

Als ich meine beiden Weinschorlen mit Karte bezahlt habe, mache ich mich auf den Rückweg und laufe fast in die polnische Mutter, die plötzlich direkt vor mir steht. Sie grinst mich an, einen Bierbecher in der Hand. *»Na zdrowie!«*

Wir stoßen an. Eigentlich möchte ich direkt zurück auf den Boden und mich am liebsten dort hinlegen, was mir mein Rücken sicher nie verzeihen würde, aber die Mutter beginnt, mit starkem Akzent zu erzählen: »Wir sind den ganzen Weg aus Warschau gekommen! Angebettelt hat sie mich! ›Mama, Mama, ich werde sterben, wenn ich das Konzert nicht sehe‹!«

Ich nicke solidarisch. Sie schaut mich prüfend an.

»Du bist auch mit deinem Kind hier, oder? Wie alt ist es? Du siehst noch so jung aus!«

Da ich in meinem Alter ja durchaus ein Kind haben könnte, mache ich jetzt das, was jede Person in meiner Lage, mit diesen Gefühlen an diesem Abend gemacht hätte. Ich falle ihr um den Hals. Die Flüssigkeiten schwappen fast über die Ränder unserer Becher.

Die Mutter lacht etwas verwirrt.

»Jung sehe ich aus, hat sie gesagt! Jung!« Das muss ich A. erzählen. Voller Freude taumle ich davon. Und plötzlich fühle ich mich der Teenie-Community sehr, sehr angehörig. Bausparvertrag hin oder her.

TOMMY JAUD

Alles gut

Ich war bester Laune an jenem Kölner Morgen. Bunte Vögelein zwitscherten vergnügt Handyklingeltöne, die Lieferwürfel der Lieferando-Fahrer erstrahlten in wunderbarem Orange, und es war so warm, dass das Ordnungsamt seine Knöllchen singend und in Kurzarm verteilte.

Ich hatte mir für diesen frühen Freitagmorgen lediglich vorgenommen, meine Tennisschuhe umzutauschen. Frohgemut und mit Schuhkarton betrat ich das Tennisfachgeschäft meines Vertrauens und sah sogleich genau den rothaarigen Verkäufer, der mir die Schuhe vor einer Woche verkauft hatte: jung, freundlich und ein bisschen verpeilt. Als er mich bemerkte, versteckte er sich mit seinem Handy hinter einem Drehständer mit reduzierten Damentennisjacken. Ich grüßte freundlich und reichte ihm meinen Karton samt Kassenzettel über seinen Klamottenschutzwall:

»Moin, moin. Ich möchte die Schuhe hier umtauschen, bitte.«

»Ist was nicht in Ordnung damit?«

»Ja!«

Der Verkäufer steckte widerwillig sein Handy weg und nahm meinen Karton so zögerlich entgegen wie eine Packung angeschimmeltes Toastbrot.

»Der eine Schuh hat Größe 45 und der andere 46«, erklärte ich, »finde den Fehler!«

»Alles gut!«

Ein Blitz durchzuckte meinen Körper.

»Was haben Sie gesagt?«

»Ich sagte: Alles gut.«

»Ja, eben nicht! Sie haben mir Schuhe in zwei verschiedenen Größen verkauft.«

»Tatsächlich: 45 und 46. Ups!«

»Ups?«

»Alles gut.«

Ja, eben nicht! Wenn ICH einen Fehler gemacht habe, dann sag ich doch nicht »alles gut«, dann sag ich »das tut mir aber leid«. Weil »Alles gut« eine kommunikative Tretmine ist! Der oder die Alles-gut-Sagende will nämlich gar nicht, dass alles gut ist, er oder sie will einfach seine Ruhe. »Alles gut« ist nichts anderes als schamlos manifestiertes Desinteresse am Gegenüber. Genau dies schien auch die Haltung meines fussigen Verkäufers zu sein. Er schien zu bemerken, dass die Laune bei der Generation Golf kippte, und schaute mich irritiert an.

»Nein«, erwiderte ich, »es ist NICHT alles gut. Alles gut ist erst, wenn ich hier mit zwei gleich großen Schuhen rausgehe!«

Mein Verkäufer ließ sich nicht aus der Ruhe bringen. War das noch gechillt oder schon ein Streik? Er klopfte meine Schuhe zusammen, woraufhin eine Handvoll roter Sand auf den Teppich rieselte.

»Aber … Sie haben die Schuhe ja schon getragen.«

»Ja. Es ist mir erst nach einer Dreiviertelstunde aufgefallen, dass da was nicht stimmt.«

»Eine Stunde auf Sand getragen? Das ist dann aber tricky.«

»Was ist denn daran tricky? Wenn ich Tennisschuhe in einem Fachgeschäft kaufe, dann gehe ich doch davon aus, dass beide Schuhe die gleiche Größe haben und dass ich damit spielen kann. Tennis zum Beispiel. Auf Sand!«

»Alles gut!«

Ich absolvierte eine Atemübung und schaute in den hinteren Teil des Ladens, wo gerade zwei Kolleginnen des Verkäufers damit beschäftigt waren, Schuhe durcheinanderzubringen.

»Wie gesagt: Es ist nicht alles gut.«

»Okay. Was sind das für Haare an den Schuhen?«

Der Verkäufer deutete auf ein kleines braunes Haar am Schnürsenkel und wich zurück.

Ich nahm es an mich und betrachtete es amüsiert im Gegenlicht des Schaufensters.

»Ah … das sieht mir ganz nach Bunny aus. Wir haben ›Explodierende Wurst‹ gespielt heute Morgen, vielleicht ist sie in den Karton gesprungen.«

Der Verkäufer fand meine Info eher so mittelspannend und rieb sich den Arm.

»Bunnys Fell sieht aus wie ein Marmorkuchen«, erklärte ich, »schwarz und beige. Sehen Sie?«

Ich deutete auf zwei verschiedenfarbige Haare am Karton.

»Ich sehe es. Das… Problem ist nur, dass die Schuhe nach unseren Rückgaberichtlinien ungetragen sein müssen für einen Umtausch.«

Ich versuchte, ihm böse in die Augen zu blicken, doch er rieb sich diese mit beiden Händen; ein recht billiger Versuch, direkten Augenkontakt zu vermeiden. Nicht mit mir.

»Meine *Kunden*richtlinien besagen, dass man *jedes*

Paar Schuhe umtauschen kann, wenn sie verschiedene Größen haben.«

»Ich versteh Sie ja, aber ... Sie hätten doch vor dem Spiel noch mal auf die Größen schauen können.«

»Ach, jetzt bin plötzlich ICH schuld? Soll ich vorm Spielen etwa auch prüfen, ob die Bälle rund sind? Von so was muss man doch ausgehen dürfen! SIE hätten auf die Schuhgröße schauen können, bevor Sie nach meiner Payback-Visa geschnappt haben!«

»Ich hab nicht nach Ihrer VISA geschnappt, Sie haben Sie auf das Lesegerät gehalten.«

Der Verkäufer zog hastig ein Taschentuch aus seinem Jogger und schnäuzte sich, vermutlich um Zeit zu gewinnen. Als er fertig war, startete ich einen neuen Anlauf:

»Sie wollen die Schuhe also nicht umtauschen?«

»Ich würde gern, aber ich darf nicht.«

»Und warum?«

»Weil ich getragene Schuhe nicht mehr verkaufen kann.«

»Aber unterschiedlich große Schuhe können Sie verkaufen?«

»Alles gut!«

So. Das war's, mein Pumuckl. Ich habe viel Geduld, aber das war eine Kriegserklärung. Ich klopfte auf den Schuhkarton, dass es nur so staubte, und wurde laut.

»Wenn ich die Schuhe nicht getragen hätte, wüssten wir ja beide nicht, dass sie unterschiedliche Größen haben.«

»Ich kann sie nicht umtauschen wegen der Rückgaberichtlinien!«

»Die Rückgaberichtlinien kannte ich nicht beim Kauf!«

»Sie sind vorne einsehbar im Ordner an der Kasse.«

»Nicht an, sondern NACH der Kasse. NACH dem arglosen Bezahlvorgang!«

»Alles gut!«

»›Alles gut‹ im Sinne von ›krieg dich wieder ein‹ und ›schwirr ab‹?«

»Äh, nein? Entschuldigung ...«

Und wieder schnäuzte sich der Verkäufer. Sein Gesicht wirkte angeschwollen, zudem meinte ich, auf der rechten Wange ein Dreigestirn von roten Pusteln wachsen zu sehen. Stress? Den hätte ich auch, wenn ich meinen Job so machen würde wie er! Und jetzt war ich richtig in Fahrt!

»Das nächste Mal kauf ich Schuhe wieder bei Amazon. Da gibt es 7-fach Payback-Punkte, und ich hätte die Schuhe auch schreddern und frittieren können, die hätten sie trotzdem umgetauscht.«

Der Verkäufer keuchte und kratzte sich den Hals.

»Ja. Ich hab da gerade eine Idee. Wir haben ja noch den anderen Karton im Lager mit 45 und 46. Wenn Sie mit beiden Größen spielen konnten, dann gebe ich Ihnen einen schönen Rabatt auf das andere Paar.«

»Ha! Dann hätte ich ja NOCH ein Paar Schuhe mit unterschiedlichen Größen!«

»Nein, nein, alles gut, ich meinte, wenn ich Ihnen die 45 und die 46 von genau diesem Modell hier gebe, dann hätten Sie ein Paar in 45 und eins in 46.«

Der junge Mann hatte recht. Aber leider hatte er »Alles gut« gesagt, und da musste ich einfach ein Zeichen setzen:

»Sie schlagen mir gerade vor, einen brandneuen Schuh in 46 zu einem komplett versandeten 46er anzuziehen und das Ganze dann noch mal in 45? Und dann soll ich mit einem schmutzigen und einem sauberen Schuh durch einen Bundesliga-Tennisclub schleichen wie ein Strauchdieb?«

»Nein …«

Oha! Das Pusteltrio auf der Wange hatte sich vermehrt. Es waren nun ein gutes Dutzend Pusteln, von denen einige putzig pulsierten. Das war bedauerlich, aber nicht Gegenstand unseres Gesprächs. Zudem gab er einfach nicht klein bei:

»Sie könnten ja einmal woanders spielen, danach wären der linke und der rechte Tennisschuh im gleichen Zustand.«

»Ich will aber nicht woanders spielen, nur weil Sie etwas vertauscht haben. Aber okay – ich will keinen Streit.«

»Natürlich nicht. Alles gut.«

»Vorsicht!«

»Entschuldigung.«

»Wie viel günstiger wäre denn das zweite Paar?«

»Da kann ich Ihnen zehn Prozent geben.«

»Ist das ein Witz?«

»Sorry, aber ich muss jetzt doch eine Tablette nehmen.«

»Was haben Sie denn die ganze Zeit?«

»Eine Katzenhaarallergie.«

»Oh. Das tut mir leid. Unser Katzen sind übrigens auch unterschiedlich groß.«

Ich schloss den Karton mit den angeblichen Allergenen und ließ den Mann seine Show-Tablette nehmen. Er sah gar nicht gut aus mit seinem Schwellkopf. Tröt. Schneuz. Sorry. In einer Tour. Und wieder ging das Taschentuch. Weil er offenkundig nicht mehr sprechen wollte, nahm ich das Gespräch wieder auf.

»Wissen Sie, was ich mich gerade frage? Ich frage mich, ob Sie uns Kunden hier absichtlich verschieden große Schuhe unterjubeln, um dann mal eben noch ein Paar zu verkaufen.«

Der Verkäufer rang nach Luft. Ja, so geht es einem, wenn man die Kunden über den Tisch ziehen will, aber vom Charakter her nicht dafür gemacht ist.

»Meinetwegen«, keuchte er, »ich frag meinen Vorgesetzten. An welchen Rabatt haben Sie denn gedacht?«

»Hundert Prozent.«

»Ich spreche mit dem Chef.«

Während sich mein Verkäufer auf allen vieren ins Personalbüro rettete, studierte ich den Ordner mit den Rückgaberichtlinien. Bei § 6.4.2 hellte sich mein Gemüt auf, denn wenn ich diesen Passus richtig las, hatten die feinen Anwälte hier einen Fehler gemacht.

Kurz darauf war das rothaarige Elend mit geschwollenen Lippen und Augen so groß wie Treckerventilen zurück:

»Hundert Prozent können wir nicht machen. Wir können Ihnen aber BEIDE Paare mit zwanzig Prozent Rabatt geben.«

»Zu spät. Ich hab nämlich gerade die Rückgaberichtlinien NACH der Kasse gelesen, und da steht: ›Die Schuhe müssen ungetragen sein.‹ Die Schuhe. Plural. Wenn Sie bei zwanzig Prozent bleiben, dann nehm ich das Angebot an und tausche morgen alles um, weil dann ja nur je ein Schuh pro Paar getragen ist.«

»Reduzierte Ware ist aber vom Umtausch ausgeschlossen.«

»Falsch: Paragraph 5.2.2. AKTIONSware ist vom Umtausch ausgeschlossen!«

Mein Verkäufer sah inzwischen aus wie ein durch eine Dornenhecke gezogener Hummer.

»Wissen Sie was?«, stöhnte er, »ich schenke Ihnen das zweite Paar.«

»Und das erste wegen der Unannehmlichkeiten!«, forderte ich forsch.

»Das erste auch?«

»Ja. Sie haben so oft ›Alles gut‹ gesagt, dass ich jetzt beide Paare geschenkt haben will.«

»Ich kann Ihnen doch keine zwei Paar brandneue Asics schenken!«

Ich klopfte dem Verkäufer auf die Schulter: »Sehen Sie es doch mal so: Wenn Sie mir beide Paare schenken, haben Sie einen zufriedenen Stammkunden. Wenn nicht, haben Sie einen verärgerten Stammkunden UND ein unverkäufliches Paar Schuhe im Lager.«

An diesem Punkt nahm ich eine gewisse Leere im Gesicht des Verkäufers wahr; also bis auf die pulsierenden Pusteln, die triefenden Augen und die pumpenden Lippen.

»Okay. Ich kann nicht mehr. Ich schenke Ihnen beide Paare.«

»Super, ich wusste, dass Sie einsichtig sein würden.«

»Das«, röchelte er, »lassen wir mal so stehen.«

Das war ein Fehler. Ein sehr, sehr schwerer Fehler!

Denn wenn ich was nicht leiden kann, dann ist es dieses »Das lassen wir mal so stehen«. Deutlicher kann man nämlich nicht sagen, dass man sein Gegenüber für einen meinungsverirrten Soziopathen hält und das Gespräch beenden will. Energisch zog ich einen brandneuen Wilson-Schläger aus meinem Rucksack und hielt ihn vor sein Gesicht.

»Diesen Schläger hier. Den will ich auch umtauschen!«

Der Verkäufer starrte mich an, als wäre ich der Tod im Gewand und der Schläger die Sense. Er war auch nicht mehr so gut zu verstehen, so geschwollen war sein Hals und so schwach sein Stimmchen. Mit viel gutem Willen verstand ich so etwas wie:

»Was ist… denn mit… mit dem?«

»Der. ist. nicht, bespannt! DAS ist mit dem! Denken Sie, mit Anfängern können Sie alles machen? Und haben Sie eine ungefähre Idee, wir peinlich das war, gegen meine eigene Frau zu verlieren mit 6:0 und 6:0 mit diesem verdammten Schläger ohne Saite in zwei verschieden großen Schuhen? Hallo? Sagen Sie was!«

Der Verkäufer wurde ohnmächtig. Armseliger konnte man sich nicht aus der Affäre ziehen. Vor allem aber war es wirklich bedauerlich zu beobachten, wie einen zarte Schneeflöckchen erst bis aufs Blut provozieren, nur um später jeder Auseinandersetzung aus dem Weg zu gehen.

Ich leistete dennoch selbstlos Erste Hilfe, rief einen Rettungswagen (20-fach für Einsätze vor 12 Uhr) und diskutierte dann mit dem kölschen Vorgesetzten meines Alters weiter.

Der nette Herr bat mich um Entschuldigung, sagte, ein solcher Service sei nicht sein Anspruch, und bot mir beide Paar Schuhe und den neuen Schläger als kleinen Ausgleich für meine Unannehmlichkeiten. Zudem könne er mir die letzte in Europa vorrätige Profi-Ballmaschine mit einer Kapazität von 300 Bällen für unter € 8000 anbieten. Und weil ich gar so viel Ärger hatte, würde er beim Original-French-Open-Gartenpavillon samt Outdoormöbeln und Signierstunde mit Novak Djokovic sogar 100 Euro runtergehen.

Ich war hocherfreut. Und noch während sich die Generation Life-Life-Balance nach einer Kortisonspritze an einem Regal hochzog, bestellte ich ein Großraumtaxi für all die schönen Schnäppchen, die ich heute gemacht hatte. Die Generation Golf verstand sich einfach.

Die Autorinnen und Autoren

Ewald Arenz, geboren 1965, studierte englische und amerikanische Literatur sowie Geschichte. Er arbeitet als Lehrer an einem Gymnasium in Nürnberg. Seine Werke sind mit zahlreichen Preisen ausgezeichnet worden. Mit seinen Romanen u. a. ›Alte Sorten‹, ›Der große Sommer‹ und ›Die Liebe an miesen Tagen‹ stand er wochenlang auf den Bestsellerlisten. Zuletzt erschien ›Zwei Leben‹. Der Autor lebt mit seiner Familie in der Nähe von Fürth.

(Abdruck mit freundlicher Genehmigung des Verlags ars vivendi, Cadolzburg. Aus: Ewald, Sigrun, Helwig Arenz, Unsere kleine Welt, Cadolzburg 2016)

Simone Bauer, Jahrgang 1990, ist Autorin, Journalistin und Münchnerin. Sie hat sechs Romane und ein erzählendes Sachbuch veröffentlicht, zuletzt den queeren Reiseführer ›Pride on Tour‹. Für Print, Online, TV und Radio schreibt Simone außerdem über japanische Popkultur, Feminismus und Queeres, zum Beispiel für Koneko, MISSY und ALFONZ, und über ihre Reisehighlights für 22places.

(Erstveröffentlichung. Abdruck mit freundlicher Genehmigung der Autorin. © 2025 Simone Bauer)

Dietmar Bittrich ist ein Hamburger Autor und Herausgeber. Er war viele Jahre als Reisereporter und Begleiter auf Studienfahrten unterwegs. Für dtv sammelte er dabei seine unterhaltsamen kurzen Geschichten vom Reisen: ›Müssen wir da auch noch hin?‹, ›Wer später kommt, hat länger Zeit‹ und ›Waren wir nicht schon mal hier?‹. Mehr über den Autor unter: www.dietmar-bittrich.de

›Wenn der Asphalt Blasen wirft‹ 209

(Abdruck mit freundlicher Genehmigung der dtv Verlagsgesellschaft mbH & Co. KG, München. Aus: D. Bittrich, Waren wir nicht schon mal hier?, München 2025)

Katinka Buddenkotte wurde in Münster geboren, lebt und schreibt aber in Köln. Beides meist komisch. Dafür liest sie überall dort vor, wo sie gebraucht wird. In regelmäßigen Abständen geschieht das bei ›Rock 'n' Read‹, der Lesebühne im Kölner Klüngelpütz. Wenn Frau Buddenkotte gerade keine Romane verfasst (zuletzt ›Eddie muss weg‹) oder mit ihrem Solo-Programm durch die Lande tourt, schreibt sie über kurz oder lang kürzer und länger (z. B. für ›Die Wahrheit‹, die ›taz‹, die ›titanic‹, ganze Theaterstücke oder halbe TV-Sendungen).

›Die perfekte Einschlafhilfe‹ 87

(Abdruck mit freundlicher Genehmigung der Autorin. Aus: K. Buddenkotte, Ihr wisst doch gar nicht, was ihr denkt, Berlin 2023)

Alex Capus, 1961 als Alexandre Michel Ernest Capus in Frankreich geboren, ist ein Schweizer Schriftsteller. Er studierte Geschichte und Philosophie in Basel und war als Journalist bei verschiedenen Schweizer Tageszeitungen tätig. 1997 veröffentlichte er seinen ersten Roman ›Munzinger Pascha‹, dem seither viele weitere folgten. ›Léon und Louise‹ wurde zu einem internationalen Bestseller. Zuletzt erschien sein Roman ›Das kleine

Haus am Sonnenhang‹. Alex Capus lebt als freier Schriftsteller in Olten in der Schweiz.

(Abdruck mit freundlicher Genehmigung der dtv Verlagsgesellschaft mbH & Co. KG, München. Aus: A. Capus, Der König von Olten, München 2020)

Benjamin Cors ist politischer Fernsehjournalist und hat viele Jahre für die ARD-Tagesschau, die ARD-Tagesthemen und den Weltspiegel berichtet. Heute arbeitet er für den SWR. Bei dtv erscheint seine erfolgreiche Normandie-Krimireihe um den Personenschützer Nicolas Guerlain. Sein zuletzt erschienener Thriller ›Krähentage‹ landete auf der SPIEGEL-Bestsellerliste, im Frühsommer 2025 erscheint ›Aschesommer‹. Der Deutsch-Franzose lebt mit seiner Familie in der Nähe von Wiesbaden.

(Erstveröffentlichung. Abdruck mit freundlicher Genehmigung des Autors. © 2025 Benjamin Cors)

Horst Evers, geboren 1967 in Diepholz, studierte Germanistik und Publizistik in Berlin und jobbte als Taxifahrer und Eilzusteller bei der Post. Er erhielt unter anderem den Deutschen Kabarettpreis und den Deutschen Kleinkunstpreis. Seine Geschichtenbände und Romane wie ›Der König von Berlin‹, ›Wäre ich du, würde ich mich lieben‹ oder ›Wer alles weiß, hat keine Ahnung‹ sind Bestseller. Horst Evers lebt mit seiner Familie in Berlin.

(Abdruck mit freundlicher Genehmigung des Rowohlt Berlin Verlags, Berlin. Aus: H. Evers, Zu faul zum Nichtstun, Berlin 2024)

Marlies Ferber, geboren 1966, studierte Sinologie in Deutschland, China und den Niederlanden und arbeitete viele Jahre als Verlagslektorin, bevor sie sich ganz dem Schreiben und Übersetzen widmete.

(Erstveröffentlichung. Abdruck mit freundlicher Genehmigung der Autorin. © 2025 Marlies Ferber)

Axel Hacke, 1956 in Braunschweig geboren, lebt als Schriftsteller und Journalist in München. Er arbeitete zwanzig Jahre für die ›Süddeutsche Zeitung‹, in deren Magazin bis heute seine Kolumne ›Das Beste aus aller Welt‹ erscheint. Seine journalistische Arbeit wurde mit vielen Preisen ausgezeichnet, und seine Bücher, zu denen Bestseller wie ›Der kleine Erziehungsberater‹, ›Der weiße Neger Wumbaba‹, ›Über den Anstand in schwierigen Zeiten und die Frage, wie wir miteinander umgehen‹ und ›Über die Heiterkeit in schwierigen Zeiten und die Frage, wie wichtig uns der Ernst des Lebens sein sollte‹ gehören, wurden in zahlreiche Sprachen übersetzt.

(Abdruck mit freundlicher Genehmigung des DuMont Buchverlags, Köln. Aus: A. Hacke, Aua! Die Geschichte meines Körpers. Köln 2024)

Dora Heldt, 1961 auf Sylt geboren, ist gelernte Buchhändlerin und lebt heute in Hamburg. Mit ihren Romanen führt sie seit Jahren die Bestsellerlisten an, die Bücher werden regelmäßig verfilmt. Weitere Informationen unter www.dora-heldt.de

(Abdruck mit freundlicher Genehmigung der dtv Verlagsgesellschaft mbH & Co.KG, München. Aus: D. Heldt, Sommer. Jetzt!, München 2018)

Ulrike Herwig wurde 1968 geboren und wuchs in Jena auf. Sie studierte Englisch und Deutsch und lebte fast zehn Jahre lang in London. 2001 zog sie mit ihrer Familie nach Seattle, USA, wo sie auch heute noch wohnt. Seit vielen Jahren schreibt sie unter verschiedenen Pseudonymen für Kinder und Erwachsene. Bei dtv erschien zuletzt ihr heiterer Weihnachtsroman ›Drei Weihnachtswunder für Lena Engel‹.

(Erstveröffentlichung. Abdruck mit freundlicher Genehmigung der Autorin. © 2025 Ulrike Herwig)

Diana Hillebrand ist Autorin und Dozentin und lebt mit ihrer Familie in ihrer Wahlheimat München. Seit 2006 gibt sie Kurse zum Thema Kreatives Schreiben in ihrer ›WortWerkstatt SCHREIB&WEISE‹ und unterstützt angehende und erfahrene Autoren bei ihren Buchprojekten. Gemeinsam mit dem Literaturkritiker Wolfgang Tischer betreibt sie ihren Podcast ›Schreibzeug‹. Als Autorin veröffentlichte sie mehrere Bücher, Kurzgeschichten und eine Vielzahl von Fachartikeln. 2013 wurden zwei ihrer Kinderbücher für einen Jugendsachbuchpreis nominiert. Mehr unter: www.dianahillebrand.de

(Erstveröffentlichung. Abdruck mit freundlicher Genehmigung der Autorin. © 2025 Diana Hillebrand)

Tommy Jaud, Jahrgang 1970, leistete nach seinem Abitur den Zivildienst in einem Kindergarten (und meidet seitdem Kindergärten) und begann in Bamberg ein Germanistikstudium (welches er abbrach). Er schrieb für die ›Harald Schmidt Show‹, war Creative Producer für die Comedyserie ›Ladykracher‹ und textete für die ›Wochenshow‹ von Sat.1 und die ›heute-show‹. Einer breiten Öffentlichkeit wurde er als Autor von Unterhaltungsromanen bekannt, von denen sich die meisten zu Bestsellern entwickelten und auch verfilmt wurden. Sein Roman ›Hummeldumm‹ war 2010 der erfolgreichste Roman in Deutschland.

›Alles gut‹ 267

(Abdruck mit freundlicher Genehmigung der S. Fischer Verlag GmbH, Frankfurt. Aus: T. Jaud, Man müsste mal, Frankfurt 2023)

Frieda-Alice Kahro, Ende der Sechzigerjahre in Süddeutschland geboren, studierte Germanistik in München und Dijon. Seit vielen Jahren arbeitet sie in verschiedenen Professionen mit Büchern. Sie lebt mit ihrer Familie in München. Frieda-Alice Kahro ist ein Pseudonym.

›Wir machen uns die Welt, wie sie uns gefällt‹ 156

(Erstveröffentlichung. Abdruck mit freundlicher Genehmigung der Autorin. © 2025 Frieda-Alice Kahro)

Wladimir Kaminer wurde 1967 in Moskau geboren. Er absolvierte eine Ausbildung als Toningenieur für Theater und Rundfunk und studierte danach Dramaturgie am Moskauer Theaterinstitut. Seit 1990 lebt er mit seiner Familie in Berlin. Bekannt wurde er als Veranstalter der legendären Russendisko. Er ist Radiomoderator, Kolumnist und Autor und ein gern gesehener Gast in Talkshows.

›Portugiesische Fischsuppe‹ 144

(Abdruck mit freundlicher Genehmigung des Wilhelm Goldmann Verlags in der Verlagsgruppe Random House GmbH, München. Aus: W. Kaminer, Mahlzeit. Geschichten von Europas Tischen, München 2024)

Julia Karnick lebt in Hamburg und schreibt Kolumnen und Bücher. Bei dtv erschien 2022 ihr erfolgreiches Romandebüt ›Am liebsten sitzen alle in der Küche‹, dem 2024 der SPIEGEL-Bestseller-Roman ›Man sieht sich‹ folgte.

(Erstveröffentlichung. Abdruck mit freundlicher Genehmigung der Autorin. © 2025 Julia Karnick)

Mariana Leky studierte nach einer Buchhandelslehre Kulturjournalismus an der Universität Hildesheim und schreibt seit über zwanzig Jahren Erzählungen und Romane. 2017 veröffentlichte sie ihren Bestsellerroman ›Was man von hier aus sehen kann‹, der in über zwanzig Sprachen übersetzt und für das Kino verfilmt wurde. Sie lebt in Berlin und Köln.

(Abdruck mit freundlicher Genehmigung des DuMont Buchverlags, Köln. Aus: M. Leky, Kummer aller Art, Köln 2022)

Beate Maxian ist eine österreichische Autorin mit bayerischen Wurzeln. Der Beruf ihres Vaters brachte sie schon als Kind in ferne Länder wie die Vereinigten Arabischen Emirate, Jordanien und Afrika. Heute lebt sie in Oberösterreich und Wien. Sie arbeitete als Produktions- und Regieassistentin für Filmproduktionen, war Redakteurin und Moderatorin beim Fernsehen, schreibt Familienromane, Kriminalromane und Kurzgeschichten. Ihre Wien-Krimis mit der Journalistin Sarah Pauli sind in andere Sprachen übersetzt und stehen regelmäßig an der Spitze der österreichischen Bestsellerliste. Maxian begründete das erste österreichische Krimifestival.

›Bassena-Tratsch‹ 212
(Erstveröffentlichung. Abdruck mit freundlicher Genehmigung der Autorin. © 2025 Beate Maxian)

Réaltán Ní Leannáin ist in Belfast geboren und aufgewachsen. Ihr großes Interesse an der spanischen Kultur und Sprache führte sie für einige Zeit nach Spanien, wo sie lebte und arbeitete. Zurück in der Heimat unterrichtete sie in Belfast und Dublin. Nach einer schweren Krankheit widmete sie sich ganz dem Schreiben. 2011 veröffentlichte sie ihren ersten Roman, dem weitere folgten. 2019 war sie Writer in Residence in Dublin, wo sie bis heute lebt.

›Die Mutter der Braut‹ 197
(Deutsche Erstveröffentlichung. Aus dem Irischen von Gabriele Haefs. Abdruck mit freundlicher Genehmigung der Autorin. © 2025 Réaltán Ní Leannáin, Originaltitel: Bríd, aus: R. Ní Leannáin, Dilis, 2015)

Max Osswald, Jahrgang 1992, schreibt für Film und Fernsehen (u. a. ›heute-show‹, ›Extra 3‹, ›Mittermeiers Lucky Punch Comedy Club‹, ›Dahoam is Dahoam‹), Romane (›Von hier betrachtet sieht das scheiße aus‹), Kinderbücher (›Graf Dackula‹) und diese Vita über sich selbst in der dritten Person (mega!). Er steht als Stand-up-Comedian auf der Bühne und hat schon ganz viele Preise nicht gewonnen. Da er in München wohnt, hat er Paris inzwischen verkraftet.

›No Country for Schwäbische Men‹ 29
(Erstveröffentlichung. Abdruck mit freundlicher Genehmigung des Autors. © 2025 Max Osswald)

Elke Pistor, geboren in der Eifel, studierte Erwachsenenbildung mit Schwerpunkt Psychologie in Köln. Sie lebt bis heute dort, weil die Stadt zwar nicht schön, aber wunderbar ist. Seit 2010 sind von ihr dreizehn Kriminalromane und mehr als achtzig Kurzkrimis und -geschichten erschienen. Seit 2012 ist sie Teil der SoKo des Krimifestivals Nordeifel Mordeifel und Mitglied in Jurys zu deutschen Krimipreisen. 2015 und 2023 war sie für den GLAUSER in der Kategorie Kurzkrimi nominiert.

Astrid Ruppert arbeitete nach ihrem Literaturstudium als Dramaturgin und Producerin für das Fernsehen und begann während einer unfreiwilligen Auszeit mit dem Schreiben. Einige ihrer Romane wurden verfilmt. So zählt ›Obendrüber, da schneit es‹ zu den beliebtesten Weihnachtsfilmen im deutschen Fernsehen. Bei dtv erschien zuletzt ihre Bestseller-Trilogie über die Frauen verschiedener Generationen einer deutschen Familie: ›Leuchtende Tage‹, ›Wilde Jahre‹ und ›Ein Ort, der sich Zuhause nennt‹.

Alena Schröder, geboren 1979, arbeitet als freie Journalistin und Autorin in Berlin. Sie hat Geschichte, Politikwissenschaft und Lateinamerikanistik in Berlin und San Diego studiert und die Henri-Nannen-Schule besucht. Nach einigen Jahren in der ›Brigitte‹-Redaktion arbeitet sie heute frei u. a. als ›Brigitte‹-Kolumnistin. Gemeinsam mit Till Raether spricht sie in ihrem Podcast ›sexy und bodenständig‹ über das Schreiben. Ihr Debüt-Roman ›Junge Frau, am Fenster stehend, Abendlicht, blaues Kleid‹ stand wochenlang auf den Bestsellerlisten. Zuletzt erschien bei dtv ihre Kolumnen-Sammlung ›Alles muss man selber falsch machen‹.

(Abdruck mit freundlicher Genehmigung der Autorin. © 2025 Alena Schröder)

Jan Weiler, 1967 in Düsseldorf geboren, besuchte die Deutsche Journalistenschule und war jahrelang Chefredakteur des SZ-Magazins der ›Süddeutschen Zeitung‹. Seit 2005 ist er freier Schriftsteller und verfasst vor allem Romane, Kolumnen, Hörspiele und Drehbücher. Mit Büchern wie ›Das Pubertier‹, ›Mein Leben als Mensch‹, ›Der Markisenmann‹ und ›Munk‹ stand er wochenlang auf den Bestsellerlisten. Sein erfolgreichster Roman ›Maria, ihm schmeckt's nicht‹ wurde auch verfilmt. Der Autor lebt in München und Umbrien.

(Abdruck mit freundlicher Genehmigung des Wilhelm Heyne Verlags, in der Penguin Random House Verlagsgruppe GmbH, München. Aus: J. Weiler, Älternzeit, München 2023)

Felicity Whitmore, Jahrgang 1977, ist das Pseudonym einer Autorin, die erfolgreiche Unterhaltungsromane schreibt. Sie lebt mit ihrem Mann in Hagen, wo sie u. a. auch als Dramaturgin, Regisseurin und Schauspielerin arbeitet. Sie hat eine große Leidenschaft für England, was sich auch in ihren Büchern niederschlägt, für alte Häuser und vor allem für ihre zahlreichen vierbeinigen Begleiter.

(Erstveröffentlichung. Abdruck mit freundlicher Genehmigung der Autorin. © 2025 Felicity Whitmore)

Malou Wilke, Jahrgang 1968, hat eine Leidenschaft für Sprachen und fremde Länder. Mit ihrer Familie hat sie mehrere Jahre in Osteuropa und Südost-Asien gelebt. Bei dtv ist von ihr die Südstaatenreihe ›Savannah – Aufbruch in eine neue Welt‹ und ›Savannah – Erwachen einer neuen Zeit‹ erschienen. Wenn sie nicht gerade spannende Geschichten sammelt, ist sie mit ihren drei Hunden viel in der Natur unterwegs. Sie lebt mit Ehemann und zwei Söhnen in den Südstaaten der USA.

(Erstveröffentlichung. Abdruck mit freundlicher Genehmigung der Autorin. © 2025 Malou Wilke)